Agatha

Der Genius des Kränzchens

Verone

Agatha

Der Genius des Kränzchens

1st Edition | ISBN: 978-9-92500-038-8

Place of Publication: Nikosia, Cyprus

Erscheinungsjahr: 2015

TP Verone Publishing House Ltd.

Nachdruck des Originals von 1892.

Agatha

Der Genius des Kränzchens

Verone

Der Genius des Kränzchens.

Der Genius des Kränzchens.

Von

Agatha.

Frei nach dem Holländischen bearbeitet.

———

Mit siebenundvierzig Abbildungen
von
O. Herrfurth.

Pierer'sche Hofbuchdruckerei. Stephan Geibel & Co. in Altenburg.

Inhaltsverzeichnis.

Erstes Kapitel

Eine Zusammenkunft des Kränzchens.

ein, wie thöricht! Wie konnte sich die Frau eine Wurst wünschen; sie hätte sich so viele, weit schönere Dinge wünschen können; ich finde es geradezu einfältig von ihr."

„Ja, aber den Mann finde ich noch weit einfältiger, daß er nun gar seiner armen Frau die Wurst an die Nase wünscht. Nun blieb als dritter Wunsch natürlich nur noch übrig, die Wurst wieder von der Nasenspitze los zu bekommen."

„Ach, ich weiß noch recht gut, wie leid mir die armen Menschen thaten, als ich zum erstenmal eine ähnliche Erzählung las."

„Wie war denn die Geschichte, Lucie?"

„O, sie war ganz ähnlich; dort handelte es sich auch um einen armen Mann und dessen Frau, denen die Erfüllung dreier Wünsche verheißen worden war. Die Frau war, ebenso wie diese, damit beschäftigt, ihr Mittagsbrot zu kochen, und hatte unglücklicherweise den Kochlöffel zerbrochen. ,Ich wollte, ich hätte einen neuen Löffel,' rief sie, ohne zu bedenken, daß dieser Ausruf einen Wunsch enthielt. Sogleich flog ein schöner, neuer Kochlöffel den Schornstein herunter, ihr zu Füßen. Ihr Mann wurde ebenfalls recht zornig und wünschte seiner Frau den Kochlöffel an den Kopf, ein Wunsch, der auch sofort in Erfüllung ging.

Zu der Erzählung gehörte ein köstliches Bild, auf welchem die arme Frau mit entsetztem Gesicht dargestellt war; ihr Hinterkopf stak ganz in dem Kochlöffel, dessen Stiel weit über den Kopf hinausragte. Beim dritten Wunsche galt es nun natürlich, die arme Frau von ihrem seltsamen Kopfschmucke zu befreien."

„Ich hätte ihn mir selbst abgenommen."

„Das ging aber ebensowenig wie mit der Wurst; der Löffel saß ganz fest und keine Macht der Welt konnte die arme Frau von ihm befreien; nur der mächtige Zauberer, der sie in den unangenehmen Zustand versetzt hatte, vermochte dies zu thun."

„Wie verblüfft mögen sich die Menschen hinterher angesehen haben, als die Sache nach kaum einer halben Stunde vorüber war, und sie selbst genau so weit waren wie vorher, während ihnen doch die Gelegenheit geboten worden war, reich und glücklich zu werden!"

„Ja, und wie oft mögen sie noch daran zurück gedacht und sich darüber geärgert haben! Ich denke mir, sie haben ihr ganzes Leben hindurch ihre Unvorsichtigkeit bereut."

„An ihrer Stelle hätte ich viel verständiger gehandelt; ach, ich wollte, ich dürfte mir auch dreierlei wünschen."

„Das kannst du ja!"

„Natürlich kann ich das, ich spreche aber von Wünschen, die wirklich in Erfüllung gehen, genau so, wie die jenes Mannes und seiner Frau. Ich wüßte schon, was ich mir wünschen würde!"

„Wer weiß, welch thörichte Wünsche wir aussprechen würden, wenn es wirklich dazu käme!"

. . . .

Es wird aber nun Zeit, daß wir die sprechenden Personen unseren lieben Leserinnen vorstellen; wir müssen hierfür, ohne weiter dem Gespräche zu lauschen, das noch eine Zeitlang in derselben Weise fortgeführt wurde, einen Blick auf das Bild werfen, auf dem die Redenden zu sehen sind.

Vier junge Mädchen sitzen da um einen runden Tisch, — es ist ein Kränzchen, das seit einigen Jahren regelmäßig am Sonntagnachmittag zusammenkommt. Lucie Schaller, die einzige Tochter eines reichen Fabrikherrn, ist heute die Gastgeberin. Sie ist auch die älteste der Freundinnen, — das hat nun freilich nicht viel zu sagen, da die jungen Mädchen nur wenige Monate im Alter verschieden sind; Lucie ist aber den anderen auch an Kenntnissen überlegen. Sie ist

unbedingt die begabteste unter ihnen, sie hat auch weit
früher als ihre Kränzchenschwestern mit dem Lernen
begonnen, und für ihre geistige Ausbildung ist von je-
her am meisten gethan worden. Überdies hat sie schon
mehr von der Welt gesehen. Sie hat schon einmal
eine Rheinreise mit den Eltern unternommen, ist auch
öfter auswärts auf Besuch gewesen.

Lucie zur Linken sitzt Sophie von Langen, ein gut-
mütiges, aber unüberlegtes Mädchen; sie ist die Tochter
des Bürgermeisters in dem Städtchen, das wir Mühlberg
nennen wollen. Neben Sophie sitzt Martha Schulte, die
Tochter des Steuereinnehmers, und Anna, die uns den
Rücken zuwendet, ist die dritte Tochter des Pastor Franken;
sie ist zart und beinahe um einen Kopf kleiner als
ihre Gefährtinnen, obschon sie, ebenso wie diese, fast
vierzehn Jahre alt ist.

So, nun habe ich euch, liebe Leserinnen, das
Kränzchen vorgestellt; hoffentlich wird euch die Fortsetzung der Bekanntschaft zur Freude gereichen.

Das Kränzchen war die hauptsächliche, beinahe
die einzige Zerstreuung, welche den Mädchen zu teil
wurde. Sie hatten einander sehr lieb, und wenn auch
hier und da eine kleine Wolke am Horizonte ihrer
Freundschaft aufstieg, so war es doch noch nie zu einem
wirklichen Zerwürfnis gekommen. Noch vor kurzem
hatten sie sich nur mit Spielen unterhalten, die sie in
wilde und zahme einteilten; unlängst aber hatte Lucie
gemeint, sie seien doch jetzt für derartige Belustigungen
zu alt und zu gescheit. Sie hatte nämlich, als sie in
einer benachbarten, großen Stadt zu Besuch gewesen,

eine Kindergesellschaft mitgemacht, bei der zwölf- bis vierzehnjährige „junge Damen" nicht mehr gespielt, sondern in hellen Glacéhandschuhen um den Kaffeetisch gesessen und sich wie Erwachsene betragen hatten.

„Da bin ich recht froh, daß ich nicht in der Stadt wohnen muß," rief Anna, „ich würde mir aus solcher Vornehmheit nichts machen."

„Ich auch nicht," „ich auch nicht," riefen auch Sophie und Martha, die noch für ihr Leben gern kochten und sich heute schon darauf gefreut, ein wirkliches Mittagessen zu bereiten.

„Nun," sagte Lucie, „ich möchte auch nicht gerade, daß es bei uns so steif herginge, ich meinte es nicht so. Ich wollte euch nur einen Vorschlag machen. Wißt ihr, was wir thun könnten? Nach dem Kaffee könnten wir etwas Hübsches vorlesen und dann erst spielen. Dann sind wir doch nicht den ganzen Nachmittag so kindisch. Ist euch das recht?"

Nach einigem Ueberlegen gingen die anderen drei auf Luciens Vorschlag ein, aber nur unter der Bedingung, daß immer etwas sehr Hübsches gelesen würde. Lucie übernahm es, stets für nette Bücher zu sorgen, und schien den Geschmack ihrer Freundinnen gut zu treffen; denn man hatte bereits an drei Sonntagen vorgelesen, ohne daß irgend eine von ihnen Ungeduld verraten hätte. Wie wir bereits vorausgeschickt, hatte Lucie an diesem Nachmittage die nette Erzählung der bekannten „Drei Wünsche" gewählt, bei deren Besprechung wir das Kränzchen belauschten. Schon dämmerte der Abend, als sie sich erhoben, um ein Spiel zu beginnen.

„Was fangen wir nun an?" fragte Lucie; noch ehe aber eine Antwort erfolgen konnte, wurden die Mädchen durch ein Poltern an der Thür des Garten- hauses recht erschreckt. Sie flogen alle zugleich in die fernste Ecke des Zimmers und blickten ängstlich nach der Thür, vor welcher sie eine weiße Gestalt zu sehen wähnten; nachdem sich das Poltern noch einigemal wiederholt hatte, rief eine Stimme laut: „Junge Damen des Kränzchens, hier ist ein Brief an euch!" Zugleich sahen sie etwas Viereckiges an der Glasscheibe vorbei fliegen. Atemlos blieben die Mädchen stehen; sie glaubten, in der Ferne Musik zu vernehmen, aber so leise, daß sie kaum wußten, ob sie recht gehört. Sie horchten noch eine Zeitlang aufmerksam, vernahmen aber nichts weiter; nur der Brief draußen vor der Thür bewies, daß dort wirklich vorhin ein lebendes Wesen erschienen war. Durch die lautlose Stille beruhigt, wagte Lucie flüsternd zu sagen: „Kommt, wir wollen doch einmal nachsehen, was das ist!"

Mutig lief sie auch ungefähr durch die Hälfte des Zimmers; als sie jedoch bemerkte, daß ihr niemand folgte, sagte sie: „Kommt, seid doch nicht so ängstlich! Da der Brief für uns ist, müssen wir ihn doch holen!"

„Komm, Martha," fügte sie hinzu, indem sie deren Hand erfaßte, „die Thür ist ja geschlossen, wir wollen zusammen nachsehen, was es ist."

„Ich mag nicht," antwortete Martha, indem sie sich losmachte, „ich fürchte mich nicht etwa, aber ich mache mir nichts aus solchen sonderbaren Dingen."

„Dann komm du, Anna," sagte Lucie, „sei du

verständiger; was kann uns denn ein Brief zuleid thun?"

Sie nahm Anna bei der Hand, diese hielt sich aber an Sophie fest, und so schritt das Kleeblatt, dem Martha in respektvoller Entfernung folgte, auf die Gartenthür zu. Nach langer Beratung fanden sie endlich den Mut, die Nase an die Scheiben zu drücken und hinauszuspähen; aber zu ihrer großen Enttäuschung

konnten sie nichts entdecken, als die wohlbekannten Bäume im Garten, die vom Mondlicht schwach beleuchtet waren.

„Wollen wir die Thür öffnen und den Brief hereinnehmen?" fragte Lucie.

„Ja, wenn du den Mut dazu hast," sagte Martha.

„Den hätte ich gewiß," erwiderte Lucie, „ich war aber vergangene Woche erkältet und muß mich nun vor Zug hüten."

Dasselbe war merkwürdigerweise auch bei Anna und Sophie der Fall. Die eine hatte Zahnweh gehabt, die andere den Husten, sonst hätten sie sich keinen Augenblick besonnen.

„Wie schade, daß die Mutigen so plötzlich krank geworden sind," spottete Martha, „ich sage es rund heraus, daß ich mich fürchte. Es könnte Einer hinter der Thür stehen und mich anpacken, darum wage ich es nicht."

„Laß ihn vom Mädchen holen," meinte Sophie.

Der Einfall war wohl auf der einen Seite gut, auf der andern nicht, denn wenn es ein Geheimnis bleiben sollte, so konnte es durch das Mädchen leicht verraten werden; besser war es, das Hereinholen selbst zu besorgen. Das meinten wohl alle, aber wer fand sich zu dem Wagnis?

Glücklicherweise kam gerade das Hausmädchen herein, um zu fragen, ob die jungen Damen noch kein Licht wünschten.

„Ja gewiß," sagte Lucie und fügte beiläufig hinzu:

„Sieh einmal, Katharine, wir haben dort ein Stück Papier liegen lassen, bitte hole es herein. Warte, wir stellen uns hinter die Thür, denn wir fürchten uns vor dem Zug."

Natürlich öffnete Katharine furchtlos die Thür, nahm den Brief und gab ihn Lucie, worauf sie sich rasch entfernte, um Licht zu holen.

„Bravo, bravo, Lucie, wie klug du das gemacht hast, Katharine hat gar nichts davon gemerkt," rief Sophie.

„Es traf sich gut, daß sie gerade kam," sagte Lucie, „aber riecht einmal," fügte sie hinzu, indem sie den anderen den Brief hinhielt. Alle fanden den Duft sehr angenehm und waren auf den Inhalt des parfümierten Briefes sehr gespannt; sie wurden ganz ungeduldig, weil die Lampe so lange ausblieb.

Ihre Geduld wurde noch auf eine schwerere Probe gestellt, denn zugleich mit der Lampe trat Frau Schaller herein. So beliebt Luciens Mama sonst war, heute kam sie den Mädchen höchst ungelegen, und auf ihre freundlichen Fragen nach dem Befinden der verschiedenen Mamas erhielt die gute Dame keine weitere Antwort als:

„O danke, sehr gut."

„Ist Karl zu Hause?" fragte Lucie, die, nicht wenig verlegen, den Brief unter ihrer Schürze verbergend, dasaß.

„Nein, er ist gleich nach dem Kaffee ausgegangen, und da Papa auch nicht zu Hause ist, sitze ich allein," sagte Frau Schaller.

Den Mädchen wurde ganz beklommen zu Mute, da es schien, als ob Frau Schaller die Absicht habe, bei ihnen sitzen zu bleiben, wie sie zuweilen zu thun pflegte. Glücklicherweise dachte sie nicht daran und entfernte sich bald wieder. Die Mädchen verriegelten nun die Thüre und drängten sich begierig um Lucie, als diese den geheimnisvollen Brief wieder zum Vorschein brachte und vor sich auf den Tisch legte.

„An die Damen des Kränzchens," lasen ein paar laut vor und fügten hinzu: „Komm, Lucie, mach' ihn rasch auf."

Lucie that es. Der Brief war mit festen, edlen Schriftzügen auf buntes Velinpapier geschrieben. Vor Neugier und Ungeduld konnten die Mädchen anfangs gar nicht lesen, denn sie steckten alle zugleich die Nase in den Brief.

„Wartet doch, so geht es nicht," rief Lucie, „laßt Anna vorlesen," und voller Selbstverleugnung reichte sie dieser den Brief. Anna las:

„Meine lieben, jungen Damen!

Euer Genius hat Euren Wunsch vernommen, und da er Euch lieb hat und Euch gern ein Vergnügen macht, erlaubt er Euch allen, einen Wunsch auszu- sprechen. Acht Tage Bedenkzeit werden Euch zuge- standen. Überlegt Euch reiflich, aber teilt einander Eure Wünsche nicht mit. Sprecht nicht mit anderen von meinem Versprechen, aber sorgt dafür, daß Ihr am nächsten Sonntag im Gartenhaus des Herrn von Langen beisammen seid, dann wird um halb acht Uhr erscheinen   Euer Genius."

Es bedarf wohl nicht erst der Versicherung, daß der Brief nun von Hand zu Hand ging und daß an diesem Abend weder an das Spielen, noch an das

Kochen gedacht wurde. Der Brief und der Genius waren die einzigen Gesprächsgegenstände. Alle waren einig darüber, daß das unerklärliche Ereignis ganz geheim gehalten werden müsse.

Nachdem sie lange darüber nachgesonnen, wie man den Brief aufbewahren sollte, kamen sie zu dem Entschlusse, ihn zu zerreißen und verbrannten die Stückchen sorgfältig, damit nirgends eine Spur von ihm zurückbliebe.

Welches Glück, daß Sophie am nächsten Sonntag gerade an der Reihe war, das Kränzchen zu halten. Bei Langens saßen sie öfter im Gartenhaus und konnten daher, ohne Argwohn zu erregen, auch diesmal darum bitten.

„Aber," fragte Sophie, „was sollen wir uns wünschen?"

„Nun, eine jede muß ihren Wunsch für sich allein ausdenken, ich weiß wohl, um was ich bitten werde, und wenn ihr es noch nicht wißt, dann müßt ihr die ganze Woche darüber nachdenken, aber bedenkt wohl, daß ihr mit niemand darüber sprechen dürft," sagte Lucie.

„Bei mir bedarf es keiner langen Überlegung," meinte Martha, „ich will . . ."

„Halt," rief Lucie, „denk' an die Wurst und den Kochlöffel und sei vorsichtig."

Zum erstenmal seit dem Empfange des Briefes wurde wieder herzlich gelacht; es hatte bisher eine solche Spannung geherrscht, daß alle nur im Flüsterton gesprochen hatten.

„Ich habe in meinem ganzen Leben noch kein so
sonderbares Kränzchen mitgemacht," sagte Sophie.

„Kein so wichtiges," verbesserte Lucie, während
Anna es „geheimnisvoll" fand und Martha Schulte es
ein „glückliches" nannte.

Bald darauf wurden die Mädchen abgeholt, und nach
kurzer Zeit lagen sie in ihren Betten; aber keines von
ihnen konnte gleich einschlafen. Ihre Wangen glühten,
ihre Herzchen klopften, weit mehr als sonst nach dem
wildesten Spiel; und erst nach langer, langer Zeit
senkte sich der Schlaf endlich auf ihre Lider herab.

Zweites Kapitel.

Die Tochter des Steuereinnehmers.

"Flink, Martha, aus den Federn, Mädchen. Es ist schon sechs Uhr, und du liegst noch zu Bett, schäme dich," so hörte Martha sich am folgenden Tag von ihrem Vater rufen. Die Kammer, in der sie mit ihrer Schwester Gertrud schlief, war nur durch einen Bretterverschlag von dem Zimmer ihrer Eltern getrennt. Sie wurde daher meistens durch Klopfen gegen die Bretterwand geweckt.

"Ich komme schon," lautete die in sehr schläfrigem Ton gegebene Antwort. Aber Martha sprang doch, nachdem sie ihr Schwesterchen geweckt hatte, rasch aus dem Bett und fing an, sich anzukleiden.

"Martha, wenn du fertig bist, mußt du den kleinen Franz holen, er ist die ganze Nacht hindurch sehr unruhig gewesen und Mama soll daher noch liegen bleiben," rief Herr Schulte wieder.

"Immer das alte Lied," brummte Martha zwischen den Zähnen, "den ganzen Tag wird's wieder heißen: vorwärts, eile dich, wie gewöhnlich!"

So wenig sie auch zur Eile geneigt schien, so war
sie doch rasch fertig, ging in die Stube ihrer Eltern
und eilte dann mit dem in Decken gehüllten Franz
hinunter.

Für manches Mädchen von vierzehn Jahren würde
es eine große Freude sein, ein Kindchen auf dem Arm
halten zu dürfen, nicht so für Martha. Den Reiz der
Neuheit hatte es für sie längst verloren. Sie hatte
von ihrem zehnten Jahr an kleine Kinder gewartet, denn
ihre Eltern waren ganz unbemittelt und hatten deshalb
fast keine Bedienung. Außer einer alten Frau, die ab
und zu zur Hilfe kam, bestand das ganze Dienstpersonal
aus einem ganz jungen Mädchen. So war es
nicht zu verwundern, daß Frau Schulte sich genötigt
sah, ihre älteste Tochter zu allerhand Dienstleistungen
heranzuziehen, und daß für diese das Lernen nur als
Nebensache, ja eher als Erholung betrachtet wurde,
während die häuslichen Beschäftigungen für die eigent-
liche Arbeit galten.

Vielleicht hätte Martha das nicht so unangenehm
empfunden, wenn sie nicht durch ihr Kränzchen beständig
mit Mädchen im Verkehr gewesen wäre, die ein ganz
anderes Leben führten wie sie. Sie stellte immer Vergleiche an und fühlte sich dadurch zeitweilig sehr unglücklich. Besonders des Montags, wenn sie noch unter
dem Eindruck von Luciens luxuriösem und Sophiens
behaglichem Leben stand, war es ihr manchmal unmöglich, ihre Unzufriedenheit zu verbergen.

Heute morgen aber war sie ausnahmsweise heiter,
sie hatte es ja jetzt in ihrer Macht, eine Veränderung

in ihrem Leben hervorzurufen. Sie durfte jetzt einen Wunsch äußern, und der Wunsch durfte umfassend sein. Es schien, als ob der Gedanke ihr ungeahnten Mut und Kraft gebe, denn sie hielt nicht nur Franz ruhig und half Trudchen beim Ankleiden, sondern sie hatte, noch ehe die Mutter herunterkam, sämtliche Butterbrote zum Frühstück gestrichen und den Brüdern die Aufgaben überhört, eine außerordentliche Leistung für sie, zu der sie sonst kaum zu bewegen war.

„Komm, Martha, ich bin so froh, daß du so flink gewesen bist, denn wir haben heute viel vor," sagte Frau Schulte, als sie herunterkam.

Martha sah ihre Mutter verwundert an, denn sie hatte noch nichts von besonderen Arbeiten gehört. „Ja, in den nächsten Tagen wird Frau von Waldenburg hierher kommen, und dann habe ich, wie du weißt, alles gern in schönster Ordnung."

„O, wie unangenehm," rief Martha mit einem tiefen Seufzer. „Ich wollte, sie bliebe, wo sie ist."

Frau Schulte that, als höre sie diese Bemerkung nicht, und beeilte sich mit Martha, die Kinder zur Schule fertig zu machen. Als diese fortgegangen waren und man die häuslichen Geschäfte besorgt hatte, fragte Frau Schulte: „Nun, wie war es gestern in eurem Kränzchen? Ich habe noch gar nichts davon gehört."

„Sehr schön," sagte Martha und fügte erregt hinzu: „Wir haben uns herrlich amüsiert."

„Das höre ich gern," sagte Frau Schulte, „das klingt schöner, als wenn du sonst aus dem Kränzchen kommst und immer allerhand Anlaß findest, dich unglücklich zu fühlen."

„Ja, liebe Mama, ich weiß, ich bin manchmal
sehr unverständig gewesen, aber du weißt nicht, wie viel
Mühe es mich immer kostete, zufrieden zu sein, wenn
ich Lucie und Sophie wieder gesprochen hatte. Aber
jetzt habe ich meinen Neid ganz überwunden; ich habe
mir überlegt, daß ich noch einmal gerade so reich werden
kann wie sie."

Frau Schulte lächelte bei diesen erregten Worten
ihrer Tochter und sagte: „Wenn das dein einziger
Trost ist, meine liebe Martha, so fürchte ich, daß du
noch nicht sehr viel weiter bist, denn einmal hast du
sehr wenig Aussicht darauf, reich zu werden, und dann
wirst du immer Menschen finden, die an Rang und
Vermögen über dir stehen."

Martha dachte bei sich, sie werde schon dafür
sorgen, daß ihr nicht viele überlegen wären, davon
sagte sie indessen ihrer Mutter nichts. Das Gespräch
wurde jetzt abgebrochen, da der Kaffee für das Büreau
bereitet werden mußte. Noch ehe derselbe eingeschenkt
war, trat Herr Schulte mit einem Brief herein, der
wahrscheinlich zu spät abgeschickt worden und aus dem
ersichtlich war, daß Frau von Waldenburg schon heute
kommen wolle.

Dieser Brief bereitete Frau Schulte großen Schrecken,
da sie noch so viel ordnen und sich und die Kinder für
den vornehmen Gast umkleiden wollte. Lieber Himmel,
wenn die Dame zum Essen blieb! Sie hatte es ihnen
ja längst versprochen. Sie schrieb zwar nichts davon,
aber man mußte doch immerhin darauf gefaßt sein.
Martha mußte nun Äpfel holen und schälen, und ihrer

Mutter in der Küche fleißig zur Hand gehen. Glücklicherweise ging alles nach Wunsch, und die häuslichen Geschäfte waren beseitigt, als der vornehme Gast ankam. Wohl hatte Franz sein schönes weißes Schürzchen beschmutzt, und der kleine fünfjährige Peter ließ gerade eine Büchse mit Pfennigen hinfallen, als der Wagen vorfuhr, aber außerdem hätte der vornehme Besuch keine Veranlassung zu einer tadelnden Bemerkung gefunden.

Drittes Kapitel.

Frau von Waldenburg.

Martha stand mit Franz auf dem Arm am Fenster, als der Wagen vorfuhr. Sie sah, noch ehe das Gefährt hielt, wie der Diener herabsprang, um zu schellen. Das war aber gar nicht nötig, denn die Thür wurde in demselben Augenblick von Herrn Schulte geöffnet, der mit entblößtem Haupt auf den Wagen zu eilte, selbst den Schlag öffnete und dem hohen Gast beim Aussteigen behilflich war. Die Dame begann sich nun langsam in Bewegung zu setzen, was keine sehr leichte Aufgabe zu sein schien; erst nach vielen Umständen zeigte sich vor Marthas Blick die sehr dicke Gestalt der Frau von Waldenburg. „Sieh nur, Franz, mein Junge, sie hat noch dasselbe blutrote, narbige Gesicht wie früher," sagte Martha, eigentlich mehr zu sich selbst als zu dem Kinde, das sie doch noch nicht verstand.

„Martha, Kind, sage nicht solche Dinge," bat die Mutter mehr erschrocken als böse, „pass' auf und sei ums Himmels willen heute nur lieb und freundlich."

Martha biß sich auf die Lippen; sie wußte, was das „heute nur" zu bedeuten hatte, und erinnerte sich, wie dieselbe Dame bei ihrem letzten Besuch die Bemerkung gemacht hatte, daß Martha immer unfreundlich aussehe, eine Bemerkung, die das junge Mädchen für den ganzen übrigen Tag um die gute Laune gebracht hatte.

„Aber, komm nur," dachte Martha, während sie das freundlich lachende Gesichtchen ihres Brüderchens küßte, als wenn sie daraus Mut schöpfen könne, „ich werde so zuvorkommend und freundlich sein, wie ich kann, wenn auch nicht der gnädigen Frau, so doch Mama zu lieb, die ich ungern betrübe."

Mit diesen Gedanken ging sie einige Schritte vor und begrüßte die Eintretende so liebenswürdig wie möglich. Diese nickte ihr freundlich zu und nahm dann auf dem Sopha Platz. „Wie geht's? wie steht's? geht's gut? nun das ist schön," sagte Frau von Waldenburg, nachdem sie einige Augenblicke von ihrer Anstrengung ausgeruht hatte. „Ich habe," fuhr sie fort, „in der letzten Zeit wieder viel an Kurzatmigkeit zu leiden gehabt, das ist sehr unangenehm. Auch schlafe ich schlecht, und manchmal schmeckt mir sogar das Essen nicht." In ähnlicher Weise ließ sich die Dame noch einige Zeit über ihre Leiden aus, während Martha dachte, es sei doch recht unhöflich, so lange von sich selbst zu sprechen, ohne nach dem Befinden der anderen zu fragen. Es ärgerte sie, daß ihre gute Mutter so teilnehmend zuhörte.

„Nun, bei Ihnen ist wieder ein Kleines angekommen,

2*

seitdem ich zum letztenmal hier war?" fragte die Dame
endlich.

„Ja," sagte Marthas Mutter, und jener das Kind
abnehmend, hielt sie es Frau von Waldenburg hin,
die ohne sich Franz anzusehen, gnädig bemerkte: „O,
ein kräftiges Mädchen!" „Ein Junge," verbesserte Frau

Schulte. „Ach so, nun habt ihr also vier Jungen
beisammen; da habt ihr das Haus hübsch voll."

„Ja, es ist eine große Familie," bestätigte der
Einnehmer ernst, „und obschon wir recht glücklich mit
unseren Kindern sind, kann ich doch nicht leugnen, daß
der Gedanke an die Zukunft mir manchmal Sorge
macht. Jetzt gehen die Jungen noch in die Volksschule,

und sie thun alle ihr Möglichstes und lernen tüchtig, aber wenn sie älter werden, können sie nicht mehr lange unter der Leitung unseres alten Schulmeisters bleiben."

„Sie können bei ihm doch wahrlich genug schreiben, lesen und rechnen lernen, um später in die Lehre gethan zu werden," bemerkte Frau von Waldenburg.

Martha hatte gerade nicht auf das Gespräch gehört, als sie plötzlich gewahrte, daß ihre Eltern dunkel rot wurden; nun begann sie verwundert auf das zu achten, was verhandelt wurde.

„Nun," fuhr die Dame langsam fort, „ich für meinen Teil erblicke durchaus keine Schande darin, sich auf anständige Weise sein Brot zu verdienen, und stelle einen geschickten Handwerker weit über einen Büreauschreiber."

„Aber um ein tüchtiger Arbeiter zu werden, muß man vor allen Dingen von kräftigem Körperbau sein," sagte Frau Schulte, „und unsere Knaben sind zwar gesund und frisch, aber doch zart." Frau von Waldenburg zuckte die Achseln und schien nachzudenken. Dann entgegnete sie: „Ja, meine lieben Freunde, ich sage meine Meinung ehrlich und offen, man muß sich nach der Decke strecken. Es nützt nichts, den Kopf hoch zu tragen."

Es war Frau Schulte anzusehen, daß das Weinen ihr näher stand als das Lachen. Was weiter gesprochen wurde, konnte Martha aber nicht mehr hören, denn ihre Mutter winkte ihr und sagte: „Nimm Franz mit

fort, — und fieh einmal nach dem Braten," fügte fie
leifer hinzu.

„Ich hoffe doch nicht," fagte Frau von Waldenburg, „daß Sie meinetwegen Umftände machen, denn
erftens bin ich gewöhnt, immer fehr einfach zu effen,
und zweitens bin ich heute fchon anderswo verfagt."

„Das ift gut," dachte Martha und bedauerte, daß
fie es nicht laut fagen konnte.

„Welch unleidliche Perfon," fagte fie zu fich felbft,
indem fie das Zimmer verließ. — „Sie hat Franz
nicht einmal angefehen;
aber das ift mir ganz recht:
Franz hat ein viel zu liebes
Geſichtchen, um von folch
häßlicher Perfon betrachtet
zu werden."

Sie küßte das Kind und
fpielte mit ihm und
wiegte es endlich auf ihren
Armen in Schlaf; dann
beugte fie fich über ihn und
flüfterte: „Weißt du, was
ich thun will, Franz? ich
werde den Genius bitten,
mich f e h r reich zu machen,
und wenn ich dann viel Geld habe, werde ich dafür
forgen, daß du immer fchön gekleidet bift und überhaupt nie hinter anderen zurückzuftehn brauchft." Und

als ob das Kind diese Worte hörte und verstünde, lächelte es im Schlafe.

„Höre Mama,“ sagte Martha später, als der Besuch sich wieder entfernt hatte, „wie froh bin ich, daß die Person nicht zum Essen geblieben ist. Mir wird immer ganz beklommen zu Mute, wenn sie hier ist. Wenn ich an deiner Stelle wäre, würde ich sie nie empfangen, oder wenn es nicht anders ginge, immer so unhöflich sein, daß sie von selbst nicht mehr käme.“

„Wenn du an meiner Stelle wärest, würdest du genau so handeln wie ich,“ sagte Frau Schulte.

„O gewiß nicht,“ rief Martha lebhaft, „es würde mir ganz unmöglich sein, ihr zuvorkommend zu begegnen; sie ist mir zu unangenehm.“

„Nein! Martha,“ fiel die Mutter ihr ins Wort, „so darfst du nicht über Frau von Waldenburg sprechen; sie hat erstens einen sehr achtungswerten Charakter, und zweitens verdanken wir ihr viel zu viel, um sie nicht in Ehren zu halten und lieb zu haben.“

„Lieb haben?!“ rief Martha verwundert, „aber, liebe Mama, das ist ja unmöglich.“

Frau Schulte ging einen Augenblick mit sich zu Rate, dann sagte sie: „Liebe Martha, du bist jetzt alt genug, um ein Geheimnis bewahren zu können, ich werde dir jetzt erzählen, wieviel Grund wir haben, die gute Dame lieb zu haben.“

Und nun erzählte Frau Schulte ihrer Tochter, daß Frau von Waldenburg ihr nicht nur die Mittel verschafft habe, ihren Haushalt anzufangen, sondern ihr auch noch jährlich eine bestimmte Summe Geldes gebe.

„Ohne ihre Hilfe könnten wir nicht so leben," fuhr
Frau Schulte fort und fügte hinzu: „Ich würde nicht
darüber gesprochen haben, wenn du nicht eine so ver=
kehrte Meinung von unserer Wohlthäterin gehabt hättest.
Nicht wahr, nun du alles weißt, thut es dir leid,
daß du ihr so unhöflich begegnet bist?"

Martha sah traurig vor sich nieder und seufzte
laut, aber nicht, wie ihre Mutter glaubte, weil es ihr
leid that, unfreundlich gegen den Besuch gewesen zu
sein, sondern weil sie enttäuscht war über die eben ge=
machte Entdeckung. Ach! bis jetzt hatte sie sich schon
unglücklich genug gefühlt, weil sie so sehr hinter ihren
Freundinnen zurückstand, und nun mußte sie hören, daß
sie ohne die unleidliche reiche Dame noch weniger Vor=
rechte genießen würde.

Martha hätte vor Ärger weinen können.

„Papa, wenn ich Offizier bin, esse ich jeden Mittag
Kuchen," sagte Robert, während er das letzte Stückchen
seiner Portion in den Mund steckte und verlangend
nach der Schüssel blickte.

„So, mein Junge," war die Antwort, „da kannst
du noch lange warten, denn Offizier wirst du sicher
nicht; es ist besser für dich, ein geschickter Zimmermann
zu werden und Häuser zu bauen."

„O nein, ich finde es viel schöner, Offizier zu sein,"
sagte Robert.

„Und ich werde Pfarrer, Papa," rief Hugo mit
vollem Munde.

„Nein, lieber Junge, das glaube ich nicht," sagte
Herr Schulte.

„Aber, Papa, was soll ich denn werden?" fragte Hugo so ernsthaft, als ob er gleich einen Entschluß fassen müsse.

„O, das werden wir später besprechen," sagte Herr Schulte und brach das Gespräch absichtlich ab; aber Robert und Hugo ließen sich nicht so abweisen und fragten, als der Vater wieder aufs Büreau gegangen war, die Mutter, warum sie das nicht werden könnten, was sie gern wollten. Diese antwortete, die früheren Pläne seien nur im Scherz gemacht worden, und man dürfe sich nicht Dinge in den Kopf setzen, die doch nie verwirklicht werden könnten.

„Wie merkwürdig!" dachte Martha, als sie am Abend im Bett lag, „bis jetzt sprachen doch Papa und Mama immer mit Robert davon, daß er Offizier werden solle, und nun, seit Frau von Waldenburg hier war, sind sie beide auf einmal anderer Ansicht."

„Es ist sonderbar," überlegte sie weiter, „daß meine Eltern, die sonst so verständig sind, doch immer nach der Pfeife dieser unleidlichen Person tanzen." Je mehr aber Martha über die Sache nachdachte, desto weniger sonderbar kam sie ihr vor. Sie sah mehr und mehr ein, daß die Hilfe, welche die reiche Dame ihren Eltern zuteil werden ließ, ihr auch einigermaßen das Recht gab, sich in die Angelegenheiten derselben zu mischen.

„Geld giebt Macht," schloß Martha ihre Betrachtungen und nahm sich vor, den Genius um sehr viel Geld zu bitten, damit ihr später andere Leute auch alles an den Augen absehen müßten.

Viertes Kapitel.

Lucie und ihr Bruder.

Als Lucie sich an dem Abend nach dem Kränzchen ausgekleidet hatte, blieb sie noch eine Weile an ihrem Fenster stehen. „Genius, Genius," sagte sie, das Wort langsam vor sich hinsprechend, wie um sich die Bedeutung desselben dadurch klar zu machen. „Ein Genius ist sicher ein guter Schutzengel, aber in unserer Zeit, — ich verstehe den Brief und das Versprechen wirklich nicht. Es ist, als ob wir in die Märchenzeit versetzt worden wären, in die Zeit der Feen, Elfen und Zauberer. Ich möchte Karl einmal danach fragen, aber der wird mich sicher nur auslachen, und ich darf ja auch gar nicht darüber sprechen. Ich weiß recht wohl, was ich mir wünschen will, denn ich möchte gern berühmt werden; welch größeres Glück kann es denn geben, als von allen Menschen geehrt zu werden? Ich hoffe, von dir zu träumen, mein Genius," sagte sie, als sie den Kopf aufs Kissen legte. Ihr Wunsch ging jedoch nicht in Erfüllung; sie träumte gar nichts oder konnte sich wenigstens am nächsten Tag dessen nicht mehr erinnern. Sie gab sich auch gar

keine Mühe, denn der folgende Tag brachte sehr viel
Abwechselung für sie.

Schon sehr früh stand die Mutter an ihrem Bett
und rief: „Lucie, eile dich beim Ankleiden; Papa muß,
wie du weißt, in Geschäften nach Köln und Karl
geht mit, weil morgen abend ein schönes Konzert dort
stattfindet. Ich habe überlegt, daß wir auch ganz gut
mitgehen können, aber wir müssen uns beeilen, denn in
drei Viertelstunden kommt der Wagen, um uns abzuholen.

Lucie hatte kaum die ersten Worte gehört, als sie
schon aus dem Bett sprang; sie beeilte sich so sehr,
daß sie lange vor der Ankunft des Wagens vollständig
fertig war.

Es war ein prächtiger Ausflug, das Wetter so
schön, daß die etwa drei Stunden lange Fahrt allein
schon ein Genuß war. In Köln wurde alles gethan,
um Lucie Vergnügen zu machen, denn sie war sowohl
der Liebling der Eltern, als auch der ihres Bruders.

Vor ihr waren noch zwei Mädchen geboren worden,
sie waren früh gestorben, und es schien, als ob Lucie
dadurch ihren Eltern noch teurer geworden wäre.

Hatte Karl sein Schwesterchen zwar sehr gern, so
wollte es Lucie doch nicht gefallen, daß er sie immer
noch für so gar jung hielt. Sie fand sich nun alt
genug, um nicht mehr wie ein Kind von ihm behandelt
zu werden, und darum fing sie manchmal absichtlich
eine Unterhaltung mit ihm an.

In Köln hatte ihr Vater für das ganze Jahr zwei
Zimmer gemietet, da er oft dort zu thun hatte. Als
nun Karl einmal am Fenster saß, ging sie auf ihn zu
und fragte:

„Sag' 'mal, Karl, glaubst' du, daß es gute und böse
Geister giebt?"

„Gewiß," erwiderte Karl, „denke nur an die
Märchen; wie heißt das eine doch gleich? Ach so, weißt
du wohl das von der Prinzessin, die in tiefen Schlaf
verfiel und . . . . . ja, es ist wahr, im Märchen vom
Dornröschen kommt es, glaub' ich, vor, daß die eine
Fee nur Gutes verspricht und die andere nur Böses;
es geht auch alles in Erfüllung, denn die Prinzessin
wird erst glücklich, und dann schläft sie so lange. Ich
meine, sie müßte von dem anhaltenden Liegen ganz
steif geworden sein, glaubst du nicht auch?"

„Ach, geh," sagte Lucie, „meinst du denn, ich
glaube an die Märchen?"

Karl machte große Augen und sagte: „Lucie,
was muß ich hören! Du glaubst nicht an Märchen,
am Ende auch nicht an den Nikolaus? Wie die Welt
zurückgeht! In meiner Jugend glaubte ich ebenso fest
an alle Märchen, wie ich davon überzeugt war, daß der
Nikolaus durch den Schornstein herunterführe."

„Ach, dann warst du aber sehr thöricht!" entgegnete Lucie; „aber sage einmal, Karl, glaubst du im
Ernst, daß es gute und böse Genien giebt?"

„Lucie, du bist wirklich ein beharrliches Kind,
immer wieder thust du dieselbe Frage. Gewöhnlich
sagt man, Kinder seien sehr leicht von einem Gedanken abzulenken, aber nun sehe ich, daß es doch recht schwer hält."

„Und warum willst du mich auf andere Gedanken
bringen?" fragte Lucie, die sich fest vorgenommen hatte,
nicht böse zu werden.

„Nun, liebes Kind, einzig und allein, weil ich die feste Absicht habe, mich heute einmal den Vorübergehenden zu widmen, und, wenn ich anfinge, dir darzulegen, was ich glaube und nicht glaube, dann könnte ich keine einzige schöne Geschichte mehr auf der Straße lesen."

„Manchmal bist du so sehr klug," sagte Lucie, die Lippen aufwerfend, „und dann sprichst du wieder solchen Unsinn, wie eben jetzt. Komm Karl, sei nun wieder wie gewöhnlich und sprich verständig mit mir."

„Aber, liebste Lucie, sieh nur einmal hinaus und begreife dann, wie jammerschade es ist, jetzt zu sprechen, statt all die schönen Erzählungen aufzulesen."

Lucie sah ihren Bruder verwundert an, aber als er sie auf seine Knie nahm und sagte: „Sieh, Lucie, alle die Menschen, die da gehen, haben jeder seine besondere Geschichte, die du mit ein wenig Einbildungskraft sehr bald herausfinden kannst," antwortete sie:

„Ach, ich sehe nichts."

„Nichts?" wiederholte Karl fragend.

„Wirklich nicht, der eine geht rasch, der andere
langsam; dieser trägt selbst sein Bündel, jener läßt es
von einem Dienstmann tragen; der eine ist schön ge
kleidet, der andere ärmlich, diese Frau verkauft Fische
und Aepfel und . . . .“

„Siehst du nun, Lucie, du bekommst auch Ge=
schmack an den Erzählungen der Straße,“ sagte Karl.

„Gerade so viel, um nicht länger wie ein kleines
Kind auf deinem Schoß zu sitzen,“ schmollte Lucie und
setzte sich, ein wenig böse, daß Karl ihre Frage nicht
beantworten wollte, in die andere Fensternische.

Karl that, als ob er dies nicht bemerke und sagte,
nachdem er noch einen Blick hinausgeworfen hatte,
laut: „Lieber Himmel! welcher spannende Moment;
da ist Wilhelm Franken, er liebte Anna Werner und
hielt um sie an, aber ihr Vater wollte nichts von einer
Heirat wissen, denn er glaubte, der Junge habe kein
Vermögen. Viel Geld hatte Wilhelm allerdings auch
nicht, aber gute Aussichten.

Das teilte er Annas Vater mit, aber dieser glaubte
nur das, was er sah. Wilhelm sah ein, daß ihm der
Anschein des Reichtums viel helfen werde; er kleidete
sich daher besser als früher, er mietete eine schönere
Wohnung, schaffte sich eine goldene Taschenuhr mit
zierlicher Kette an und machte Anna und ihrem Vater
kostbare Geschenke. Auf diese Weise blendete er die
Augen des alten Herrn und erhielt die Zustimmung
zur Verlobung.

Nun hätte er glücklich sein können, wenn er

das Geld, das er verbraucht, nicht gestohlen hätte, aber — — — —"

„Wie schändlich!" rief Lucie näher tretend.

„Ja, das Geld hatte er einer alten blinden Frau gestohlen," fuhr Karl fort.

„Noch schändlicher!" rief Lucie.

„Die Frau war seine Tante; sie hatte viel Geld und viele sonderbare Ideen. So sollten unter anderem ihre beiden Neffen und voraussichtlichen Erben durchaus nicht heiraten. Der jüngste der beiden, ein unüberlegter Junge, hatte sich so lange nach seiner Tante gerichtet, bis er einer lieben, aber unbemittelten Näherin begegnete, die ihm so gut gefiel, daß er ihr sehr rasch nach der ersten Bekanntschaft Herz und Hand anbot. Sobald er wußte, daß sie ihm nicht abgeneigt war, eilte er in großer Aufregung zu seiner Tante, bat um ihren Segen, erhielt ihren Fluch und wurde — — — enterbt.

Unser Freund Wilhelm wurde nun zum alleinigen Erben eingesetzt; er durfte sich nicht verloben, sondern sollte seinen Lebensweg ganz allein gehen. Doch ach, er verliebte und verlobte sich nicht nur, sondern stahl auch noch, als er die Coupons für seine Tante abschnitt, ein Papier von tausend Mark. Er redete sich selbst ein, daß dies eigentlich kein Diebstahl sei, denn er konnte das Geld doch schon einigermaßen als sein Eigentum betrachten, und doch schlug sein Herz hörbar, wenn er von einem Diebstahl sprechen hörte, oder wenn sein Blick in den Zeitungen auf die Gerichtsverhandlungen fiel, oder wenn sein Prinzipal ihn merken ließ,

daß er ihm vollständig vertraue; denn er wußte, daß
er ein doppeltes Verbrechen begangen hatte. Zu seiner
Unehrlichkeit kam, als erschwerender Umstand, ein Ver-
trauensbruch hinzu."

„Bitte, Karl, erzähle weiter," bat Lucie, als Karl
innehielt.

„Ei, Lucie, hörst du denn auf die Erzählungen
der Straße?" fragte Karl, als ob er jetzt erst ihre Nähe
bemerke.

„Ja gewiß, und ich finde diese Erzählung sehr
spannend und möchte gern wissen, wie Wilhelm für
seine Schlechtigkeit gestraft wird, denn das geschieht
doch, nicht wahr? Der jüngste Neffe wird wieder in
Gnade aufgenommen und Wilhelm enterbt?"

„Nein, falsch geraten. Höre nur; Wilhelm träumte
einmal, daß die Thür seines Zimmers von einem Ge-
richtsdiener geöffnet würde. ‚Da ist der Dieb!' rief
derselbe, und nun sah Wilhelm noch zwei andere Männer
mit Ketten in den Händen auf sich zukommen, um ihn zu
fesseln. Als das geschehen war, faßten sie ihn an beiden
Armen und brachten ihn so auf den Flur, wo er seine
Tante stehen sah mit dem anderen Neffen, seiner Braut,
ihrem Vater und seinem Prinzipal mit einigen anderen
Bekannten, die ihn alle mit Verachtung ansahen. —
Als er erwachte, stand ihm der kalte Schweiß auf der
Stirne. ‚Wie gut, daß es nur ein Traum war,' sagte
er, sich emporrichtend, aber er konnte doch den Gedanken nicht loswerden, daß seine Missethat bekannt
geworden sei und beschloß, zu seiner Beruhigung noch
einmal nach seiner Tante zu sehen, ehe er auf das

Kontor ging. Er kleidete sich rasch an und machte sich auf den Weg; aber als er um die Ecke der Straße bog, in der seine Tante wohnte, war es ihm, als ob seine Beine den Dienst versagten, so bestürzt machte ihn der Anblick von zwei Herren, die gerade an dem Hause klingelten, in das er eintreten wollte. Mit äußerster Anstrengung und Selbstbeherrschung kam er noch an die Treppe, ehe aufgemacht wurde, und jetzt erkannte er seinen Vetter und den Notar.

‚Das Testament soll noch einmal geändert werden,‘ sagte der jüngste Neffe, ‚denn du hast auch eine Braut, und dieser Herr wird es der Tante erzählen.‘

Wilhelm wurde blutrot, weniger, weil er fürchtete, die Erbschaft zu verlieren, als weil er voraussah, daß jetzt sein Diebstahl an den Tag kommen würde.

Der Notar betrachtete die beiden Neffen schweigend und freute sich über den scheinbaren Triumph des früher Zurückgesetzten, denn es hatte ihm leid gethan, daß er das Testament aus einem so unbilligen Grund hatte ändern müssen.

‚Es scheint, daß man hier nicht mehr öffnet,‘ sagte er und zog ungeduldig zum drittenmal an der Klingel; aber in demselben Augenblick kam das alte Dienstmädchen mit einem Doktor herbeigeeilt. Ohne ein Wort zu sagen, schloß sie die Thür auf und eilte hinein; der Doktor folgte ihr, und nach ihm traten der Notar und die beiden Neffen ein, welche bald darauf in dem Zimmer der alten Dame standen. Die Tante lag im Bett; ein Blick auf die liegende Gestalt ge=

nügte, um für die beiden Neffen das feierliche „tot"
des Doktors überflüssig zu machen.

Der älteste Neffe, der Betrüger, der Dieb, atmete
auf; er konnte jetzt sein Haupt wieder hochtragen, denn
nun erfuhr niemand mehr seinen doppelten Betrug.

Die alte Dame, die an einem Herzschlag gestorben
war, wurde begraben, ihr Haus schön umgebaut und
von dem braven Wilhelm und seiner Frau bezogen.

Der jüngste Neffe wohnt in einer Dachkammer,
wo er sehr eingeschränkt leben muß. Seine Frau ist
sehr jung gestorben, vielleicht infolge von Entbehrungen,
und nun sitzt er da mit zwei schwachen Kindern, für
welche er mit vieler Mühe den Unterhalt verdient." —

„Aber, Karl, wie kommst du zu der Geschichte?"
fragte Lucie.

„O, ganz einfach; vorhin, als du hier bei mir
standest, kam ein Herr vorbei, der mit auffallenden
Manieren die Straße herunterging. Ein Handwerks=
mann hielt ihn auf und redete ihn an; ich sah, daß
der erstere Lust hatte, vorüberzugehen, daß er aber dann
auch stehen blieb und mit zusammengepreßten Lippen
und niedergeschlagenen Augen zuhörte. Als das Ge=
spräch zu Ende war, sah ich, wie der bleiche Hand=
werksmann dem gutgekleideten Herrn nachblickte und
halb unwillkürlich die Faust hinter ihm ballte; dies
alles zusammengenommen überzeugte mich, daß der Reiche
kein gutes Gewissen hat, und der Arme etwas zu seinem
Nachteil weiß."

„Wie interessant!" sagte Lucie.

„Ja, es ist sehr unterhaltend, sich auf diese Weise

an den Vorübergehenden zu ergötzen; kannst du dir das jetzt auch vorstellen, Lucie?" fragte Karl.

„Auf diese Weise, ja," erwiderte Lucie, „aber nicht jeder kann so viel sehen wie du!"

„O, warum nicht? jeder, der acht giebt und etwas Phantasie hat, vermag das."

„Kannst du auf der Straße auch die Geschichte eines Genius sehen, Karl?"

„O ja, schau nur einmal hin. Siehst du dort das Mädchen mit dem zerrissenen Rock und dem verwirrten Haar?"

„Wo?" fragte Lucie hinaussehend.

„Dort bei dem Schiebkarren mit Äpfeln und Fischen."

„O, das schmutzige Kind?" fragte Lucie.

„Ja, gerade das schmutzige. Das schmutzige Kind hat einmal eine Mutter gehabt, aber die starb, noch ehe es vier Jahre alt war. Dann kam das Kind zu einer alten, sehr schlechten Frau, die sich nicht um dasselbe kümmerte und es in Faulheit und Schmutz aufwachsen ließ.

Das Kind mußte den Unterhalt erbetteln und manchmal hat es sogar gestohlen. Aber eines Tages kam es an einen Kirchhof, in dem ein kleiner Junge schluchzend stand.

‚Warum weinst du?' fragte das Mädchen.

‚Ich habe Hunger, und niemand will mir etwas zu essen geben,' war die Antwort.

‚Ei, so stiehl etwas,' sagte das Bettelmädchen.

‚Das darf ich nicht, denn dann kommt meine
Mutter nicht in den Himmel.‘

‚Deine Mutter, wo ist sie denn?‘ fragte das
Mädchen.

Der Knabe wies schwei-
gend auf den Kirchhof.

‚Wo?‘ wiederholte
das Mädchen.

‚Nun, dort unter dem
grünen Rasen.‘

‚Tot?‘ fragte das
Mädchen und fügte leicht-
sinnig hinzu: ‚Meine
Mutter ist auch tot und
ich wohne bei der alten
Lumpenliese, die mich
schlägt, wenn ich vor
Hunger weine; sie sagt, ich müsse zusehen, wo ich etwas herbekomme, und darum nehme ich es mir selbst,
wenn mir niemand etwas geben will.‘

‚Dann kann deine Mutter nicht in den Himmel
kommen,‘ sagte der Knabe in überzeugtem Tone.

‚Was geht mich denn das an? sie ist ja tot,‘
versetzte das Mädchen.

‚Ja,‘ sagte der Knabe, ‚aber wenn die Menschen
tot sind, kommen sie in einen großen Sumpf, und dort
ist es noch zehnmal so dunkel wie in der Nacht, und
wenn ihre Kinder schlecht sind, bleiben sie dort, wenn
aber die Kinder nicht schlecht sind, kommen sie in den
Himmel. Sieh’!‘

Der Knabe und das Mädchen blickten beide empor und sahen die purpurnen Wolken, die von der Abendsonne gefärbt wurden; der Knabe dachte an seine Mutter und fühlte in dem Augenblick keinen Hunger, und das Mädchen schaute auch lange andächtig nach dem rosigen Gewölk über ihren Häuptern. Sie konnte ihren Empfindungen nicht sogleich Ausdruck geben, aber endlich fragte sie: ‚Und glaubst du, daß auch arme Menschen dorthin kommen?‘

Der Knabe riß die Augen groß auf, und das Mädchen fuhr fort: ‚Glaube das nicht, die Herrlichkeit ist nur für die Reichen.‘

‚Wenn ich brav bleibe, kommt meine Mutter dorthin,‘ sagte der Knabe, und als er einen Herrn herankommen sah, fügte er hinzu: ‚Lieber Herr, einen Pfennig, lieber Herr, ich habe heute noch keinen Bissen zu essen gehabt.‘

Er lief dem Fremden nach und war bald den Blicken des Mädchens entschwunden. Dieses blieb noch ein Weilchen an dem Kirchhofgitter stehen und blickte bald auf den grünen Rasen, bald zu dem blauen Himmel empor.

Als zwei Frauen in Trauerkleidung an ihm vorübergingen, von denen es die eine sagen hörte: ‚Dort liegt mein Liebling begraben,‘ da erinnerte es sich auf einmal, daß es auch einmal eine Frau gegeben, die es ‚mein Liebling‘ genannt.

Es war das erste Mal in seinem Leben, daß es an seine Mutter dachte, und der Eindruck verflog auch bald wieder, denn kaum waren die Damen zwanzig Schritte

weiter, so hatte es dieselben schon wieder eingeholt,
um sie anzubetteln; aber die Begegnung mit dem Knaben
war doch ein Wendepunkt in seinem Leben.

Es wußte nicht, ob es den sonderbaren Worten
des Knaben glauben sollte, und doch — — — wenn
etwas Wahres daran wäre, sollte es ihm leid thun, die
einzige Person, die es lieb gehabt hatte, unglücklich zu
machen. Von dem Tag an hat es nicht mehr ge=
stohlen, und eben noch, als es an dem Schiebkarren
stand und großen Appetit nach einem gebackenen Fisch
verspürte, hätte es denselben bequem wegnehmen können,
da die Frau sich gerade umdrehte; es streckte schon die
Hand aus, um danach zu greifen, aber sein guter Genius
ließ es den Blick nach oben wenden, und als es
den blauen Himmel sah, ist es gleich weggelaufen,
hat sich ein paar Pfennige erbettelt, und jetzt kann
es den Leckerbissen kaufen, den es beinahe gestohlen
hätte." — —

„Bitte, Karl, wirf ihm rasch das Geldstück zu,"
sagte Lucie, die etwas aus ihrem Beutel genommen
hatte, „aber beeile dich doch, sonst läuft es fort."

„Aber, liebe Lucie, was soll denn das Straßen=
kind mit dem Markstück thun?" fragte Karl.

„O, es kann alles bekommen, was ich habe, und
du kannst auch noch etwas dazu geben," sagte Lucie,
„aber mache das Fenster rasch auf, ach sieh, dort läuft
es schon," fügte sie enttäuscht hinzu und wollte klopfen,
woran Karl sie hinderte.

„Thörichte Lucie," sagte er lachend; aber Lucie
lachte nicht, sie war wirklich sehr böse, weil Karl sie

verhinderte, dem interessanten Mädchen Geld zu geben. „Wie unbarmherzig!" seufzte sie.

„So, da hast du gleich ein Beispiel von einem bösen Genius," sagte Karl.

„Wo?" fragte Lucie, neugierig auf die Straße blickend.

„Nicht dort unten, hier im Zimmer," versetzte Karl, und als Lucie sich umsah, ohne etwas zu bemerken, nahm er sie an der Hand und führte sie vor den Spiegel, während er fragte: „Siehst du jetzt den Genius, Schwesterchen?"

„Nein, ich sehe nur mich selbst," lautete die Antwort.

„Du bist es auch, denn du wolltest vorhin der böse Genius des Straßenkindes sein."

„Ich?" fragte Lucie verwundert.

„Gewiß, denn du wolltest diesem Bettelkind, das wahrscheinlich noch nie etwas anderes besessen hat, als Pfennige, ohne Grund viel Geld geben. Wer weiß, was du ihm damit Schlimmes angethan hättest!"

Lucie sah das nicht gleich ein; aber als Karl eingehend mit ihr darüber gesprochen hatte, verstand sie ihn vollständig.

Sie blieb einige Augenblicke still am Fenster stehen, während sie noch über seine Erzählung nachdachte. Sie fand sie wohl ganz schön, aber im Grunde beantwortete sie ihre Frage doch nicht recht. Sie sagte deshalb nach einiger Überlegung: „Ja, Karl, der Gedanke an die Mutter war demnach der Genius des Mädchens; aber eigentlich war das doch ihr eigener Gedanke. Weißt

du, was ich gar zu gern wissen möchte? ob es unsichtbare Wesen giebt, Schutzgeister, oder wie du sie
nennen willst, die sich mit den Menschen unterhalten
oder ihnen z. B. auch schreiben können?"

Hätte Lucie ihren Bruder angesehen, dann würde
sie bei ihrer Frage ein Lächeln um seinen Mund bemerkt haben, aber sie blickte nicht auf, und als er ihr
wieder geantwortet hatte: „Sicher, denk' nur an die
Märchen," rief sie: „Ach geh', ich lese nicht mehr in
Kinderbüchern, ich finde es nicht nett von dir, daß du
mir keine rechte Antwort geben willst, du weißt doch
ebenso gut wie ich, daß die Märchen nur Erfindungen
sind."

„An die du in deinem innersten Herzen doch
glaubst," bemerkte Karl.

„Nein, gewiß nicht," beteuerte Lucie, „aber . . ."
sie hatte es auf der Zunge, von dem Brief des Genius
zu sprechen und ihm zu versichern, daß sich zuweilen
recht sonderbare Dinge zutrügen; aber der Gedanke,
daß sie zur Bewahrung des Geheimnisses verpflichtet
war, und die Befürchtung, von Karl ausgelacht zu
werden oder bei ihm keinen Glauben zu finden, ließen
sie schweigen.

„Was wolltest du sagen, Lucie?" fragte Karl.

„Nichts Wichtiges," war die Antwort.

Es that Lucie wohl leid, daß sie durch das Gespräch nicht klüger geworden war, aber sie tröstete sich
mit dem Gedanken, daß sie am Sonntag den Genius
sehen würde und sich dann überzeugen könnte, ob er

wirklich ein lebendes Wesen wäre. Ihr Verlangen
nach der Begegnung mit dem Genius war so groß,
daß sie, obgleich sie ebenso wie ihre Eltern und Karl
großen Genuß von dem herrlichen Konzert hatte, doch
froh war, als der Abend zu Ende ging, da nun der
Sonntag um so viel näher war.

Fünftes Kapitel.

Nähere Bekanntschaft mit Sophie und Anna.

„Anna bist du da? komm ein bißchen zu mir," rief Sophie von Langen durch eine Spalte der Gartenmauer, an dem Dienstag Morgen, der auf den bewußten Sonntag folgte.

„Ich kann nicht," rief Anna, „ich muß die kleine Lina warten."

„Das kannst du doch hier gerade so gut wie bei euch, komm nur mit Lina und dem Wagen näher."

„Nein, ich muß hier in der Sonne umherfahren," versetzte Anna.

„O, bei uns scheint die Sonne auch ganz warm, komm' nur, ich will dir fahren helfen, aber komm' rasch, denn ich habe dir etwas Wichtiges mitzuteilen."

Anna war während des Gespräches immer näher herangefahren und eben an dem Zaune angelangt, der den Pfarrgarten von dem des Bürgermeisters trennte.

„Ich bleibe doch lieber hier, denn ich muß auch noch meine Aufgaben lernen," sagte sie, aber Sophie hörte nicht darauf und rief, während sie das Gitter öffnete:

„Ich wußte, daß das Thor nicht geschlossen ist, ich habe schon eine ganze Weile auf dich gewartet. Anna, ich weiß ein großes Geheimnis."

Während sie das sagte, half sie Anna den Wagen herüberfahren und wiederholte noch einmal: „Ein sehr großes Geheimnis!"

„Was denn?" fragte Anna.

„Ich soll es freilich niemand sagen," versicherte Sophie, „aber sieh einmal," fügte sie hinzu und nahm aus ihrer Tasche eine sehr kunstvoll gearbeitete Nuß, in welcher sich allerlei Nähutensilien befanden, die natürlich viel zu klein waren, um gebraucht zu werden. So nutzlos das Ding auch war, so sah es doch so niedlich aus, daß Anna es nicht genug bewundern konnte.

„Ist das das Geheimnis?" fragte sie endlich.

„Nein," sagte Sophie, „das nicht, oder eigentlich doch, denn die Person, die es mir gegeben hat, ist das Geheimnis. Aber, Anna, wirst du es auch niemand weitersagen, wenn ich es dir jetzt mitteile?"

„Ich denke, schweigen zu können," meinte Anna, „ich habe aber noch niemals um ein Geheimnis gewußt."

„Ich möchte es dir sehr gern anvertrauen," sagte Sophie, der das Geheimnis auf der Zunge brannte, „eigentlich wage ich es zwar nicht, aber wenn du es niemand weiter sagst, ist es doch nicht schlimm, wenn du es erfährst."

„Du mußt wissen," fing sie wieder an, „daß es in der letzten Zeit sehr geheimnisvoll bei uns zuging.

Bald kam ein Brief, bald mußte Papa unvermutet
fort; dann weinte Minna wieder, es wurde geflüstert,
immer war etwas anderes los, so daß ich sehr gut
merkte, daß etwas Ungewöhnliches vorging. Wie ich
darauf kam, weiß ich nicht, aber ich meinte immer, es
müsse ein kleines Kind bei uns ankommen und fragte
Minna, ob sie glaube, daß ich ein Schwesterchen bekommen werde. Minna lachte, daß ihr die Thränen
an den Backen herunterliefen und sagte: ‚Ich glaube
eher, ein Brüderchen.‘ Wie es möglich war, daß ich
mir weiter nichts dabei dachte, kann ich mir jetzt nicht
mehr erklären und doch vergaß ich die ganze Sache,
bis ich am Sonntag, als ich von unserem Kränzchen
nach Hause kam, Licht im Salon brennen sah. Ich
ging rasch hinauf und sah: . . . rate einmal was:
Minna auf dem Kanapee sitzen, neben einem Herrn mit
einem Schnurrbart. Sie wurde ganz rot und sagte
leise zu mir: ‚Sieh‘, Sophie, das ist das neue
Brüderchen.‘

Der fremde Herr nahm meine beiden Hände und
gab mir einen Kuß, wie unappetitlich! findest du nicht?
mit dem Schnurrbart! Aber ich wagte nichts dagegen
zu sagen, — und dann fragte er mich, ob ich lieber
ein Schwesterchen gehabt hätte, worauf er und Minna
so herzlich lachten, daß ich mitlachen mußte.

Ich hatte noch nie daran gedacht, daß Minna sich
verloben könne, und als ich das endlich einsah, war
ich so verwundert, daß ich ganz vergaß, mich nach den
anderen Menschen umzusehen. Da war ein alter Herr,
der schielte und so häßlich war, daß seine Frau, die

neben ihm saß und deren Nase beinahe bis ans Kinn reichte, fast wie eine Schönheit aussah. Dann waren noch zwei Damen da, die eine war die Schwester von Minnas Bräutigam, die andere war nichts, — ja doch eine Cousine, glaube ich. Und denke dir nur, wenn Minna verheiratet ist, muß sie zu den häßlichen Leuten Papa und Mama sagen."

Anna hatte noch manche Frage auf dem Herzen, als Sophie schwieg. Sie fand das Geheimnis sehr interessant.

„Aber vergiß ja nicht, daß du kein Wort sagen darfst," rief Sophie nochmals, „denn weißt du, sie gehen nächsten Sonntag zum erstenmal zusammen zur Kirche, und dann darf es jedermann wissen; so lange bleibt es Geheimnis, weil jeder es erst im geheimen weiß."

„Sei nur ohne Sorge," sagte Anna, „hast du die hübsche Nuß von dem Herrn bekommen?"

„Ja, er hat sie mir geschenkt, aber Minna hat wunderschöne Geschenke von ihm bekommen, und wenn sie erst verheiratet sind, bekommt sie einen eigenen Wagen, in dem sie alle Tage ausfahren kann."

„Anna, Anna, wo bist du!" wurde gerufen. „Ich komme," antwortete Anna, und Sophie hastig verlassend, fuhr sie nach dem Gitter hin, um so rasch wie möglich nach Hause zurückzukehren. Unglücklicherweise stieß das Hinterrad des Wagens an das Gitter, und sei es, daß der Pflock am Rad durch den Stoß brach, sei es, daß er schon zerbrochen war, gewiß ist, daß das Hinterrad nicht mitging, als Anna wegfahren wollte, und daß der

Wagen dadurch ins Schwanken gerieth und umfiel.
Klein Linchen, das durch den Stoß so grausam im
Schlaf gestört wurde, erwachte erschreckt und begann,
aus Leibeskräften zu schreien. Es half nichts, daß
Anna versuchte, mit ihm zu spielen und ihm zuzusprechen,
 das Kind hörte
nicht darauf und
schrie immer lauter.
Anna rief um Hilfe,
aber weder Sophie,
noch jemand im
Pfarrhaus hörte
sie „Was soll
ich nur anfan=
gen?" seufzte
Anna unter Thrä=
nen. Das einzige
Mittel wäre ge=
wesen, Lina aus
dem Wagen zu
nehmen; aber das durfte sie nicht, und doch schrie Lina jetzt
so erbärmlich, daß sie dieselbe nicht verlassen konnte, um
die Mutter oder eine der Schwestern zu rufen. „Komm'
einmal zu mir," sagte Anna, das Kind beschwichtigend,
während sie den Riemen, womit dasselbe festgeschnallt
war, loshakte; sobald das Kind in ihren Armen war,
beruhigte es sich. Anna bedeckte es so gut wie möglich
mit ihrer Schürze und ging auf das Haus zu.

„Himmel, Anna," rief Suse, Annas älteste Schwester,
„was soll denn das heißen? wie kommst du dazu, Lina
zu tragen?" und rasch nahm sie ihr das Kind ab.

„Was giebt es denn?" fragte Frau Pastor Franken, hinzutretend.

„Anna hat Lina getragen," berichtete Suse.

„Du weißt doch, daß ich dir das streng verboten habe," sagte die Mutter. „Ich will nicht, daß du Kinder trägst, du bist selbst noch so klein und wächst so wenig, daß ich immer fürchte, du könntest schief werden. Es thut mir leid, daß du immer so ungehorsam bist."

„Aber, Mama, ich konnte wirklich nichts dafür," versicherte Anna und erzählte den ganzen Verlauf der Sache; das zog ihr aber nur erneuten Tadel zu, denn wieviel Ungehorsam kam da nicht an den Tag!

Sie war zu Sophie gegangen, ohne erst um Erlaubnis zu fragen, sie hatte ihre Aufgabe nicht gelernt, was sie während des Fahrens hatte thun sollen, sie war so ungeschickt gefahren, daß der Wagen zerbrochen war, und zu alledem hatte sie Lina getragen.

Von dem, was Anna zu ihrer Verteidigung vorbrachte, ließ man nichts gelten; denn wäre sie ruhig im eigenen Garten umhergefahren, wie man ihr gesagt hatte, dann würde nichts vorgefallen sein. — Anna weinte bitterlich bei den Vorwürfen ihrer Mutter. Ach! wieviel mehr Thränen sollte sie noch in derselben Woche vergießen! Lina bekam in der Nacht eine Art Croup-husten, der natürlich größtenteils dem Ausgange vom Morgen zugeschrieben wurde.

Sowohl die Eltern als die beiden Schwestern sahen Anna vorwurfsvoll an, sobald Lina einen Hustenanfall bekam, und das arme Mädchen verbrachte einige kummer-

volle Tage. „Wenn Lina stirbt, dann sterbe ich hoffent=
lich mit," dachte sie wehmütig; aber glücklicherweise
blieb ihr der große Schmerz erspart; Lina erholte sich
viel rascher, als selbst der Doktor für möglich gehalten
hatte. Solange die Kleine noch sehr krank war, blieb
die Frau Pastorin beständig bei ihr, was die übrigen
Familienglieder natürlich sehr schmerzlich empfanden.

„Ach," seufzte Kornelie, die am Sonnabend neun
Jahre wurde, „wenn nur Mama an meinem Geburtstage
wieder herunterkommen kann, sonst wird mir die ganze
Freude verdorben."

„Ja, ist denn am Sonnabend wirklich dein Geburts=
tag, Kornelie!" fragte Anna, der es auf einmal einfiel,
daß sie ihr Geschenk noch nicht fertig hatte.

„Ja," bestätigte Kornelie, „du weißt doch noch, was
du mir versprochen hast?"

„Gewiß," sagte Anna, und
schloß sich dann in ihr Zimmer
ein, um das versprochene Puppen=
kleid anzufangen; Suse hatte ihr
das schöne blaue Musselinkleid
zugeschnitten, und Anna machte
sich mit Eifer ans Werk, worüber
sie für den Augenblick ihren
Kummer vergaß.

Rasch war der Rock vollendet,
und nun fing Anna die Taille
an; das ging aber nicht so schnell. Sie nähte und
trennte wieder auf und reihte die Stücke von neuem
aneinander. Sie ging zu Suse und bat diese, ihr zu

helfen, doch Suse meinte, sie habe es ihr schon einmal
gezeigt und verspüre keine Lust, es zum zweitenmal zu
thun. Anna suchte ihre Mutter auf; aber diese saß bei
Lina und war, die Hand über die Augen haltend, vor
Ermüdung halb eingeschlafen, sodaß Anna es nicht
wagte, sie anzureden. Jeanette war mit dem Vater ausgegangen und blieb bis Abend aus; so war Anna
auf sich allein angewiesen. Sie paßte an und maß und
probierte lange Zeit, ohne herauszufinden, wie sie es
machen müßte; endlich nähte sie voller Verzweiflung das
ganze Kleid an die Puppe fest.

Glücklicherweise kam Frau Franken am Morgen
von Korneliens Geburtstag wieder mit Lina herunter,
sodaß das kleine Familienfest sich zu einer erhebenden
Feier gestaltete.

Kornelie befand sich im siebenten Himmel über all
die kleinen Geschenke, die sie erhielt; besonders das
Puppenkleid war so ganz nach ihrem Geschmack, daß sie
sogleich anfangen wollte, die Puppe auszuziehen. Aber
wie war sie enttäuscht, als sie merkte, daß dies unmöglich war.

„Ach, hättest du mich doch lieber das alte Kleid
behalten lassen," klagte Kornelie, „ich habe noch lieber
ein häßliches, als ein schönes, das man nicht ausziehen
kann."

„Warum geht das Kleid nicht auszuziehen?" fragte
Frau Franken.

„Ach, ich wußte nicht, wie ich die Taille nähen
sollte, und darum habe ich das Kleid nur so an die
Puppe festgenäht."

Frau Pastor Franken warf einen mißbilligenden Blick auf Anna, und Suse versprach Kornelie, das Kleid sogleich zu verändern, worüber das Kind sehr glücklich war.

Anna stand das Weinen näher als das Lachen. „Ach Mama," sagte sie, „du weißt gar nicht, wieviel Mühe ich mir mit dem Kleid gegeben habe, ich konnte es aber nicht zusammenbringen, und niemand wollte mir dabei helfen."

„Aber, Anna, Suse hatte dir doch gezeigt, wie du es machen mußtest," sagte die Frau Pastorin.

„Aber ich kam doch nicht damit zurecht," fing Anna wieder an.

„Weil du nicht acht giebst," bemerkte ihre Mutter; „aber weine nur nicht," fügte sie hinzu, „laß dir lieber den kleinen Vorfall zur Lehre dienen, damit du in Zukunft deine Gedanken immer ganz auf deine Arbeit richtest."

Anna verließ das Zimmer und schlug die Thüre stärker zu, als sie durfte und vielleicht auch wollte. Sie war bös, oder vielmehr ärgerlich auf sich selbst, auf ihre Mutter, auf Suse, auf Kornelie, ja selbst auf die Puppe, denn es schien, als ob alle dazu beigetragen hätten, sie unglücklich zu machen.

„Du mußt ertragen lernen, daß dir etwas gesagt wird," sagte Frau Franken, sie zurückrufend, „oder hältst du meinen Tadel für ungerechtfertigt?"

„Nein, Mama, ich bin auch nicht böse, aber es thut mir so leid, daß ich dir so oft Veranlassung zu Vorwürfen gebe," antwortete Anna.

„Ja, das thut mir noch viel weher als dir," antwortete die Mutter, „es ist mir ein wahrer Kummer, keines deiner Geschwister verursacht mir soviel schwere Stunden wie du."

„Und ich möchte mich doch so gern bessern," seufzte Anna.

„Wenn du wirklich den ernsten, festen Willen hast, dich zu bessern, wirst du es auch können," sagte die Mutter, „aber geh' jetzt, mache deine Aufgaben, und dann komme mit einem freundlichen Gesicht wieder herunter, denn da Lina wieder hergestellt ist, ist der heutige Tag ein doppelt festlicher."

Anna drückte einen Kuß auf die Hand ihrer Mutter und lief hinauf, wo sie durch ihre liebste Beschäftigung, eine Übersetzung, abgelenkt wurde; als dieselbe vollendet war, fing sie wieder an, darüber nachzudenken, woher es komme, daß sie immer soviel mehr Kummer habe als die anderen.

„Ich möchte doch so gern gut sein!" dachte sie. — — Da auf einmal tauchte die Erinnerung an das Versprechen des Genius in ihr auf, ihr Herz pochte fröhlicher bei dem Gedanken, daß sie ihn ja fragen könne, wie sie es anfangen müsse, um bei anderen beliebter zu werden.

Sechstes Kapitel.

Das Erscheinen des Genius.

✣

Bim, bam! Bim bam! Die Glocken läuteten,
und die meisten Bewohner von Mühlberg strömten
nach der Kirche, um dem Gottesdienst beizuwohnen, zugleich aber Bürgermeisters Minna mit ihrem Bräutigam hereinkommen zu sehen. Das Geheimnis war
durch Knecht und Magd vielen im geheimen mitgeteilt
worden, sodaß wohl kaum noch jemand verwundert
aufsah, als das Brautpaar erschien.

Die Mitglieder des Kränzchens schauten mit neugierig forschenden Blicken auf das junge Paar und
machten verschiedene Bemerkungen über dasselbe. Niemand war aufgeregter, als Sophie, die auch das nächste
Interesse dabei hatte, und keine weniger als Anna, die
so wenig an die Verlobung gedacht hatte, daß es ihr
gar nicht eingefallen war, mit einem ihrer Angehörigen
davon zu sprechen. Sie hatte, wie wir wissen, tiefes
Schweigen gelobt, aber auch ohne dieses Versprechen
wäre wahrscheinlich kein Wort über ihre Lippen gekommen, da sie viel zu sehr mit ihren eigenen An-

gelegenheiten beschäftigt war. Während sie in der
Kirche saß und die Blicke unverwandt auf ihren Vater
gerichtet hielt, vernahm sie indessen seine Worte kaum,
so erfüllt war sie von der herrlichen Aussicht, die sich
ihr in Zukunft eröffnete, wenn der Genius sie dazu
anleiten würde, sich Aller Herzen zu gewinnen. Es
war ein Glück, daß sie die Predigt nicht wieder-
erzählen mußte, denn, so genau sie sonst alles behielt,
heute hätte sie kaum den Text anzugeben vermocht.

Wir wollen nicht untersuchen, ob Martha, Lucie
und Sophie mehr davon gewußt hätten, sondern mit
ihnen die Kirche verlassen, um sie im Kränzchen wieder
zu sehen. Der Bürgermeister und seine Frau waren
mit ihren beiden Töchtern von den Eltern des zu-
künftigen Schwiegersohnes zum Mittagessen eingeladen,
da aber Sophie viel lieber zu Haus blieb, hatte sie die
Erlaubnis erhalten, ihre Freundinnen schon zu Tisch
zu bitten.

Das Wetter war wunderbar schön, und die junge
Gesellschaft beschloß, den ganzen Tag im Gartenhause
zuzubringen. Das war ein großes Vergnügen, vor
allem, als sie merkten, daß der Tisch viel zu klein war
für alle die Leckerbissen, womit Frau von Langen sie
zu Ehren der Verlobung bewirten ließ, und sie daher
die Teller auf den Schoß nehmen mußten. Nachdem
das Mittagsmahl unter fröhlichem Lachen und heiteren
Scherzen vorübergegangen war, wurde die Fröhlichkeit
der jungen Mädchen durch den Gedanken an das bal-
dige Erscheinen des Genius etwas gedämpft. Wohl
konnten sie sein Kommen kaum erwarten, aber ihre

Herzen klopften doch ein wenig bang, was deutlich an den häufigen ängstlichen Blicken zu bemerken war, welche sie in den Garten warfen, wenn ein Geräusch an ihr Ohr drang.

„Wie mag er aussehen?" „Wie spät ist es denn?" „Von welcher Seite er wohl kommen wird?" Diese und ähnliche Fragen, die sie aussprachen, ohne eine Antwort zu erhalten, störten häufig das begonnene Spiel. Als nun endlich die Uhr sieben geschlagen hatte, war es nicht mehr möglich, irgend welches Spiel oder zusammenhängendes Gespräch in Gang zu bringen. Jetzt saßen sie alle mit erregten Gesichtern still bei einander und sprachen kaum ein paar Worte im Flüsterton. — Wie lange dauerte die halbe Stunde, und dennoch wünschten sie, als es halb acht schlug, die Zeit ein wenig aufhalten zu können, während sie sich kaum hörbar gestanden, wie entsetzlich sie sich alle fürchteten.

Plötzlich wurde es ihnen so wunderbar still zu Mute, der Genius erschien wirklich. „Seht nur, seht nur," rief Lucie, die seiner zuerst ansichtig wurde.

Die Mädchen schauten auf und gewahrten eine Gestalt, die im Mondschein langsam auf sie zuschritt. Ein Blick auf die Erscheinung genügte, um die Erschrockenen zu beruhigen, und sie blieben sämtlich am Eingang des Gartenhauses stehen, während der Genius sich langsam näherte.

„Seid gegrüßt," sagte die Erscheinung mit wohllautender Stimme, worauf die Mädchen alle schweigend das Haupt neigten. Sophie, ihrer Pflichten als Wirtin eingedenk, beeilte sich, dem Genius einen Stuhl anzu-

bieten, aber derselbe machte eine abweisende Bewegung
mit der Hand und sagte: „Nein, ich danke, ich darf
nicht lange verweilen, da ich kaum fünf Minuten Zeit
für jede von Euch habe. Ihr sollt mir, eine nach der
anderen, Euere Wünsche mitteilen." Bei diesen Worten
faßte er Martha, die ihm zunächst stand, bei der Hand
und nahm sie mit in den Garten, bis sie aus der Ge-
hörweite der anderen waren.

„Martha Schulte," sagte der Genius, „nenne mir
den Wunsch, den ich dir erfüllen soll!" „Ich möchte
viel Geld haben, um Macht zu bekommen," flüsterte
Martha kaum hörbar.

„Ein seltsamer Wunsch für ein Kind," bemerkte
der Genius.

„Ich werde niemand etwas mit meiner Macht zu-
leide thun," versetzte das Mädchen rasch, „aber ich
kann es nicht ertragen, daß unleidliche Menschen, die
keinen andern Vorzug besitzen, als ihren Reichtum,
minder begüterten gegenüber die Herren spielen."

„Mädchen," sagte der Genius, und seine Stimme
klang Martha viel weniger sanft in die Ohren. „Du
wünschest dir Macht und Reichtum, um andere de-
mütigen zu können, sowie du dir jetzt einbildest, zuweilen gedemütigt zu werden. Ist dem so? Du
wünschest dir das Geld, nicht um andere glücklich zu
machen?"

Martha schlug die Augen nieder und entgegnete:
„Guter Genius, du kannst sicher viel besser in meinem
Herzen lesen, als ich selbst; wenn mein Wunsch schlecht
ist, so gewähre ihn mir lieber nicht."

„Was begehrst du aber dann von mir?" fragte
der Genius wieder, und das Mädchen sagte leise, nach=
dem es ein wenig nachgedacht hatte: „Das ist mein
einziger, glühender Wunsch."

„Dein Wunsch soll erfüllt werden," nahm der
Genius das Wort, „du sollst zu Reichtum und An=
sehen kommen, aber viele, viele Jahre werden erst ver=
gehen, und in der Zwischenzeit wirst du Gelegenheit
haben, dein eigenes Herz kennen zu lernen und, wie
ich hoffe, zu bessern."

Marthas Augen glänzten vor Freude. Als sie zu
dem Genius aufsah, um ihm für sein Versprechen zu
danken, blickte er sie aber so düster an, daß ihre Freude
sich verminderte. Sie zögerte ein wenig und sagte
dann: „Ich werde danach streben, deines Versprechens
würdig zu werden."

Vielleicht würde sie noch etwas hinzugefügt haben,
aber der Genius wandte sich, fast ohne auf ihre letzten
Worte zu hören, wieder nach dem Gartenhause zu, wo
Sophie erwartungsvoll an der Thüre stand. Anna
hatte sich schüchtern zurückgezogen, und auch Lucie ließ
Sophie gern den Vortritt.

„Martha, was hat er dir gesagt?" fragte Lucie,
als der Genius sich mit Sophie entfernt hatte.

„Das kann und werde ich niemand auf der Welt
sagen," antwortete Martha, und Lucie drang nicht
weiter in sie.

„Wie schön der Genius aussieht!" rief Lucie.
„In der Nähe ist er noch tausendmal schöner," ver=
sicherte Martha erregt.

Wirklich war der Genius eine liebliche Erscheinung; seine Kleidung, die ganz von Rosenduft durchdrungen war, bestand in einem weiß und rot gestreiften Unter=gewand. Von seinen Schultern fiel ein mit Schwanen=pelz verbrämter Atlasmantel, den er lose über den Arm genommen hatte. Sein einnehmend schönes Ge=sicht war von langen blonden Locken umrahmt, und seelenvolle dunkle Augen blickten aus demselben hervor. Seine schöne Gestalt ebenso wie seine klangvolle Stimme machten einen bleibenden Eindruck auf die Mädchen.

Aber es wird Zeit, daß wir uns Sophie zuwenden, die dem Genius still zu der grünen Rasenbank folgte, wo Martha mit ihm gesprochen hatte. Auf die Frage des Genius, was er wohl für sie thun solle, blickte das junge Mädchen sehr verlegen zu Boden und, als er seine Frage noch einmal stellte, erwiderte sie: „Ich weiß wirklich nicht, was ich mir wünschen soll, denn ich bekomme immer alles, was ich gern haben möchte; meine Schwester Minna sagt aber, daß sie jetzt noch tausendmal glücklicher ist als früher, und darum möchte ich auch einen steinreichen Mann haben.“

„Muß er nur steinreich sein?“ fragte der Genius. „Ist das die einzige Eigenschaft, die du an deinem künftigen Gatten wünschest?“

„O nein, er muß auch hübsch aussehen, sonst nehme ich ihn nicht,“ sagte Sophie.

Der Genius lächelte mitleidig und sprach: „Wenn du erst einige Jahre älter bist, wirst du dem Manne, den du dir wünschest, auf einem Ball begegnen, aber dein Genius wird sich freuen, wenn du bis dahin

eingesehen hast, daß weder Reichtum noch Schönheit
allein Glück bringen können."

Sophie hatte sehr wenig über ihren Wunsch nach=
gedacht, auch that es ihr gerade nicht leid, als das
Gespräch zu Ende war, denn sie verstand den ernsten
Blick, womit der Genius sie betrachtete, ebensowenig,
wie die Bedeutung seiner Worte. Sie ging zu ihren
Freundinnen zurück und sagte: „Nun ist die Reihe an
dir, Lucie."

Das Köpfchen stolz in den Nacken werfend, nahm
Lucie mutig den Arm des Genius und fragte, noch
bevor er etwas gesprochen hatte: „Sage mir, wer bist du!"

Der Genius schwieg, und Lucie wiederholte, nach=
dem sie ihn schweigend angesehen: „Ach, ich bitte dich),
sage es mir. Bist du ein Mensch oder ein Engel?"

„Ich bin ein guter Genius, der eben vor dir
erscheint, um dir einen Wunsch zu gewähren. Sage
mir, was du begehrst."

Das junge Mädchen biß sich bei den ruhigen
Worten des Genius auf die Lippen und fragte dann
zögernd: „Kannst du mir das gewähren, was ich
gern besitzen möchte?"

„Laß mich deinen Wunsch sogleich vernehmen,"
sagte der Genius, während er Lucie, die vor ihm
stehen geblieben war, bedeutete, sich zu setzen.

„Ich bin sehr glücklich," sagte Lucie, „und bei
oberflächlicher Betrachtung könnte es scheinen, als wenn
für mich nichts mehr zu wünschen übrig bliebe, und
doch hege ich einen glühenden Wunsch. Ich möchte
mich gern auszeichnen, es erscheint mir als ein Glück,
berühmt zu werden."

„Berühmt!" rief der Genius verwundert aus. „Kann Ruhmsucht in dem Herzen eines so jungen Mädchens Raum finden?"

„Kannst du mir diesen Wunsch gewähren?" fragte Lucie gespannt.

„Kind, weißt du, worum du bittest?" fragte der Genius und fügte sogleich hinzu: „Um ein Leben voll Kummer, Mühe und Enttäuschungen."

Lucie blieb noch lauschend sitzen, denn der Ton der schönen sympathischen Stimme klang ihr wie Musik, aber, als der Genius schwieg, wiederholte sie ihre Worte und fragte: „Mein Wunsch ist also unerfüllbar?"

„Wahrlich nicht!" sagte der Genius. „Sage mir, worin du dich auszeichnen willst, und ich gelobe dir, es wird eine Zeit in deinem Leben kommen, in der du den ersehnten Ruhm ernten wirst."

„Ich habe," sagte Lucie, „in den letzten Tagen eine sehr berühmte Sängerin gehört. Sie sang wunderbar schön, war prächtig gekleidet und sah sehr hübsch aus. Schon bei ihrem Erscheinen jubelte man ihr entgegen, und als sie gesungen hatte, war der rauschende Beifallssturm ohrenbetäubend. Ich weiß nicht, ob die Huldigungen ihr schmeichelten, mich selbst würden derartige stürmische Beifallsbezeugungen beengen, ich wünsche sie mir auch nicht. Ich möchte nur als Dichterin, Schriftstellerin oder Malerin den Beifall ruhiger, ernster Menschen erringen."

„Und dann, Lucie, wenn du berühmt bist, was dann?" fragte der Genius.

Lucie ſah verwundert zu ihm auf; ſie ſchien die Frage nicht zu verſtehen.

„Ich meine," forſchte der Genius weiter, „was der Ruhm dir bringen ſoll?"

„Glück," erwiderte das Mädchen raſch, „wenn ich berühmt bin, werde ich noch glücklicher ſein, als jetzt."

„Nun," ſagte der Genius, „es wird eine Zeit kommen, da der Name von Lucie Keller auf den Lippen vieler ſein wird, aber dieſelbe Lucie wird dann klagen: Ruhm iſt doch nur ein Traumbild."

„Aber wie und wodurch erreiche ich das Traumbild?"

„Durch dich ſelbſt," ſagte der Genius, „ſobald du den Funken des Genius in dir ſpürſt, ſollſt du ihn zur Flamme entfachen, und dann wird dir endlich der Kranz des Ruhmes um die Schläfe gelegt werden."

Lucie empfand nicht mehr das Bedürfnis, den Genius zu fragen, wer er ſei. Wenn ſie es gewagt hätte, würde ſie vor ihm niedergekniet ſein, um ſeine Hände zu küſſen, aber eine gewiſſe Scheu hielt ſie davor zurück. „O, ich danke dir, ich danke dir," ſagte ſie und lief zu ihren Gefährtinnen zurück.

„Komm, Anna, nun biſt du an der Reihe," ſagte der Genius, der Lucie langſam gefolgt war und vor dem Gartenhauſe ſtand. Anna kam ſchüchtern, mit niedergeſchlagenen Augen, aus dem Hintergrunde vor und ſagte, als ſie an der uns bekannten Bank anlangte, auf welcher der Genius Platz nahm: „O, guter

Genius, du weißt sicher schon alles, was mir geschehen ist, wie ich so gern möchte, daß jedermann mich lieb hätte, und wie ich doch selbst schuld daran bin, daß mich niemand mag."

Ein mildes Lächeln flog über das Gesicht des Genius.

„Ach, sage mir, was ich machen soll, damit alle mich lieben!" bat Anna.

„Du kennst das Geheimnis gerade so gut, wie ich, Anna," entgegnete der Genius. „Wenn du wirk= lich danach strebst und es zu deinem Hauptgedanken machst, die Liebe deiner Mitmenschen zu gewinnen, dann muß es dir auch gelingen. Es gehört viel Ge= duld und Ausdauer, ein fester Wille und große Selbst= verleugnung dazu."

„Hast du nicht noch einen andern Wunsch, den ich dir erfüllen kann?" fragte der Genius nach einer kleinen Pause.

Anna hatte offenbar sogleich einen Wunsch auf der Zunge, aber sie zögerte einen Augenblick, ehe sie sagte:

„Du weißt, wie es mir gestern mit der Puppe ergangen ist, und wie viel Aerger ich darüber gehabt habe? Ich konnte aber wirklich nichts dafür. Ich würde sehr glücklich sein, wenn ich eine Puppe hätte, für die ich alle Kleider selbst nähen könnte."

„Erzähle mir erst den ganzen Hergang der Sache," sagte der Genius und fügte, als Anna ihm alles mit=

geteilt hatte, hinzu: „Anna, du sollst die Puppe sicher
bekommen, aber, und das will viel mehr sagen, ich
versichere dir, es wird dir auch gelingen, die Liebe
deiner Mitmenschen zu erwerben."

„O, wie glücklich machst du mich," rief Anna mit
strahlendem Antlitz.

„Ja, das große Geheimnis, geliebt zu werden,"
fuhr der Genius fort, „besteht darin, sich selbst zu
vergessen und unablässig daran zu denken, was anderen,
ohne Unterschied der Person, angenehm ist."

Der Genius drückte einen Kuß auf die Stirn des
Kindes und sagte mit bewegter Stimme, mehr zu sich
selbst als zu Anna: „Die Kleine begreift das Leben
besser als ihre Gefährtinnen, sie fühlt, daß das Leben
ohne Liebe leer und öde ist."

Darauf kehrte er mit Anna wieder nach dem
Gartenhause zurück und sagte feierlich: „Seid gegrüßt,
vergeßt mich nicht." Er reichte ihnen allen, einer
nach der anderen, die Hand und entfernte sich dann
ebenso langsam, wie er gekommen war.

„Wir wollen ihm folgen," rief Lucie, und ehe noch
die eine oder andere ihre Meinung aussprechen konnte,
hatte sie bereits Sophiens Hand ergriffen und eilte mit
ihr dem Genius nach.

Dieser schien vor ihnen her zu schweben, und die
Mädchen hielten sich in ziemlicher Entfernung, um nicht
von ihm gesehen zu werden. Sie mußten nicht, ob er
bemerkte, daß sie ihm folgten, denn er kehrte sich kein

einziges Mal um und schritt langsam weiter, bis er
das große Gitter erreichte. Dann sahen die Mädchen
deutlich, wie er über dasselbe hinflog, und als gleich
darauf ein Phaëton, mit zwei Schimmeln bespannt,
vorfuhr, auf welchem der Genius Platz nahm, hegte
Lucie nicht den geringsten Zweifel mehr darüber, daß
sie es mit einem wirklichen Genius zu thun gehabt hatte.

Als sie umständlich im Gartenhaus erzählt hatte,
was sie weiter gesehen, sagte Martha: „Begreifst du
das? Anna weint immerzu, und doch behauptet sie, der
Genius habe sie glücklich gemacht.“

„Wie kommt das, Anna?“ fragte Lucie.

„Frage mich lieber nicht,“ war die Antwort, „ich
weine eigentlich nicht, ich konnte nur die Thränen
nicht zurückhalten, als ich noch einmal über die Worte
des Genius nachdachte.“

„Weine nur ruhig, Anna,“ beschwichtigte sie Sophie,
„ich könnte auch weinen aus Ärger darüber, daß die
schöne Erscheinung so rasch wieder verschwunden ist. Ich
gäbe etwas darum, wenn der Genius wieder zurückkäme.“

„Wer weiß,“ sagte Lucie, „laßt uns jedenfalls
seine Ratschläge genau befolgen. Hat er eine von euch
um Geheimhaltung gebeten? Mich nicht.“ „Mich auch
nicht. Mich auch nicht,“ riefen die anderen.

„Nun, wir wollen uns aber trotzdem geloben, die
Sache ganz geheim zu halten,“ sagte Lucie. „Es ist
doch sicher sein Wunsch, weil er uns in dem Brief gebeten hat, mit niemand darüber zu sprechen. Ist euch
das recht?“

Die drei Mädchen waren ganz einverstanden und faßten sogar den Beschluß, nicht einmal untereinander davon zu sprechen, weil sie die Entdeckung des wichtigen Geheimnisses fürchteten.

Siebentes Kapitel.

Der St. Nikolausabend.

❦

In Mühlberg, wo es keine schönen Läden giebt, machte man am St. Nikolausabend wenig Umstände; besonders im Pfarrhause ging dieser Abend meistens gerade so still vorüber wie jeder andere. Mochte der Heilige auch einige Pfeffernüsse austeilen, was noch nicht einmal jedes Jahr geschah, von Überraschungen und hübschen Geschenken war gar nicht die Rede. Auch dieses Jahr schwieg Anna ebenso wie Martha, wenn Sophie und Lucie im Kränzchen von allem sprachen, was sie erwarteten, denn Anna war überzeugt, daß im Pfarrhause das Fest nicht gefeiert würde. Und doch — wie es kam, hätte sie unmöglich sagen können — und doch hatte sie noch nie so viel an das Versprechen des Genius gedacht, als gerade in den Dezembertagen, welche dem St. Nikolaustag vorausgingen. Es war ihr, als bestünde eine heimliche Beziehung zwischen dem Genius und dem Heiligen. Sie glaubte fest an das Versprechen des ersteren und hatte noch keinen Augenblick daran gezweifelt, daß sie die versprochene Puppe erhalten werde, obgleich jetzt schon einige Monate seit jenem denkwürdigen Tage verflossen waren.

„Da kommt die Puppe," dachte Anna, als die Hausglocke am Abend des fünften Dezember, zu ungewohnter Stunde, ziemlich laut gezogen wurde; und wirklich trat gleich darauf das Dienstmädchen mit einer Holzkiste herein.

„Sehen Sie einmal, Frau Pfarrerin," sagte das Dienstmädchen erschrocken, „das wurde von einem pechschwarzen Mann gebracht, der mir, wenn ich ihm nicht die Thür vor der Nase zuschlug, einen Kuß gegeben hätte."

Die Frau Pastorin lachte über das entsetzte Gesicht ihres Dienstmädchens und meinte, während sie ruhig die Adresse betrachtete, das sei der übliche Scherz des Postboten am St. Nikolausabend.

„O, Mama weiß schon alles," riefen die Kinder. „Mama hat wahrscheinlich geheime Verbindung mit dem heiligen Nikolaus in Spanien."

Frau Pastor erklärte, sie wisse nichts und sei ebenso gespannt wie ihre Kinder, zu erfahren, von wem das Kistchen komme und was darin enthalten sei. Sie betrachtete die Adresse noch einmal genau, um sich zu überzeugen, daß keine Verwechselung stattgefunden habe, und nahm dann eine Schere, um den Schlüssel, der an dem Kistchen festgebunden war, abzuschneiden. Bedarf es noch der Versicherung, daß alle Kinder sich um die Mutter drängten und in freudiger Erregung auf das Öffnen des Kistchens warteten?

Vielleicht ging das Schloß etwas schwer, oder

Frau Pastor Franken zögerte absichtlich, um die Spannung der Kinder noch zu steigern, jedenfalls dauerte es einige Augenblicke, bis sie den Deckel öffnete. Es drängte sich schon ein Freudenschrei auf die Lippen der jüngsten Zuschauer, doch nur, um sich in ein enttäuschtes „Ach" zu verwandeln; denn als sie in das offene Kistchen sahen, gewahrten sie nur ein Stück blaues Papier, auf dem ein Brief lag. Ohne auch nur das Papier zu lüften, ließ die Mutter den Deckel wieder fallen, um sich mit dem Brief in die Nähe der Lampe zu begeben.

Während die Frau Pastorin den Brief las, warf sie einen verwunderten Blick auf Anna und schickte diese dann fort, um ihren Vater zu rufen. Anna wurde dunkelrot, da sie fürchtete, daß das Geheimnis des Genius jetzt an den Tag kommen und daß sie gescholten werden würde, weil sie die Erscheinung vor ihren Eltern geheim gehalten hatte.

Zu ihrer Freude wurde sie aber bald über diesen Punkt beruhigt. Als sie mit ihrem Vater eintrat, sagte die Mutter: „Sieh' einmal, lieber Mann, da kommt ein Kistchen mit Geschenken. Ich habe sie nicht herausnehmen wollen, bis du hier warst, aber lies erst diesen Brief."

Als der Pfarrer den Brief gelesen hatte, flüsterte seine Frau ihm einige Worte ins Ohr. Er überlegte einen Augenblick und sagte dann: „Nein, Recht ist Recht. Sind die Geschenke in dem Kistchen nur für eines unserer Kinder bestimmt, dann ist es auch billig, daß dasselbe sie bekommt."

Die Herzen der großen und kleinen Kinder klopften

5*

bang während dieses kurzen Gespräches. Jedes hoffte,
der oder die Glückliche zu sein. Die Ungewißheit verwandelte sich aber bald in Gewißheit. Frau Pastor
Franken sagte: „Anna, ein mir unbekannter St. Nikolaus bittet um die Erlaubnis, dir den Inhalt dieses
Kistchens geben zu dürfen. Komm' einmal hierher,
damit wir zusammen sehen, was dir geschickt wird."

Das Papier wurde weggeschoben, und da lag eine
Puppe so prächtig und schön, wie nicht nur Anna und
ihre Schwestern, sondern wie selbst die Mutter, die doch
aus Köln war, noch keine gesehen hatten. Es war ein
kleines Kind mit beweglichen Augen, einem Mündchen
mit Zähnen, mit sehr natürlich nachgemachten Händen
und Füßen und einem lieben Gesichtchen. Dabei hatte
die Puppe ein so schönes Kleid an, daß es eine Freude
war, sie nur anzusehen. Das Kleid war für Anna anfangs eine Enttäuschung, denn es war ihr um eine un-
gekleidete Puppe zu thun gewesen, für die sie selbst nähen
konnte. Der Genius hatte sie doch nicht verstanden, und
als die Mutter die Puppe endlich aus dem Kistchen nahm
und Anna reichte, empfing dieselbe sie mehr mit einem
Gefühl der Enttäuschung als der Freude und der Verwunderung.

Sehr bald veränderte sich aber der Ausdruck ihres
Gesichts durch den Ausruf ihrer Mutter: „Ach, wie herzig!"

Anna schaute auf und sah eine Menge kleiner
Päckchen, die alle mit einem roten Band zugebunden
waren. Auf jedem Päckchen war ein Zettel befestigt,
und die Mutter las, während die Päckchen von Hand
zu Hand gingen: „Unterröcke, Nachtjacken, Halstücher,

Hemden, ein Ballkleid, und sieh doch, ein Sommer= und
ein Wintermantel!"

"Man bekommt selbst Lust, die hübschen Sachen
zu nähen," sagte Frau Pastor Franken, und die Mädchen
waren ganz ihrer Meinung, denn die Kleider waren so
hübsch vorbereitet, daß sie geradezu zum Nähen aufzu=
fordern schienen.

Annas Brüder waren natürlich nicht neidisch auf
das Geschenk, aber als unter all den Päckchen zwei
schön eingebundene, eben erschienene Kinderbücher zum
Vorschein kamen nebst vier lecker riechenden gebackenen
Buchstaben, zwei „A" und zwei „N", aus denen auf
dem Tisch Annas Name zusammengesetzt wurde, da
stimmten alle wie aus einem Munde das Liedchen an:

> „St. Nikolaus, du heil'ger du,
> Bring' uns was in unsere Schuh."

Aber ihre Bitte wurde nicht erhört, wenigstens
nicht sogleich, denn das Kistchen enthielt nur noch
einige Papiere, die dazu gedient hatten, das Backwerk
von den anderen Sachen zu trennen.

„Aber von wem kommt das alles?" fragte Suse,
während sie in den Büchern blätterte. „Ja, von wem
kommt das alles?" wiederholte der Vater. „Wer kann
uns das sagen? Anna scheint geheime Freunde zu haben,
aber, wer die Freunde oder Freundinnen sind, kann ich
wirklich nicht erraten."

„Das Kistchen scheint aus Düsseldorf zu kommen,"
bemerkte die Frau Pastorin.

„Hast du da Bekannte, Anna?" fragte der Pfarrer
in scherzendem Ton, denn er wußte, daß Anna, die ihre
Heimat noch niemals verlassen hatte, dort niemand
kennen konnte.

„In Düsseldorf? nein, Papa," antwortete Anna.

„Das ist sonderbar," sagte die Frau Pastorin,
den Brief noch einmal genau betrachtend, ohne die
Handschrift zu erkennen. „Ich begreife das wirklich
nicht," fuhr sie fort; aber da Anna nach der Meinung
ihrer Eltern ebenso wenig davon wissen konnte, wurde
keine Frage an sie gerichtet.

„Der eine oder andere unter unseren Bekannten
wird uns wohl diese Aufmerksamkeit erwiesen haben, und
Anna ist vielleicht dazu ausersehen worden, weil man
ihren Namen wußte," bemerkte die Mutter, um wenigstens
eine Lösung des Rätsels zu haben.

„Wohl möglich," bestätigte der Pfarrer.

„Ich wollte, mein Name wäre auch so bekannt,"

meinte Heinrich. „Wer weiß, Papa, wenn du einmal
in die Zeitung setzen ließest: Vor ungefähr elf Jahren,
ein — nein — zwei ... drei ... vier ... fünf
Monaten wurde unser Elternherz sehr erfreut durch die
Ankunft unseres vielversprechenden Sohnes Heinrich.“

„Der sehr flink rechnen kann,“ fuhr sein Vater
lachend fort.

„Nein, Papa, aber im Ernst, wenn du das thätest,
wer weiß, was der gute Heilige dann schicken würde!
Laß mich einmal überlegen; ein H, zwei J, ein E u. s. w.
von Backwerk, eine wirkliche Uhr, einen Vogelkäfig, eine
Cigarrenspitze, ein ...“ Während Heinrich damit beschäftigt war, seine Wünsche aufzuzählen, sagte die
Mutter: „Nun, Anna, mag es ein zufälliges oder ab-
sichtliches Geschenk sein, du kannst dich jedenfalls sehr
darüber freuen. Ist es dir recht, wenn ich allen Kindern
etwas von dem Zuckerzeug gebe?“

„Natürlich,“ versicherte Anna und bat ihre Mutter,
mit dem Backwerk zu verfahren, als ob dasselbe nicht
ihr Eigentum sei. Die Mutter gab ihr ein besonders
großes Stück, aber sie drang darauf, nicht mehr zu bekommen als die anderen.

„Anna, wenn ich an deiner Stelle wäre, würde ich
einen ganzen Buchstaben aufessen,“ sagte Heinrich, „es
muß hübsch sein, einmal reichlich davon zu bekommen.“

„Der Heilige hat doch wohl gewußt, was er that,“
sagte der Vater zu Heinrich, „denn mich dünkt, du
würdest sehr unverständig damit zu Wege gehen.“

Der Abend verfloß sehr angenehm; der Vater blieb
unten, was nicht oft geschah, und die Kinder waren

alle in fröhlicher Stimmung, da sie nun zum erstenmal in ihrem Leben einen wirklichen St. Nikolausabend erlebt hatten, wie sie ihn bisher nur aus Büchern und Erzählungen kannten.

Anna war die glücklichste von allen, nicht allein, weil sie sich über die angenehme Überraschung freute, sondern auch, weil es ihr nun schien, als wenn auch das andere Versprechen des Genius in Erfüllung gehen müßte. Sie wünschte sich die Stimmung des heutigen Abends immer erhalten zu können, dann wäre sie sicher gewesen, ihr Leben lang keine traurige Stunde zu verbringen.

„Nun, Anna," sagte die Frau Pastorin, als sie dem jungen Mädchen gute Nacht wünschte, „du wirst wohl herrlich schlafen nach einem so schönen Abend."

„O ja, ich fühle mich recht glücklich mit meinen Geschenken," erwiderte Anna, „denn wenn Kornelie nächstes Jahr Geburtstag hat, kann ich ihr die Enttäuschung des letzten Jahres reichlich vergelten."

„Also denkst du daran, Kornelie die schöne Puppe zu geben?" fragte die Mutter etwas verwundert.

„Ja," sagte Anna und wollte hinzufügen, daß sie sich dieselbe aus diesem Grunde gewünscht habe, als sie sich noch zur rechten Zeit besann und fortfuhr: „Wenn nämlich die Kleider hübsch genäht sind. Ich selbst bin doch zu alt, um mit der Puppe zu spielen."

Offenbar machte Annas Vorsatz der Frau Pastorin Freude, obgleich sie nichts dazu sagte. Anna ging zu Bett und träumte vom Genius, der ihr, als sie auf wachte, wieder so lebendig vor der Seele stand wie an dem Abend, als sie ihn zuerst gesehen.

Eine noch so unbedeutende Sache macht in einem kleinen Orte immer Aufsehen, und der Empfang des Kistchens im Pfarrhause wurde bald überall besprochen. Anna, die sich darauf gefreut hatte, am Sonntag im Kränzchen die Neuigkeit selbst zu erzählen, wurde nun mit allerhand Fragen begrüßt. Das Gerücht hatte die Puppe bereits in eine bedeutende Erbschaft verwandelt, und Martha war dem Genius schon sehr böse gewesen, daß sie, da auch Anna reich geworden, fortan die Einzige sein sollte, die einfach gekleidet ging. Es war ihr eine Art Erleichterung, als sie von Anna den wirklichen Sachverhalt erfuhr.

„Aber, Anna, wie konntest du dem Genius einen so kindischen Wunsch aussprechen," sagte Martha, „wie dumm, in unserem Alter um eine Puppe zu bitten."

„Nun, mag es kindisch und einfältig sein," versetzte Anna, „mich reut mein Wunsch nicht. Ist noch keiner von euch der Wunsch erfüllt worden?"

„Mir nicht," sagte Sophie, während sie sich vor Lachen ausschütten wollte.

„Mir noch weniger," sagte Martha.

„Geduld, Geduld," sprach Lucie. „Ich bin froh, daß Anna sich eine Puppe gewünscht und sie bekommen hat. Das ist für uns alle eine Bürgschaft für die einstige Erfüllung unserer Wünsche."

Achtes Kapitel.

Ein Tag aus Annas Leben.

„Anna," sagte Frau Pastor Franken an einem Früh-
jahrsmorgen zu ihrer Tochter, „geh' auf den
Boden, dort wirst du in dem grünen Korb die Strümpfe
aus der letzten Wäsche finden; wende sie alle um und
hänge sie auf das große Trockengestell. Es wäre mir
sehr lieb, wenn du das recht geschickt machen wolltest;
Suse und Jeannette haben die übrige Wäsche aufgehängt, und ich habe ihre Hilfe jetzt anderweit nötig.
Willst du es thun?"

„O sehr gern," sagte Anna und ging, von den
besten Vorsätzen beseelt, hinauf. Sie fing ihre Arbeit
mit Eifer an, aber kaum hatte sie drei Strümpfe
umgewendet, als sie einen Vogel am Bodenfenster
vorüberfliegen sah und darauf auch deutlich das Piepen
von jungen Vögelchen hörte.

„Da ist sicher ein Nestchen," dachte Anna, „wie
hübsch muß es sein, die kleinen Tierchen darin zu
sehen. Wer weiß, wie klein sie noch sind. Ich wollte,
ich könnte sie gleich einmal sehen."

Ohne ihrer Strümpfe weiter zu gedenken, lief sie
ans Fenster, das aber viel zu hoch war, um hinaussehen zu können. Auf dem ganzen Boden war nichts, was
man bequem ans Fenster hätte schieben können; das
Einzige, was sie gebrauchen konnte, wenn sie zu dem
Nestchen klettern wollte, war der Wäschetisch, der auf
zwei Stützen stand. Mit einiger Anstrengung glückte
es ihr, den Tisch ans Fenster zu ziehen, aber damit
war die Schwierigkeit noch nicht beseitigt; es stellte sich
heraus, daß der Tisch sehr wackelte, und sie daher
nicht hinaufklettern könne. Was blieb ihr da anders
übrig, als einen Strumpf unter eines der Beine zu
schieben.

Das that sie auch und war in einem Nu auf dem
Tisch, aber zu ihrem Schreck spürte sie, daß sie die
Füße noch nicht ganz gleich gemacht hatte, denn der
Tisch bewegte sich, als sie darauf stand. Sie erschrak
und erfaßte eine Leine, an welcher Wäsche zum Trocknen
hing; die Leine riß ab, und nun fiel die ganze, eben erst
gestärkte Wäsche auf den Boden. Anna hielt sich selbst aufrecht, schlug aber vor Schreck und Ärger die Hände zusammen. „Welch Unglück," sagte sie zu sich selbst; aber da sie
sich nun einmal so viel Mühe um die Vögel gegeben
hatte, wollte sie dieselben auch gern sehen, bevor sie
die Wäsche auflas. Mit diesem Gedanken stieß sie das
Fenster auf, steckte ihren Kopf so weit wie möglich
hinaus, aber so sehr sie sich auch bemühte, sie vermochte
doch keine Spur von einem Nestchen zu entdecken. Es
war nichts zu sehen als rote Dachziegel und davor
eine Rinne, in der einige Regenwürmer krochen. Ent-

täuscht darüber, daß sie trotz der vielen Mühe doch nichts zu sehen bekam, versuchte sie, einen Dachziegel emporzuheben, was ihr natürlich nicht gelang; dann fuhr es ihr durch den Sinn, daß Vögel gern Würmer fressen, und so brachte sie dieselben mit einem Bleistift,

den sie in ihrer Tasche fand, näher an die Dachziegel, damit die Vögel, die sie in dem Nestchen vermutete, sie bequemer erreichen könnten.

„Kommt nur, ihr Vögel," flüsterte sie, während sie sich selbst so weit zurückzog, daß sie die Würmer eben noch im Auge behielt; aber die Vögel, die vielleicht gar nicht da waren, machten keinen Gebrauch von ihrer Gefälligkeit.

Während Anna mit dieser wichtigen Angelegenheit beschäftigt war, vergaß sie ganz, daß die Zeit nicht still steht und die drei Viertelstunden, die noch bis zum Essen blieben, beinahe verstrichen sein mußten. Endlich schien ihr das einzufallen, wenigstens sagte sie, nachdem sie noch ein Weilchen wartend gestanden, immer noch zu den Vögeln

gewandt: „Nun denn, ihr dummen Tiere, kommt doch
endlich! Ich habe keine Zeit mehr, auf euch zu warten,"
fügte sie hinzu und schloß das Fenster, um nach der
unter der Stärkwäsche angerichteten Verwüstung zu
sehen. Sie hatte gehofft, daß das Seil nur losge-
gangen wäre und sie dasselbe nur wieder festzubinden
brauchte; aber jetzt sah sie doch zu ihrer Bestürzung,
daß die Leine mitten durchgerissen war und daß sie
deswegen die wenigen Stücke, die noch davon hängen
geblieben waren, erst abnehmen mußte, ehe sie dieselbe
wieder anknüpfen konnte. Glücklicherweise ging das
besser von statten, als sie gehofft hatte, und sie konnte
die abgefallene Wäsche, die nicht einmal merklich schmutzig
geworden war, wieder aufhängen, ehe jemand heraufkam.

Anna zog den Tisch wieder an den gewohnten
Platz, und während sie sich freute, daß das Unglück
nicht größer war, fing sie so eifrig wie möglich wieder
an, Strümpfe zu wenden; aber ach, kaum hatte sie den
zweiten in die Hand genommen, als sie sich zum Essen
rufen hörte.

Mit Vergnügen hätte sie ihr Mittagessen daran
gegeben, um die aufgetragene Arbeit zu vollenden, ehe
sie ihrer Mutter wieder unter die Augen trat; aber
daran war ebenso wenig zu denken wie an das Warten-
lassen. Sie lief darum hastig hinunter und setzte sich
an den Tisch.

„Seht einmal," sagte die Frau Pastorin, „Anna
hat sich rote Backen angeschafft, sie ist bei der Wäsche
gewesen. Hängen die Strümpfe, Kind?"

„Noch nicht alle," stammelte Anna, „aber nach
dem Essen will ich die übrigen aufhängen."

Sie wurde dunkelrot, als sie das sagte, und sich
selbst anklagend, weil sie eine Unwahrheit aussprach,
fügte sie sogleich hinzu: „Ich habe mich nicht sehr
beeilt, aber nach dem Essen . . .“

Die Mutter blickte Anna mißbilligend an und fiel
ihr ins Wort: „Immer das alte Lied. Anna wird
es thun. Vielleicht hast du noch gar keinen Strumpf
aufgehängt?“ fügte sie hinzu.

„Ja, Mama, fünf,“ sagte Anna beschämt, worauf
alle in lautes Lachen ausbrachen.

„Es thut mir leid,“ fuhr ihre Mutter fort, „daß
ich mich nie auf dich verlassen kann. Nun sollst du
zur Strafe keine Hand mehr mit anlegen bei der Arbeit,
die ich dir aufgetragen. Nein, weine nur nicht. Thränen
helfen nichts. Thue lieber deine Pflicht.“

Anna war sehr bekümmert, sie konnte doch
nichts dafür, daß die Strümpfe noch nicht gewendet
waren, denn sie hatte Eifer und Lust gehabt, vorwärts
zu kommen, und wenn der Vogel nicht gekommen wäre,
hätte sie ihre Aufgabe sicher schon beendet. So ließ
sich eine Stimme in Annas Innerem vernehmen, aber
neben dieser hörte sie noch eine andere; wenigstens sagte
sie flehend: „O, Mama, es thut mir so leid, laß mich
nur gleich wieder hinaufgehen. Ich brauche kein Essen,
und ich versichere dir, daß alles fertig sein soll, noch
ehe ihr vom Tisch aufsteht.“

„Nein, Anna, jetzt ist es zu spät,“ erwiderte die
Mutter, „du würdest mir viel Ärger erspart haben,
wenn du gleich bedacht hättest, daß die Arbeit, die ich
dir aufgetragen, nur eine Kleinigkeit ist.“

Suse und Jeannette wurden nach dem Essen hinauf geschickt, um Annas Werk zu vollenden, und in kaum einer Viertelstunde war die ganze Sache abgemacht. Anna blieb weinend sitzen, und noch am Abend, als sie im Bett lag, konnte sie vor Kummer nicht einschlafen. „Der Genius," dachte sie, „entzieht mir auch gänzlich seine Hilfe, denn es geht beinahe kein Tag vorüber, an dem mir nicht irgend etwas Unangenehmes passierte."

„Wie kommt es doch, Papa?" fragte sie einmal, als sie mit ihrem Vater spazieren ging, „du sagst, daß man alles kann, was man will, — ich möchte mich doch gern bessern, und . . ."

„Halt, Anna," unterbrach sie ihr Vater. „Du willst nicht, oder lieber, du willst nicht ernstlich genug. Wenn es dein ernstes und aufrichtiges Streben ist, deine Fehler abzulegen und für andere zu leben, muß es dir gelingen. Bitte Gott anhaltend, dir Kraft und Freudigkeit zur Erfüllung deiner Pflicht zu gewähren, und dann wirst du sicher dein Ziel erreichen."

Ähnliches, wie wir eben ausführlich beschrieben haben, kam häufig in Annas Leben vor, und sie konnte nicht umhin zu fühlen, wie nicht nur ihre Eltern, sondern auch ihre Brüder und Schwestern sie am wenigsten gern hatten.

Nur morgens beim Lernen war Anna vollkommen glücklich, denn sie war ganz bei der Sache und studierte sehr gern.

„Ich wollte, du machtest alles übrige nur halb so gut wie deine Schularbeiten, Anna," sagte Frau Pastor Franken oftmals, und Anna meinte, sie würde

weit weniger Verdruß im Leben haben, wenn die
Schularbeiten ihre einzige Aufgabe wären.

Frau Pastor Franken, die vor ihrer Verheiratung
das Lehrerinnenexamen gemacht und ihre Studien fortgesetzt hatte, unterrichtete ihre Kinder selbst. Die
Stunden wurden immer sehr pünktlich gegeben, sodaß
die Kinder außerordentliche Fortschritte machten; aber
keines von allen lernte mit so viel Leichtigkeit und Vergnügen wie Anna. Außerdem gab es freilich nur wenig,
was sie mit ganzer Seele that, denn selbst das Nähen
für die uns bekannte Puppe wurde oft für sie eine
Quelle des Verdrusses.

Wie oft hatte ihre Mutter sie gescholten, wenn
sie die Arbeit umherliegen ließ, nachlässig und verkehrt
nähte oder brummend die ihr gegebene Aufgabe aus-
führte.

„Du bist die schöne Puppe und die prächtige
Arbeit gar nicht wert," sagte dann die Pfarrerin oft,
und Anna ging in ihrer verdrießlichen Stimmung so
weit, sich selbst recht albern zu finden, daß sie sich
etwas gewünscht hatte, was ihr nun so viel Last
machte; aber als Korneliens Geburtstag herankam und
Anna ihr die reizende Puppe mit selbstgenähten
Kleidern geben konnte, freute sich Anna sehr darüber.
Der Tag war ein glücklicher für sie, denn ihre Brüder
und Schwestern waren sehr entzückt von ihrer Freigebigkeit, und die kindliche Freude des glücklichen Geburts-
tagskindes war schon allein Lohn genug.

Neuntes Kapitel

Noch ein Besuch im Kränzchen.

„Martha, hilf mir doch aus dem Traum," sagte Sophie von Langen, als sie eines Sonntags wieder bei Lucie im Kränzchen waren, ungefähr zwei

Jahre nach dem Tag, an dem wir sie zuerst getroffen.

„Aus welchem Traum?" fragte Martha, verwundert aufsehend.

„Nun, gieb acht. Vielleicht weißt du, vielleicht

weißt du es auch nicht, und dann teile ich es dir jetzt mit, daß wir noch ein neues Gewächshaus bekommen, dort gegen das Gebüsch hin, dicht neben dem Gartenhause."

„Rechts?" fragte Lucie.

„Ja oder nein, eigentlich nicht, ja doch," versetzte Sophie langsam, während sie sich's überlegte; endlich schien es ihr klar zu sein, denn sie fuhr lachend fort: „Aber das kommt doch ganz darauf an, nach welcher Seite man steht. Steht man mit dem Gesicht nach dem Gartenhaus, dann ist es rechts, und steht man mit dem Rücken dorthin, dann ist es links."

„So kommt also das neue Gewächshaus an die linke Seite des Pavillons," sagte Lucie.

„Ja, wenn du dich mit dem Rücken dahin zu stellst," meinte Sophie.

„Das thut doch nichts dazu," versetzte Lucie.

„Aber Lucie, du bist doch recht schwer von Begriffen," ereiferte sich Sophie und fügte hinzu, während sie aufstand und sich mitten ins Zimmer stellte: „Nun hab' ich das Büffett an meiner linken Seite und" — sie drehte sich auf dem Absatz herum — „nun an meiner rechten."

Lucie lachte und sagte: „Aber Sophie, wenn du dich jetzt noch fünfundzwanzigmal herumdrehst, so ändert das doch nichts an der Sache. Das Büffett steht nun einmal an der linken Seite des Zimmers und bleibt dort stehen."

„Das ist eine schwierige Frage," bemerkte Anna, während sie mit Lucie lachte.

„Nein, das ist ganz leicht begreiflich," behauptete

Sophie, obschon sie es selbst immer weniger zu begreifen schien. „Siehst du," fuhr sie fort, indem sie sich einige Male herumdrehte: „Links — rechts — links — rechts."

Lucie versuchte noch einmal, Sophie klar zu machen, daß sie unrecht habe, und daß man „rechts" oder „links" von der Vorderseite aus rechnen müsse, aber sei es, daß Luciens Erklärung nicht deutlich genug war, sei es, daß Sophie sie nicht verstehen wollte, sicher ist, daß sie noch nicht einig waren, als Martha ungeduldig ausrief: „Ich finde euch beide sehr langweilig mit dem „links" und „rechts". Was thut's? das Büffett steht ruhig und unbeweglich da, mag es nun rechts oder links sein, und das Gewächshaus werden wir später auch sehen. Setzt euch nur beide, Lucie rechts und Sophie links oder anders herum, gerade, wie ihr wollt, und laßt uns lieber hören, was Sophie Wichtiges davon geträumt hat."

„Ich habe doch nicht gesagt, daß ich von dem Gewächshaus geträumt habe," entgegnete Sophie, während sie sich wieder setzte. „Aber ich wollte fragen, ob . . .?" sie hielt plötzlich zögernd inne.

„Was denn?" fragte Martha ungeduldig.

„Ach," sagte Sophie, während sie starr vor sich hin blickte, „als die Zimmerleute kamen, um das neue Gewächshaus anzufangen, ging ich mit Minna einmal hin, um nach ihnen zu sehen. Es waren drei Gesellen und der Meister selbst mit einem Lehrjungen. Minna unterhielt sich mit dem Meister, und dieser zeigte uns den Plan, der recht hübsch war. Es ist wirklich ganz nett, mit dieser Art Leuten zu sprechen."

„Dieser Art Leuten?" wiederholte Lucie. „Du

6*

sprichst, als ob das ganz andere Menschen wären als wir, und ich habe Papa doch sagen hören, daß er oft mehr gesunden Verstand bei Handwerksleuten antrifft, als bei manchen Herren, die meinen, sie könnten über alles mitsprechen."

„Aber Sophie, wie lange müssen wir denn noch auf deinen Traum oder deine Geschichte warten?" fragte Martha.

„Wo war ich doch?" fragte Sophie. „O ja, während Minna mit dem Meister sprach, sah ich zu= fällig einmal nach dem Lehrjungen und bemerkte, daß er deinem Bruder Robert so sprechend ähnlich sah, daß ich meinte, er müsse es selbst sein. Ich wollte ihn nach seinem Namen fragen, aber der Junge zog die Mütze tief über die Augen und ging so rasch mit einem Korb auf der Schulter vorbei, daß ich ihn nicht anreden konnte."

Martha war während dieser Erzählung abwechselnd rot und blaß geworden, und starrte mit zusammen= gepreßten Lippen vor sich hin.

Sophie schien den unangenehmen Eindruck, den ihre Worte machten, nicht zu bemerken und fuhr fort: „War er es, oder habe ich mich geirrt?"

„Nein, er war es, der arme Junge," sagte Martha und seufzte so tief, daß Anna und Sophie inniges Mitleid mit ihr fühlten.

„Warum seufzest du so?" fragte Lucie ruhig.

„Nun, ist es nicht schrecklich, einen Bruder zu haben, der Zimmermann wird?" fragte Martha, der es etwas leichter ums Herz war, nun ihre Freundinnen das Entsetzliche wußten.

„O schrecklich," antwortete Sophie.

„Was findest du denn Schreckliches dabei?" fragte Lucie, die ihre Eltern öfter darüber hatte sprechen hören. „Es ist doch so schlimm nicht, er braucht ja auch nicht gerade so ein Zimmermann zu werden wie unser Meister hier auf dem Dorfe. Er kann Baumeister werden, und wer weiß, wie weit er es noch bringt!"

Marthas Gesicht hellte sich merklich auf: von der Seite hatte sie die Sache noch nicht betrachtet.

„Ja sicher," fuhr Lucie fort, „jeder, der in seinem Fach geschickt ist, kann es weit bringen in der Welt, und wer weiß, ob unsere Kinder nicht später in der Geographiestunde lernen: ,Mühlberg ist als der Geburtsort des berühmten Robert zu bemerken.'"

„Er wäre so gern Offizier geworden, und ich hätte das herrlich gefunden," sagte Martha leise.

„Nun, warum wird er es denn nicht?" fragte Sophie. „Ich dachte, Jungen könnten immer das werden, was sie wollten."

Lucie sah, daß diese Frage Martha in Verlegenheit setzte, und antwortete an ihrer Stelle: „Geh', Sophie, daran kann man sehen, daß du keine Brüder hast; Anna, Martha und ich haben in dem Punkt mehr Erfahrung und wissen deshalb alle, daß die Knaben sich ebenso gut wie wir der bessern Einsicht der Eltern fügen müssen."

Martha nickte Lucie für diese Auslegung dankbar zu und fragte, wie es Karl gehe.

„O, sehr gut," sagte Lucie; „das Studentenleben gefällt ihm ausnehmend gut. Wie schön wird es sein,

wenn er fertig ist; wenn er dann verheiratet ist, gehen
wir alle einmal zu ihm auf Besuch. Aber ich vergesse
das Beste," fügte sie hinzu und verließ das Zimmer.
Bald darauf kam sie mit ein paar hübsch eingebundenen
Büchern zurück. „Ich hatte Karl gebeten, mir etwas
zum Lesen für unser Kränzchen zu schicken, und nun
hat er mir eine Sammlung arabischer Märchen ausgesucht, die sehr interessant zu sein scheinen."

„O, Lucie, fang' doch gleich an zu lesen," baten
die Mädchen, nachdem sie die Bücher betrachtet hatten,
„sie sind gewiß sehr schön!"

Diese neue Lektüre fesselte die Freundinnen so
sehr, daß der Nachmittag buchstäblich verflog und sie
es kaum glauben konnten, daß es schon Zeit sei, nach
Haus zu gehen, als sie geholt wurden.

„Es ist gut, Lucie, daß ich die Bücher nicht in
Verwahrung habe," meinte Anna, „denn ich bin überzeugt, ich würde gleich weiter lesen."

„Nun, ich stehe auch nicht dafür, daß ich sie nicht
ansehe," sagte Lucie, „aber, wenn ich auch weiter lesen
sollte, das kann ich euch versprechen, daß ich euch noch
mit demselben Vergnügen daraus vorlesen werde. Wir
wollen am nächsten Sonntag recht früh zusammenkommen. Wo ist das Kränzchen?"

„Bei mir," sagte Martha, und nachdem sie Abschied genommen, gingen sie fröhlich und wohlgemut auseinander. Ach, wie wenig ahnten sie, daß am nächsten
Sonntag nicht nur keine Rede vom Kränzchen, sondern
daß auch eine von ihnen so tief betrübt sein würde! —

Zehntes Kapitel.

Lucie verliert ihre Mutter.

✻

Nachdem ihre Freundinnen sie verlassen hatten, beeilte sich Lucie, ins Wohnzimmer zurückzukehren, wo sie zu ihrer Verwunderung niemand vorfand. Sie hörte dann von ihrem Vater, daß sich ihre Mutter zu Bett gelegt habe. Vor wenigen Minuten war Frau Keller plötzlich sehr unwohl geworden, und da das Unwohlsein rasch überhand nahm, wurde gleich nach dem Arzte geschickt, der auch bald erschien. Er brauchte seinen Befürchtungen gar keinen Ausdruck zu geben, denn sowohl Lucie als Herr Keller sahen sogleich, daß er die Kranke sehr bedenklich fand. Ach, sie hatten nur zu richtig gesehen; denn noch in derselben Woche starb Frau Keller nach schweren Leiden. Karl sollte seine Mutter nicht mehr lebend sehen, denn zwei Stunden vor seiner Ankunft hatte sie den letzten Atemzug gethan. Nun stand er sprachlos vor Schmerz mit seinem Vater und Lucie an dem Lager, auf dem sie, die sie alle so lieb gehabt, und die ihnen allen so unentbehrlich schien, bewegungslos ruhte. Es war ein

unersetzlicher Verlust für sie alle; aber Karl fühlte
doch, daß er den Verlust der Mutter nicht so schmerz=
lich im täglichen Leben empfinden werde wie sein Vater
und Lucie, und er betrachtete daher seine Schwester mit
doppeltem Mitleid.

Es war auch ein zu schroffer Gegensatz für das
Kind, welches bis jetzt ein so glückliches Leben geführt
hatte. Luciens Gouvernante hatte sich vor einigen
Monaten verheiratet, und obschon die Eltern die Ab=
sicht gehabt, sich nach einer andern umzusehen, hatten sie
doch noch keine Schritte dazu gethan, da Herr Keller fand,
daß Lucie eigentlich genug gelernt hatte; sie sollte keine
Gelehrte werden, und was hatte seine Frau von einer
Tochter, die immer nur die Nase in die Bücher steckte.

So dachte Luciens Vater, als seine Frau noch
lebte; jetzt aber that es ihm leid, daß er sich nicht be=
müht hatte, eine neue Erzieherin zu finden, dann wäre
Lucie doch weniger allein gewesen.

Eines seiner ersten Geschäfte war, an eine Dame
seiner Bekanntschaft zu schreiben, um zu fragen, ob sie
ihm nicht ein Fräulein verschaffen könne, das geeignet
sei, Lucie Gesellschaft zu leisten und die Haushaltung zu
führen. Er erhielt die Antwort, daß eine Dame, ein
Fräulein Rudolph, die schon derartige Stellungen bekleidet
und die besten Zeugnisse für ihre Thätigkeit aufzuweisen
hätte, zufällig frei sei und sogleich kommen könne.

Karl freute sich, als sein Vater diesen Brief vor=
las, aber Lucie behauptete, sie werde den Verlust ihrer
Mutter viel schmerzlicher empfinden, wenn eine Fremde
deren Platz einnehme, und sie bat dringend, sie allein

zu lassen. Ihr Vater und Karl bewiesen ihr aber, daß
sie dazu noch viel zu jung sei, und als sie sich die Sache
überlegte, konnte sie nicht umhin, ihnen recht zu geben.

Herr Keller wurde sogleich mit Fräulein Rudolph
über die Bedingungen einig, und so kam dieselbe bald
nach der Beerdigung der Frau Keller. Fräulein Rudolph,

welche gewohnt war, einer Haushaltung vorzustehen,
blieb nicht lange fremd im Hause. Sie nahm sogleich
ihren Platz ein und erteilte Befehle, als ob sie immer
hier gewesen wäre, so daß Herr Keller überzeugt war,
er hätte keine bessere Wahl treffen können.

Dachte Lucie auch so?

Einige Tage nach Fräulein Rudolphs Ankunft
fand Karl Lucie weinend auf einer Gartenbank.

„Wie geht's, arme Lucie?" fragte er teilnehmend, indem er sich zu ihr setzte.

„Ach, ich bin so traurig," sagte Lucie „es ist, als ob jede Blume, jeder Baum, den ich sehe, mir meinen Verlust doppelt fühlbar machte. Es ist doch schrecklich, daß der Tod Menschen wegnimmt, die so unentbehrlich sind. Wie glücklich würde man sein, wenn niemand stürbe. Ach, daß gerade Mama sterben mußte . . ." und sie brach in Thränen aus.

Karl ließ sie weinen, aber als sie sich ein wenig beruhigt hatte, sagte er: „Ja, Lucie, unser Verlust ist unersetzlich, aber nicht wahr? wir wissen, daß eine weise Hand unser Schicksal lenkt, und wenn wir auch jetzt durchaus nicht begreifen, warum wir unsere liebe Mutter verlieren mußten, wissen wir doch, daß wir unsern Schmerz so gut wie möglich tragen müssen."

Lucie sah vor sich hin und sagte dann: „Ja, Karl, aber ich glaube, ich würde etwas weniger Kummer haben, wenn Fräulein Rudolph nicht bei uns wäre, denn ich finde es so schrecklich, immer jemand vor Augen haben zu müssen, den man nicht gern haben kann."

„Aber, Lucie, du kennst sie ja noch kaum," bemerkte Karl.

„O, doch genug, um zu wissen, daß ich sie durchaus nicht leiden kann," sagte Lucie. „Sie hat eine unangenehme Stimme und ist so unnatürlich."

„O, daran wirst du dich gewöhnen, wenigstens fällt mir die Stimme nicht mehr so unangenehm auf wie am ersten Tag," erwiderte Karl, „und was ihre

übrigen Eigenschaften betrifft, so macht sie allerdings
keinen sehr angenehmen Eindruck, aber du mußt sie
eben nehmen, wie sie ist, und nicht Vergleiche zwischen
ihr und Mama anstellen, denn dann kann sie dir allerdings nicht gefallen."

Lucie meinte, von „gefallen" könne überhaupt nie
die Rede sein, worauf Karl entgegnete: „Höre, Lucie,
ein Fräulein ist in diesem Fall ein notwendiges Übel.
Es thut mir zwar leid, daß diese Dame dir so wenig
gefällt, aber vorausgesetzt, Papa könnte sie wegschicken,
mußt du mir doch zugeben, daß das nicht geschehen
wird, solange kein anderer Grund vorhanden ist als
deine Abneigung. In jedem Fall muß die Zeit noch
lehren, ob wirklich so viel gegen sie spricht, wie es dir
jetzt scheint; kannst du dich auf die Dauer durchaus
nicht in sie finden, dann sage es Papa oder schreibe
es mir, wenn du das lieber willst, denn du bist Papa's
einziges Töchterchen und mein einziges Schwesterchen,
und wir möchten dich um alles in der Welt nicht unglücklich wissen."

„Findest du sie nicht auch unausstehlich?" fragte
Lucie.

„So so," war die Antwort; „also es bleibt dabei,
du schreibst mir, wenn sie dir auf die Dauer mißfällt.
Vergiß nicht," fügte Karl mit bewegter Stimme hinzu, „mir öfter zu schreiben, denn Papa kommt so wenig
dazu, und du weißt, Mama schrieb mir immer so herrliche, lange Briefe."

Lucie gab das gewünschte Versprechen, und die
Geschwister sprachen noch längere Zeit über ihren

schweren Verlust. Kurz nach diesem Gespräch ging
Karl wieder nach Heidelberg zurück, und Lucie empfand
die Schwere ihres Verlustes doppelt in ihrer Verein-
samung. Wenn sie nur ihrer Neigung gefolgt wäre,
so hätte sie sich gar nicht um Fräulein Rudolph gekümmert, aber sie sah wohl ein, daß Karl recht hatte
und es nicht gut war, jemand, den sie noch so wenig
kannte, schroff zu verurteilen. Sie beschloß also, von
jetzt ab etwas zuvorkommender gegen das Fräulein zu
sein. Von diesem Versprechen beseelt, ging sie eines
Tages mit einem Buche in der Hand zu ihm und fragte,
nachdem sie einen Augenblick gezögert hatte: „Fräulein,

ich habe meiner Mama
manchmal nachmittags
vorgelesen; wenn Sie
das auch gern haben...“

„O je, das kenne
ich schon,“ kam die Ant-
wort, noch ehe Lucie aus-
gesprochen hatte. „Denke
nur, meine erste Stellung
war bei einer alten Dame,
die den größten Teil des
Tages zu Bett lag. Sie
litt an einer Lähmung;
infolgedessen konnte sie
mit den Händen nichts thun, und da sie sich deshalb
schrecklich langweilte, mußte ich ihr immer vorlesen.“

„Den ganzen Tag?“ fragte Lucie, die lieber eine
bestimmte Antwort auf ihre Frage gehabt hätte.

„Einen Tag? was sagst du? Tage, Wochen, Monate, oder in einem Wort, beinahe zwei Jahre lang," rief das Fräulein.

„Ach," sagte Lucie.

„Ja, ja, das war wahrlich kein Vergnügen," fuhr die Dame fort, „und als sie tot war, die alte Seele, kam ich in eine Haushaltung mit zehn Kindern, wo ich so gearbeitet und geschafft habe, daß ich krank davon wurde. Nun macht mir viel Arbeit nichts aus, ach nein, nichts ist mir zuviel, wenn ich nämlich gesund bin, aber ich bin zart gebaut und kann darum so viel Anstrengung nicht aushalten."

Lucie sagte nichts darauf, aber, als wenn sie eine Bemerkung gemacht hätte, fuhr Fräulein Rudolph fort: „Ja, nach meinem Äußern zu schließen, sollte man nicht denken, daß ich so schwach bin, und doch ermüdet mich alles. Aber ich habe alle Hoffnung, mich hier etwas zu kräftigen, da ich in eurem Hause nicht so viel Arbeit habe, wie bisher überall."

„Ich will Ihnen sehr gern helfen," sagte Lucie; „als Mama noch lebte, hatte ich angefangen, an der Wäsche mitzuarbeiten, auch begleitete ich Mama in Keller und Speisekammer."

Lucie zögerte einen Augenblick und sagte dann, die Hand der Dame ergreifend: „Es war nicht nett von mir, daß ich Ihnen bisher gar nicht geholfen habe; aber ...." und so sehr sie sich auch zusammennahm, kamen ihr doch die Thränen in die Augen: — „ich scheute mich, Sie dieselben Sachen thun zu sehen wie Mama."

„Geh' Lucie, weine nicht, du brauchst mir nicht zu helfen, ich kann die Arbeit allein thun, bekümmere dich nicht darum. Aber weine nur nicht, das macht mich ganz nervös, du hast es viel besser als ich beim Tod meiner Eltern. Ich mußte sogleich unter Fremde, um meinen Unterhalt zu verdienen, während ich in dem Glauben aufgewachsen war, daß meine Eltern sehr reich wären."

Fräulein Rudolph erzählte nun eine lange, wahre oder erfundene Geschichte von ihren Eltern, wie und auf welche Weise dieselben verarmt waren, aber Lucie hörte kaum darauf. Als die Erzählung zu Ende war, verließ sie das Zimmer und seufzte: „Was für eine Person!"

„Sehen Sie einmal, Fräulein," sagte Lucie einige Tage später, „ich habe Blumen gepflückt und werde sie in diese Vasen stellen. Es war eine Liebhaberei von Mama, den ganzen Sommer hindurch Sträuße auf dem Kaminsims zu haben."

„Das sieht auch ganz freundlich aus," fing das Fräulein an; „aber," fuhr sie fort, nachdem sie einen Blick auf die Blumen geworfen hatte, „aber Kind, thu' doch gleich den Jasmin weg. Ich kann den Geruch nicht leiden."

„Papa riecht Jasmin so gern," sagte Lucie, während sie unentschlossen die beiden Zweige in der Hand hielt.

„Wenn mir der Geruch nicht gar zu unangenehm wäre, würde ich gar nicht davon sprechen," versetzte Fräulein Rudolph, „aber mir würde übel werden, wenn sie eine Viertelstunde hier wären!"

Lucie warf die Zweige zum Fenster hinaus und

sagte, während sie zu dem Wandkalender lief: „Eben fällt mir gerade über dem Jasmin ein, es muß ungefähr ein Jahr her sein, daß das einzige Töchterchen von Frau Hermann ertrunken ist. Ach ja, es ist gerade heute ein Jahr," fuhr sie fort; „wie wird die arme Mutter heute wieder betrübt sein, es war ein so allerliebstes Kind von drei Jahren; wollen wir heute mittag einmal hingehen, Fräulein?"

„Die Menschen sind doch nicht gar zu schmutzig?" fragte Fräulein Rudolph.

„O nein, im Gegenteil, Mama war immer erstaunt darüber, daß die Frau alles so nett in Ordnung hielte," entgegnete Lucie.

„Es sind doch keine Kranken im Haus? denn ich lasse mich nicht gern anstecken."

„Das thut wohl niemand gern," sagte Lucie etwas scharf, „aber," fügte sie sogleich hinzu, „ich hoffe wirklich, daß dort niemand krank ist, sie hätten uns das wohl mitgeteilt. Als Mama noch lebte, ging ich öfter hin."

„Und was thatest du denn dort?" fragte Fräulein Rudolph.

„O, Mama brachte der Frau und den Kindern manchmal etwas, oder wir gingen nur so hin, um ein bißchen mit den Leuten zu plaudern, aber ich begreife wohl, daß Sie keine Lust dazu haben, Fräulein, und darum will ich allein gehen."

„Nein, ich werde mitgehen, für ein einziges Mal wird es wohl nichts schaden, aber im allgemeinen ist mein Grundsatz: Was du nicht willst, das man dir thu', das füg' auch keinem andern zu."

Lucie ſah ſie an, augenſcheinlich, ohne ſie zu verſtehen.

„Nun ja,“ fuhr ſie lachend fort: „ich würde mich gewiß nicht freuen, wenn Hinz und Kunz mich oft beſuchten, und ſo denke ich, daß es den Armen auch nur läſtig iſt, wenn Leute unſeres Standes kommen, beſonders, wenn wir mit leeren Händen erſcheinen, — und wenn wir etwas zu geben haben, dann iſt die Armenbüchſe da, um es aufzunehmen. Wozu giebt es denn Armenpfleger, wenn jeder ſelbſt austeilen will?“

Lucie verſuchte vergebens, das Fräulein zu über=reden, zu Haus zu bleiben, aber als ſie des Nachmittags mit ihr zu der noch immer trauernden Mutter kam und ſah, wie Fräulein Rudolph den ihr angebotenen Stuhl erſt genau betrachtete, ehe ſie ſich auf eine Ecke desſelben ſetzte, that es ihr leid, daß ſie ihr nicht noch mehr abgeraten hatte.

Die wenigen mitgeteilten Beiſpiele genügen, um zu beweiſen, warum es Lucie ſo ſchwer wurde, ſich an die Haushälterin zu gewöhnen. Dieſe Dame war in des Wortes vollſter Bedeutung Egoiſtin, ſie begriff nicht, daß es ihre erſte Aufgabe ſein mußte, Lucie zu beſchäftigen und von ihrem großen Kummer abzulenken, ſie fand es im Gegenteil ſehr läſtig, wenn Lucie mit ihr ſprach, während ſie, auf dem Sofa liegend, einen Roman las; ſie gab dem jungen Mädchen mehr als einmal eine abweiſende, unhöfliche Antwort. Vielleicht würde Lucie ſich darüber noch nicht ſo geärgert haben, wenn ſie es hätte unterlaſſen können, manchmal den Namen ihrer Mutter zu nennen, denn nichts that ihr ſo weh, als wenn Fräulein Rudolph auf eine von ihr mitgeteilte Eigentümlichkeit ihrer Mutter antwortete: ‚O ja, so bin ich auch, so geht es mir auch,‘ und dergleichen mehr.

Einmal, als sie wieder halb unwillkürlich gesagt hatte: ‚Nächste Woche ist Mamas Geburtstag‘, und Fräulein Rudolph abermals geantwortet hatte: ‚Zu Anfang des nächsten Monats ist auch der meinige. Ich habe voriges Jahr von dem Herrn, bei dem ich damals in Stellung war, eine goldene Kette bekommen, aber er hätte mir wohl auch einen Haken für meine Uhr dazu geben können, denn ich hatte sein Kind durch meine sorgfältige Pflege buchstäblich vom Tode errettet,‘ verließ Lucie ärgerlich das Zimmer und ging hinauf. „Nein,“ rief sie, „ich kann sie nicht ausstehen, ich werde es Karl schreiben“; und sofort setzte sie sich hin und schrieb: „Sie gefällt mir ganz und gar nicht; jeden Tag wird sie mir unangenehmer, und es wäre mir ganz recht, wenn sie morgen wollte gehen; denn ich kann sie nicht ausstehen.“

„Ach, das reimt sich ja,“ rief Lucie, „das will ich auch wie einen Vers hinschreiben, es ist dann ein gutes Motto für meinen Brief“; und indem sie einen andern Bogen nahm, führte sie ihren Vorsatz aus. „So, nun kann Karl gleich sehen, worüber ich ihm schreiben will.“

Halb unwillkürlich, halb absichtlich fuhr Lucie fort, in Reimen zu schreiben, und das unterhielt sie so sehr, daß sie, als zum Essen gerufen wurde, verwundert fragte: „Aber wie ist es möglich, daß jetzt schon Essenszeit ist?“

An diesem Mittag bei Tisch bemerkte Herr Keller

zum erstenmale, daß Lucie wieder etwas heiterer aussah; er freute sich sehr darüber.

Nach dem Essen war Lucie verhindert, weiter zu
schreiben, da Anna zum Kaffee kam. Sobald sie am
nächsten Tage gefrühstückt hatte, beeilte sie sich indessen,
wieder auf ihr Zimmer zu gehen, um ihren Brief
zu beendigen. Als sie ihr Gedicht, das mehrere Bogen
einnahm, beendet hatte und es noch einmal überlas,
sagte sie: „Nun gäbe ich etwas darum, wenn mir
jemand sagte, ob es wirklich so hübsch ist, wie es mir
erscheint." Nach einiger Überlegung schrieb sie unter das
Gedicht: „Karl, wenn du mir eine große Freude machen
willst, dann sage mir aufrichtig, wie du die Verse findest."

Lucie erwartete Karls Antwort mit großer
Spannung. Hätte ihr Bruder gewußt, wie enttäuscht
sie war, wenn der Briefträger vorbeiging, so hätte er
sie sicher nicht drei Wochen auf einen Brief warten
lassen; denn wenn er auch sehr viel zu thun hatte, so viel
Zeit, um ihr zu schreiben, hätte er jedenfalls finden können.
Endlich kam der Morgen, an welchem ihre Sehnsucht
nach einem Briefe von Karl befriedigt wurde. Als
jetzt Lucie den Brief in der Hand hielt, war die Zeit
des Wartens, die ihr so lang geworden war, ganz
vergessen. Sie eilte hinauf, erbrach den Brief und las
in nervöser Hast: „Aber Lucie, wie hast Du mich in
Erstaunen gesetzt mit dem prächtigen Gedicht; es ist
ganz entzückend. Ach, wie wenig vermutete ich, als ich
Dich auf meinen Knieen hielt, daß ich eine wirkliche
Dichterin auf dem Schoß hatte. Welch glänzende
Aussicht eröffnet sich da meinem Blick, wenn ich später
überall als der Bruder ‚der berühmten Dichterin' ge-

nannt werde. Mich dünkt, ich lese in den Zeitungen
von dem neuen Stern, der am Himmel der Dichtkunst
aufgeht u. s. w. — ich kann mir den Bericht gar nicht
hochtrabend genug denken. — Nun, darüber wollen
wir uns jetzt den Kopf nicht zerbrechen, kommt Zeit,
kommt Rat. Für den Augenblick muß es unsere Aufgabe sein, Deinen Namen rasch bekannt zu machen.
Was sagst Du dazu, wir wollen den ersten Band
Deiner Gedichte: ‚Frühlingsblumen von Lucie‘ nennen?
denn, nicht wahr, Du hast doch nicht die Absicht, Dein
Talent zu begraben? Wenn ich nicht fürchtete, daß die
gesamte Studentenschaft nach Mühlberg strömen würde,
um eine so jugendliche Dichterin zu sehen, dann würde
ich Deine Gedichte einmal bei einer unserer geselligen
Vereinigungen vorlesen, aber ich entsage dem Vergnügen
aus dem oben angedeuteten Grunde; denn wie würdest
Du in Verlegenheit kommen, wenn Fräulein Rudolph
das Gedicht lesen wollte, das solches Aufsehen macht!
Übrigens bin ich froh, daß Du die Sache mit dem
Fräulein in dieser Weise auffassest; es ist viel besser,
Gedichte auf sie zu machen, als sich über die guten
Eigenschaften, die sie nicht hat, und die schlechten, die
sie hat, zu ärgern. Das ist alles nur vorübergehend,
und wenn ich erst einmal fertig bin, komme ich nach
Haus, und dann soll's mich wundern, wenn ich nicht
mehr Abwechselung in Dein Leben bringe. Ich werde
wenigstens thun, was ich kann, um Dich aufzuheitern.
Ich wollte, Du könntest reiten lernen, dann könnten
wir zusammen Ausflüge zu Pferde machen; die Damen
thun es hier sehr viel, und ich sehe die Amazonen gern.“

7*

Es war Lucie in diesem Augenblick einerlei, was
Karl noch weiter schrieb. Obgleich sie den Brief erst
ganz auslas, richtete sie ihre Aufmerksamkeit doch
hauptsächlich auf den ersten Teil. „Ich bin froh, daß
Karl das Gedicht so gut findet," dachte sie, aber in
demselben Augenblick fiel ihr ein, daß sie an diesem
Morgen wieder ein sehr unangenehmes Gespräch mit
Fräulein Rudolph gehabt hatte, und sie fuhr fort:
„Auf meine Klagen geht er aber gar nicht ein. Ich
hatte gehofft, er werde Papa darüber schreiben, und
nun thut er, als ob es mir gar nicht Ernst damit
wäre. Er hat mir doch gesagt, ich solle mich über sie
beklagen, wenn ich es nicht mehr aushalten könne; ich
habe mein Möglichstes gethan, freundlich gegen sie zu
sein, aber ich kann mich nicht mit ihr vertragen. Gleich
morgen werde ich Karl noch einmal schreiben, und zwar
einfache Prosa, sonst versteht er mich am Ende wieder nicht."

Sie vergaß, daß sie selbst durch die komische Art, in
welcher sie ihren Kummer über das Fräulein ausgedrückt,
die ganze Klage in einen Scherz verwandelt hatte.

Als sie abends in ihrem Bett lag, dachte sie
wieder an Karls Worte. Den Band „Frühlings=
blumen" sah sie schon in ihrer Phantasie vor sich.

„Sollte ich wirklich eine Dichterin sein?" dachte
sie. „Sollte es wahr sein? Sollte ich Gedichte machen
können? Wie herrlich wäre das! Für Dichter ist
alles viel schöner als für andere Leute. Ich werde
gleich anfangen, wieder ein Gedicht zu machen. Auf
was?" fragte sie sich, und während sie sich auf ihrem
Ellenbogen in die Höhe richtete und von ihrem Bett

aus ins Freie blickte, fügte sie sogleich hinzu: „O, natürlich auf den Mond, das ist so poetisch. ‚Schöner Mond, so bleich und rund,‘“ . . . begann sie, . . . „ach nein, das klingt zu gewöhnlich. ‚Stiller Mond, so bleich und schön,‘ das geht besser. Aber weiter, was reimt auf schön? sehn, stehn, gehn, o stehn, das geht gut, ‚ich seh‘ dich am Himmel steh’n.‘ Das sind schon zwei Zeilen:

> Stiller Mond, so bleich und schön,
> Ich seh‘ dich am Himmel steh’n“

wiederholte sie und fügte sogleich hinzu, während sie sich wieder auf ihr Kissen zurücklegte: „Ach pfui, wie dumm, wie häßlich, wie abgeschmackt! Das ist doch kein rechtes Gedicht. Das thut aber nichts. Morgen wird’s gehen, jetzt bin ich wahrscheinlich zu schläfrig.“

Sie machte den ernsthaften Versuch, nicht mehr zu denken, aber als es ihr endlich beinahe geglückt war, glaubte sie auf einmal den Genius vor sich zu sehen. Sie richtete sich hastig auf; dadurch brach natürlich der Zauber, und sie sah nichts mehr. „Ach, wie schade!“ seufzte sie, und sich wieder niederlegend, flüsterte sie: „Erscheine noch einmal, mein schöner Genius,“ aber die liebliche Erscheinung kam nicht wieder. Doch der bewußte Abend stand plötzlich wieder mit erneuter Klarheit vor Luciens Seele, und in ihrer lebhaften Einbildungskraft hörte sie deutlich die schöne Stimme sagen: „Durch dich selbst wirst du berühmt werden.“

„Durch — mich — selbst,“ wiederholte Lucie einigemal langsam, während sie jedes Wort betonte, um die Bedeutung noch besser zu erfassen. „Nun ja,“

rief sie endlich), „die Sache ist so klar wie möglich, ich
soll eine Dichterin werden. Das schöne Versprechen
fängt an, sich zu erfüllen. Ich werde berühmt werden,
ich werde . . .“ Glücklicherweise gewann der Schlaf
die Oberhand über die Aufregung, und sie sank
über ihren Zukunftsplänen in sanften Schlummer.
Unbestimmt, aber lieblich waren ihre Träume, und schön
waren sie gewiß, wenigstens erwachte sie in frischer,
fröhlicher Stimmung.

Als sie zum Frühstück hinabging, fand sie, daß
ihr Vater bleich und betrübt aussah.

„Fühlst du dich unwohl, Papa?“ fragte sie teilnehmend.

„Ich habe nicht gut geschlafen, Lucie; ich dachte
mehr als je an frühere Zeiten,“ antwortete Herr
Keller, während er die Zeitung in die Hand nahm.

Lucie besann sich und erinnerte sich dann, daß heute der Hochzeitstag ihrer Eltern war, ein Tag, der immer festlich begangen worden war. Doch ehe sie eine Antwort geben konnte, fiel Fräulein Rudolph ein: „Es ist eine böse Nacht gewesen, ich habe auch kein Auge zugethan. Anfangs hinderte mich das Hin= und Herbewegen der Rollläden, und morgens machten die Sperlinge einen solchen Lärm, daß ich der Magd so=gleich Befehl gegeben habe, den Zimmermann zu rufen, um die Nester zu zerstören. Es darf mich nachts nichts stören, denn ich schlafe ohnehin so schlecht und wache häufig auf, und wenn ich nicht gut schlafe, bin ich gleich ganz krank."

„Willst du dich nicht noch ein wenig niederlegen?" fragte Lucie, die ihren Vater mit besorgten Blicken betrachtet hatte.

„Mich niederlegen? Ach nein, liebes Kind, das gestattet mir meine Zeit nicht. Ja so, Lucie, ich vergaß dir noch zu sagen: morgen habe ich mittags eine Versteigerung in Heimburg. Der Herr Pfarrer will mitfahren; wenn du Lust dazu hast, kannst du Anna auch dazu auffordern; du bist lange nicht bei unserer Butterfrau gewesen, sie beklagte sich neulich darüber."

„Morgen mittag?" fragte Lucie.

„Ja, wenn du Lust dazu hast; es wird gewiß eine ganz schöne Fahrt werden," sagte Herr Keller.

Lucie hatte große Lust dazu, umsomehr, da sie wußte, daß Anna über den Vorschlag im siebenten Himmel sein würde. Noch mehr Freude würde sie

aber darüber gehabt haben, wenn sie nicht deutlich ge=
merkt hätte, daß ihr Vater den Plan nur vorbrachte,
um ihre Aufmerksamkeit von seiner Gesundheit ab=
zuziehen.

Fräulein Rudolph schien schlechter Laune zu sein,
weil man sie nicht aufgefordert hatte, mitzufahren;
wenigstens bekam Lucie eine sehr scharfe Antwort auf
eine ganz freundliche Frage, weshalb sie sogleich auf
ihr Zimmer ging.

„Welcher Unterschied gegen früher," sagte sie mit
einem Seufzer, während sie sich einen Stuhl herbei=
holte. Als sie noch länger darüber nachdachte, fiel ihr
der schroffe Gegensatz zwischen einst und jetzt so sehr
auf, daß sie beschloß, ein Gedicht darauf zu machen.
„Ich werde die düstere Gegenwart mit den letzten,
kalten Herbsttagen vergleichen," sagte sie, „blüht auch
noch hie und da eine Rose, es ist doch keine frische
Sommerblume mehr; das Glück der Vergangenheit
werde ich mit den schönen Frühlingstagen vergleichen.
Welch echt poetisches Gleichnis!"

Sie sah erschrocken um sich, als fürchte sie, daß
jemand ihren Ausruf gehört haben könnte; aber über
diesen Punkt beruhigt, legte sie ihre Briefmappe zu=
recht und bereitete sich vor, ihr Gedicht zu machen.
Sie hatte die Genugthuung, in kurzer Zeit mit dem
ersten Teil ihres Gedichtes einen ganzen Bogen be=
schrieben zu haben, und bald war das Ganze fertig.
Als sie es noch einmal durchlas, schien es ihr erst miß=
lungen; nachdem sie es aber wieder und wieder laut
gelesen, gefiel es ihr immer besser, und zum Schluß

fand sie es sehr schön. Sie überschrieb es: „Einst und
Jetzt" und machte eine Abschrift davon. Dann steckte
sie es in ein Couvert und schrieb dazu: „Ich bitte Dich,
Karl, sage mir aufrichtig, nicht im Scherz, sondern
ernsthaft, wie Du dieses Gedicht findest. Du hast
mich das vorige Mal sehr mit Deiner unbegrenzten
Bewunderung und mit Deinem Nichtbeantworten meiner
Klage enttäuscht; aber ich will nicht mehr daran
denken, wenn Du mir jetzt klar und deutlich sagst, ob
Du glaubst, daß ich eine Dichterin werden kann. Lache
mich nicht aus, Karl, denn ich muß es wissen. Da
durch kannst Du beweisen, wie lieb Du Deine Schwester
Lucie hast." —

„Ach, das thörichte kleine Mädchen," rief Karl
lachend, die beigefügten Zeilen noch einmal überlesend.
„Welch' ernsthafter Ton. Sie muß wissen, ob sie eine
Dichterin ist. Ha! Ha! eine schöne Frage!" Er fuhr
sich mit der Hand über die Augen und sagte: „Nun,
warum soll ich ihr nicht sogleich antworten?" Er setzte
sich sofort hin und schrieb: „Liebe Lucie, schicke mir
noch mehr solche Gedichte, aber richte nicht wieder so
ernsthafte Fragen an mich, denn Du bringst mich da
durch in große Verlegenheit. Deine Gedichte sind aller
liebst und machen mir sehr viel Vergnügen, ich lese sie
und denke: das ist Luciens Werk; und dann genieße ich
sie und frage nicht: ist das ein Kunstwerk? sondern
ich denke wie der Bauer von dem Pfarrer: ‚Wo hat
sie all die Worte her?'

„Lese ich Deine Gedichte, um ein bestimmtes Urteil
über ihren mehr oder minder großen Wert abzugeben,

dann bin ich vielleicht genötigt, Dir zu sagen, daß sie
gar keinen Wert haben, da kein Versmaß darin ist,
was man bis jetzt doch von Gedichten verlangt; da Du
aber bei dem Verfertigen der Gedichte ein doppeltes
Ziel hast, das Du erreichst, nämlich, Dich zu be=
schäftigen und mir Vergnügen zu machen, will ich Dir
nur die Hoffnung und den Wunsch aussprechen, daß
Du noch manche Verse verfassen mögest. Wie wahr
ist Deine Bemerkung: welch ein Unterschied ist zwischen
der Zeit, da unsere gute Mutter noch lebte und jetzt;
aber, Lucie, obgleich unser Verlust unersetzlich für uns
ist, hoffe und erwarte ich doch, daß die Zukunft wieder
fröhliche Tage für uns bringen wird. Auch hoffe ich,
daß wir dann noch einmal das ‚Einst und Jetzt‘ ver=
gleichen können und zwar in umgekehrtem Sinne. Du
hältst mich gar nicht auf der Höhe der Situation, Du
giebst mir gar keine Nachrichten. Wie geht es im
Kränzchen? Lest Ihr noch immer vor? Ich werde
Dir bald einige Bücher von der Helm und von Noel=
dechen schicken, sowie die Gedichte von Geibel, die Dir
sicher gefallen werden. Was habt Ihr zuletzt gelesen?
Ich möchte viel von Dir wissen. Ob die arme Martha
noch immer so viel zu thun hat, ob Sophie noch so
nett dumm sein kann, ob die kleine Anna nicht ein
bißchen größer wird, und weiter, wie es all Deinen
Schützlingen geht, ob das Kind des Schmieds gedeiht,
ob Du Frau Hermann zuweilen besuchst und manches
andere; denn wenn ich auch hier in Heidelberg sitze und
fleißig studiere, so sind meine Gedanken doch viel in
Mühlberg.“

Als Lucie diesen Brief gelesen hatte, fing sie an zu weinen, oder eigentlich fielen gegen ihren Willen ein paar dicke Thränen auf den Brief, der, wie sie meinte, alle ihre Luftschlösser so grausam zerstörte.

„Ach," seufzte sie, „das Versprechen des Genius scheint sich nicht zu erfüllen. Ich kann keine Dichterin werden," und, nachdem sie Karls Brief noch einmal gelesen, blieb sie in trüber Stimmung, den Kopf auf die Hand gestützt, nachdenklich sitzen und rief endlich aus: „Aber wer hat denn auch gesagt, daß ich gerade eine Dichterin werden muß? Warum nicht Schriftstellerin? das ist viel bequemer, dann braucht man sich weder an Versmaß, noch an Reime zu kehren. Ja, das wird wohl der Genius gemeint haben."

Voller Zuversicht setzte sie sich hin und überlegte: „Was soll ich jetzt schreiben? Halt! meine eigene Lebensgeschichte, das ist leicht; denn wer kennt mich denn besser als ich selbst? Das muß mir gelingen."

Ohne sich lange zu besinnen, setzte sie sich hin und schrieb einige Tage hindurch verschiedene Bogen voll, bis ihre Erzählung fertig war; sie konnte oder wollte sich die Mühe nicht nehmen, jeden Tag das Geschriebene nachzulesen, denn die nervöse Hast, mit der sie immer weiter schrieb, machte ihre Schrift undeutlich; erst als sie ganz fertig war, legte sie sich bequem in ihren Stuhl zurück und begann mit neugieriger Spannung zu lesen. Kaum hatte sie drei Seiten durchflogen, als sie seufzend und offenbar enttäuscht aufsah; und als

sie noch ein wenig weiter gelesen hatte, rief sie trost-
los: „Lieber Himmel! was ist das für ein Unsinn!
Wer wird ein derartiges, erbärmliches Geschreibsel lesen
wollen?" Sie nahm eine Schere und schnitt erst die
Bogen mitten durch, hierauf betrachtete sie dieselben
noch einmal und riß sie dann in kleine Stücke, als ob

sie wirklich fürchtete, daß je-
mand Lust haben könne, das
erste Produkt ihrer Feder wieder
ganz zu machen. Mit weh-
mütigen Gefühlen betrachtete
sie die Schnitzel, während sie
dieselben durch ihre Finger
auf den Tisch gleiten ließ;
d i e s e s Ideal sollte also auch
nicht erreicht werden!

Sie beschloß, Karl von
ihrer Enttäuschung Mitteilung
zu machen, und schrieb ihm
einen langen Brief, worin sie
ihm erzählte, daß sie keine Schriftstellerin werden könne.
Karl antwortete ihr sogleich: „Aber, liebes Schwesterchen,
wie kommen denn so überspannte Ideen in Dein
Köpfchen? Warum willst Du denn durchaus Dichterin
oder Schriftstellerin werden? Nur, um Dir die Lange-
weile zu vertreiben? Das ist eine kühne Idee und nur
schade, daß sie nicht so leicht ausführbar ist, wie Du
dachtest. Verzweifle deswegen aber doch noch nicht,
Lucie, denn, wenn die Zeit Dir auch etwas lang wird,
so geht sie in Wahrheit recht rasch vorüber, und bald

sind wieder Ferien. Besuche bis dahin Deine Freundinnen
recht fleißig, lade sie manchmal ein, das verkürzt die
Zeit sehr, und wenn Du dann noch etwas Zeit übrig
hast, so übe Dich immerhin ein wenig im Schreiben.
Ich meine, das müsse eine ganz angenehme Unter=
haltung für Dich sein. Schreibe z. B. Dein Urteil
über ein Buch, das Du gelesen, nieder, oder versuche,
einige Gedichte in Prosa wiederzugeben, oder lege Dir
ein Buch an, in das Du Briefe schreibst an erfundene
Personen über eingebildete Dinge. Vielleicht fällt es
Dir dann später leichter, Dichterin oder Schriftstellerin
zu werden, wenn Du wieder Lust dazu bekommen
solltest. O, Lucie, ich habe Thränen gelacht, weil Du
so ein nettes, überspanntes Mädchen bist. Denke nur
selbst einmal darüber nach; Du sagst: ‚Ich will Schrift=
stellerin werden,‘ Du schreibst ein paar Zeilen auf ein
Stück Papier, findest sie nicht schön und rufst sogleich
in verzweifelndem Tone: ‚Ich kann nicht, ich muß den
Plan aufgeben.‘

Mußt Du nicht selbst darüber lachen, ebenso sehr
über die erste Aufregung als über die nachfolgende
Niedergeschlagenheit?"

Lucie fand nichts Lächerliches in der ersten Idee,
aber sie begriff, daß es übereilt von ihr gewesen war,
zu behaupten, sie könne nicht; jetzt fühlte sie, wie dumm
es von ihr gewesen war, gleich ans Schreiben zu
gehen. Karl hatte Recht, sie mußte sich erst vor=
bereiten. Wie herrlich, daß Karl ihr dazu so viel
Mittel zugleich an die Hand gab; sie fand jetzt, daß

Karl ein allerliebster Junge sei, was sie ihm sogleich schrieb.

Wirklich war sein Rat gut, sie hatte mehr Unterhaltung, nun sie immer ihren Geist in Thätigkeit erhielt, denn nun ärgerte sie sich natürlich viel weniger
über Fräulein Rudolphs selbstsüchtige Worte und deren
Handlungsweise.

Hätte Fräulein Rudolph sich ein wenig mehr
um ihre Hausgenossen gekümmert, so würde sie bemerkt haben, daß dieser Stand der Dinge nicht mehr
lange dauern könne, da Herr Keller offenbar leidend
war. Er war nie sehr kräftig gewesen; nach dem
Tode seiner Frau aber magerte er sichtlich ab. Da
er es nicht liebte, wenn man viel Notiz von seinem
Befinden nahm, so fragte Lucie ihren Vater selten,
wie es ihm gehe; aber so wenig sie darüber sprach,
so bemerkte sie doch mit Besorgnis, daß seine Kräfte
mehr und mehr abnahmen.

Sie gab Karl regelmäßig Nachricht über das
Befinden ihres Vaters, aber sie vermied es, mit
Fräulein Rudolph über dasselbe zu sprechen. Einmal
konnte sie sich nicht zurückhalten und sagte, als ihr
Vater das Zimmer verlassen hatte: „Ach, wie elend
Papa heute aussieht; er hat buchstäblich nichts ge-
gessen."

„Es ist mir nicht aufgefallen," bemerkte Fräulein
Rudolph, „aber ich habe auch wenig geleistet. Das
Endiviengemüse war so bitter."

„Endivie, besonders wenn sie recht bitter ist,

war immer Papas Lieblingsgericht," entgegnete Lucie, „und ich bin überzeugt, daß Papa, wenn er einigermaßen wohl gewesen wäre, sie besonders gut gefunden haben würde; aber Papa aß augenscheinlich nur etwas, um mich nicht zu beunruhigen. Ach, ich finde es so traurig, daß ich nicht einmal darüber sprechen darf."

„Ja, dein Papa hat in dieser Beziehung viel Ähnlichkeit mit mir, ich klage auch nicht gern, und wenn ich krank bin, sage ich es auch nicht, ehe es ganz unerträglich ist. Ich erinnere mich, daß ich einmal drei Wochen lang starkes Kopfweh hatte, ohne daß die Hausgenossen etwas davon merkten; aber dann bekam ich ein heftiges Fieber, und das konnte ich natürlich nicht geheim halten. Der Doktor, der sogleich geholt wurde, erklärte, er habe noch nie ein solches Beispiel von Selbstbeherrschung gesehen. So habe ich auch einmal," fuhr sie fort, „längere Zeit nichts gegessen, buchstäblich nichts. Ich wurde so mager, daß meine Kleider . . ."

„O, mein armer Papa," sagte Lucie mit einem tiefen Seufzer.

Fräulein Rudolph fuhr zornig auf, fügte aber doch hinzu: „Ja, Lucie, meine Kleider hingen wie Säcke an mir. Niemand konnte begreifen, daß ich so mager wurde und mich doch noch auf den Beinen hielt. Aber weißt du was? Die Erfahrung hat mich gelehrt, daß man im allgemeinen wenig Mitleid bei den Menschen findet, und darum leide ich lieber im

Stillen. Du wirst es mir nicht glauben, daß ich schon wochenlang einnehme gegen . . . ."

Glücklicherweise trat in diesem Augenblicke das Dienstmädchen herein, und Lucie konnte mitten in der Erzählung aus dem Zimmer schlüpfen. „Armer Papa," wiederholte sie seufzend, und Thränen traten ihr in die Augen bei dem Gedanken, daß sie auch ihn vielleicht verlieren könnte.

Elftes Kapitel.

Ein Unfall, der große Folgen nach sich zieht.

❋

Eine der wenigen Vergnügungen des Herrn Schulte bestand in einem Spaziergang; man konnte ihn meist nach seinen Geschäftsstunden mit einem oder mehreren seiner Kinder auf dem Seitenweg finden, der von dem Städtchen nach der Landstraße führte. Dieser Weg, der mit Bäumen bepflanzt war und in Windungen dahinlief, bot einigen Schutz gegen Sonne und Wind. Die Mühlberger gingen selten weiter als bis zum Ausgang der Allee. Herr Schulte kehrte auch meistens dort um und wollte an jenem Abend auch gerade umkehren, als Hugo bat: „Ach Papa, laß uns noch ein Stückchen weiter gehen; das Wetter ist so schön, und ich bin gar nicht müde."

Herr Schulte willfahrte ihm, aber kaum waren sie einige Schritte auf der Landstraße weitergegangen, als er sagte: „Hugo, ich kann es nicht gut unterscheiden; kannst du nicht sehen, was dort in der Ferne kommt?"

„Ein betrunkener Wagen," gab Hugo zur Antwort.
„Ein betrunkener Wagen?" wiederholte Herr Schulte.

„Ja, Papa, er kommt wenigstens gerade so des
Wegs daher, wie der Schuhmacher Anton am Sonntag
Abend."

Herr Schulte verlangte keine nähere Erklärung,
denn er konnte nun selbst sehr gut sehen, daß ein durch-
gehendes Gefährt herankam. Er sagte sich, daß eine
Begegnung auf der Landstraße sehr verhängnisvolle
Folgen haben könne, und lief deshalb, so rasch er konnte,
mit Hugo nach der Allee zurück, die sie auch glücklich
erreichten, ehe die durchgehenden Pferde mit dem Wagen
heranjagten. Hier war die Gefahr, selbst wenn der
Wagen diesen Weg einschlug, bei weitem nicht so groß;
denn von dem Gehölz aus, welches wenigstens an der
einen Seite des Weges sehr dicht war, konnten die
Spaziergänger ruhig zusehen, was sich weiter bei der
tollen Fahrt zutrug. Auf dem Bock saß kein Kutscher
mehr, die Zügel hingen neben den Pferden herunter,
und noch ehe Herr Schulte genauer hingesehen hatte,
rannten die Pferde, die noch soeben Gefahr gelaufen
waren, an der anderen Seite des Weges ins Wasser
zu geraten, plötzlich auf den Seitenweg zu. Die Wendung
wurde aber von den blindlings fortjagenden Pferden
zu kurz genommen, so daß der Wagen gegen einen
Baum prallte und sogleich umfiel. Die Deichsel
brach, das rechte Pferd riß sich los, das andere aber
wurde mit kräftiger Hand von Herrn Schulte fest-
gehalten. Das Tier schien sich durch den Stoß etwas
beruhigt zu haben, so daß das Ausspannen Herrn

Schulte wenig Mühe machte. Er band das Pferd an
einen Baum fest und sah sich dann nach dem Wagen
um. Nach vieler Mühe gelang es ihm, den Schlag
zu öffnen und die darin sitzenden Personen zu sehen.

Diese, eine alte Dame und ein bejahrter Herr, schienen
im ersten Augenblick beide betäubt, so erstaunt sahen
sie Herrn Schulte an. Aber die hereinströmende
frische Luft brachte sie wieder zu sich. „Sind wir

8 *

wirklich außer Gefahr?" fragte die alte Dame leise,
mit einem angstvollen Blick auf Herrn Schulte.

Dieser teilte ihr mit, daß das eine Pferd durch-
gegangen, das andere ausgespannt sei, und fragte die
alte Dame, die dem Wagenschlag zunächst saß, ob er
ihr beim Aussteigen behilflich sein dürfe. Die Dame
streckte ihm die Hand entgegen und wollte aufstehen,
sank aber mit einem lauten Schrei wieder zurück. Wie
sich später herausstellte, hatte sie das Bein gebrochen;
vor einigen Jahren war das schon einmal der Fall
gewesen, und die alte Dame weinte bitterlich, als sie
ihr Mißgeschick begriff, vielleicht ebenso sehr über die
Schmerzen, die sie erduldete, wie über die Aussicht,
nun wieder so lange liegen zu müssen.

Herr Schulte befand sich in großer Verlegenheit,
da er so gern helfen wollte und doch nicht wußte wie;
die alte Dame jammerte, und der fremde Herr schalt
auf den Kutscher, der durch seine große Nachlässigkeit
die Ursache des Unfalles gewesen war. Endlich nahte
Hilfe in der Gestalt von zwei kräftigen Schmiedegesellen,
welche ebenfalls des Weges daherkamen und nicht
nur den Wagen aufrichteten, sondern sich auch erboten,
dem Pferde nachzulaufen, damit die alte Dame ins
Städtchen gebracht werden könne.

„Aber ich danke dafür, noch weiter zu gehen,"
begann der Fremde: er sah jedoch glücklicherweise sogleich
ein, daß er auf diese Art nicht nach Hause kommen
könne, und fragte deshalb: „Giebt es in der Stadt
keinen guten Gasthof, in dem wir Zimmer mieten
können?"

Die Schmiedegesellen sahen den Einnehmer lachend
an bei dem Gedanken, daß in dem kleinen Wirtshause
passende Zimmer für so vornehme Gäste sein sollten;
aber dieser lachte nicht mit, denn er fühlte wohl, daß
er sein eigenes Haus anbieten müsse, und wußte doch
recht gut, wieviel Mühe und Arbeit er seiner Frau
dadurch bereiten würde. Dennoch genügte ein Blick
auf die leidende Dame, um ihn zu der Antwort zu
veranlassen: „Nein, mein Herr, in dem Wirtshause
werden sie wohl Zimmer finden, aber eine Leidende kann
dort nicht gepflegt werden. Indessen steht Ihnen mein
Haus zur Verfügung, wenn Sie davon Gebrauch machen
wollen."

„Ich würde zögern, Ihnen zur Last zu fallen,
wenn ich einen andern Ausweg wüßte," sagte der Fremde
sich verneigend, „aber unter den gegenwärtigen Umständen mache ich gern Gebrauch von Ihrer Gastlichkeit,
bis wir imstande sein werden, weiter zu fahren."

Während der Wagen langsam weiterfuhr, ging
Herr Schulte voraus, um seiner Frau alles zu erzählen. Diese, die mit Martha und Trudchen gerade
Wäsche legte, seufzte erst und sagte dann: „Du konntest
natürlich nicht anders handeln. Kommt, ihr Mädchen,
stellt die Wäsche beiseite, wir werden jetzt doch nicht
mehr dazu kommen. Martha," fügte sie hinzu, „über-
ziehe schnell die Betten im Fremdenzimmer; während
Trudchen hier ein wenig Ordnung schafft, werde ich
nach altem Leinen sehen, denn das Bein muß gleich
verbunden werden."

Stillschweigend verließ Martha ihre Mutter und

ging in das Fremdenzimmer, welches nur selten einen
Gast aufnahm. Sie schlug die altmodischen Bettvor-
hänge zurück und sah dann ein wenig zum Fenster
hinaus; ihr Blick fiel gleich auf Sophie, die mit einer
Cousine spazieren ging. Beide waren sehr schön gekleidet und schienen sehr vergnügt. „Welcher Gegensatz,“ seufzte Martha, „sie trägt die schönsten Kleider
und braucht immer nur an das zu denken, was ihr am
angenehmsten ist. Sie hat Besuch bei sich, mit dem
sie sich unterhält, und ich muß das Bett für irgend eine
unangenehme alte Frau machen. Ich bin todmüde,
denn wie gewöhnlich hieß es wieder den ganzen Tag:
‚Mach’ flink, eile dich.‘“

„Martha, soll Trudchen dir helfen?“ fragte jetzt
Hugo an der Thür.

„Ach nein,“ sagte Martha und fuhr fort: „Ich
wollte, Papa wäre etwas weniger mitleidig gewesen.“

„Wie meinst du das? fragte Hugo.

„Nun, ich finde es sehr lästig, daß die fremden
Menschen in unser Haus kommen,“ erwiderte Martha.

„Ach, Martha, wenn du dabei gewesen wärest,
würdest du dich freuen, daß Papa ihnen helfen konnte;
ich hatte auch solches Mitleid mit der Dame. Weißt
du, ich möchte so gern auch einmal fahren, und ich
glaube, das Fahren in einem so prächtigen Wagen ist
noch viel schöner als in einer gewöhnlichen Kutsche;
als ich aber sah, wieviel Schmerzen die Dame hatte,
dachte ich sogleich, ich wollte lieber geloben, mein ganzes
Leben nicht spazieren zu fahren, wenn sie nur gleich
besser wäre.“

„Fuhren die Leute im eigenen Wagen?“ forschte
Martha.

„Ja, und sie haben auch einen Kutscher und seidene
Vorhänge im Wagen, und der Herr hat eine Uhr, die
allerliebst schlägt mit einem netten Stimmchen. Aber,
wie schrecklich, ein Bein zu brechen!! Wird sie nie
wieder darauf laufen können? oder kann es wieder
anwachsen?“

„Ich verstehe das nicht,“ sagte Martha zerstreut,
während sie das Bett sorgfältig machte.

Hugo plauderte noch weiter und ging dann wieder
fort, um mit den anderen Hausgenossen über das Unglück zu sprechen. Er betrachtete sich selbst einigermaßen als den Helden des Tages, da er alles wußte,
und es ärgerte ihn etwas, daß seine Mutter, Martha
und Trudchen ihn nicht mit Fragen bestürmten.

Wäre er etwas älter gewesen, dann würde ihm
der Eindruck nicht entgangen sein, den seine Worte auf
Martha machten; denn mit dem Mädchen war eine
plötzliche Veränderung vorgegangen. Sie, die, ehe Hugo
zu ihr kam, so mürrisch und ärgerlich bei der Arbeit
war, sah plötzlich fröhlich und munter aus und setzte
mit sichtbarem Wohlgefallen ihre Arbeit fort. Sie
war anstellig, und es war eine Lust, zu sehen, wie sie
dem Zimmer durch einige kleine Veränderungen ein so
gemütliches Aussehen verlieh. In einem Nu war sie
dann in ihrem eigenen Zimmer, wo sie durch Glatt-
streichen ihrer Haare und durch das Umlegen eines frischen
Kragens und einer schönen Schürze sich auch rasch
etwas putzte.

‚Sieh, so, Martha,‘ sagte sie, sich im Spiegel zu nickend, ‚man muß sich Mühe geben.‘

Marthas Gedankengang war ungefähr der folgende gewesen: „Ein paar reiche alte Leute, die durch Zufall plötzlich mit uns bekannt werden: was kann das anders sein als das Versprechen des Genius? In einigen Jahren,‘ hat er gesagt, ‚wirst du zu Ehre und Ansehen kommen.‘ Drei Jahre sind jetzt ungefähr seit seinem Erscheinen verstrichen: so kann also sehr wohl jetzt die Zeit gekommen sein, die mir die Erfüllung des Versprechens bringt.“ Sobald in Martha die Idee aufgetaucht war, daß diese Fremden im Zusammenhang mit ihrer künftigen Größe stehen könnten, waren sie keine lästigen Wesen mehr, sondern im Gegenteil Menschen, für die ihr nichts zuviel sein konnte. Sie fühlte sich schon zu ihnen hingezogen, noch ehe sie dieselben gesehen hatte, und sehnte sich nach ihrer Ankunft.

Bald erschien auch der Wagen. Frau von Düring — so hieß die alte Dame — wurde auf den Rat und mit Hilfe des herbeigerufenen Arztes sogleich in das Fremdenzimmer getragen, wo sie, nachdem der erste Verband angelegt worden war, zu Bett gebracht wurde. Bis dahin war beinahe kein Wort gesprochen worden. Frau Schulte that alles, was sie konnte, um es der Patientin so angenehm wie möglich zu machen, und dachte nicht ohne Schrecken daran, daß an eine Abreise der Kranken sobald nicht zu denken war. Sie wunderte sich deshalb nicht im geringsten, als der Doktor sagte: „Nun ist das erste Rezept vollkommene Ruhe; ich komme

gegen Abend noch einmal wieder," fügte er im Hinausgehen hinzu.

„Aber, wir müssen doch noch nach Haus fahren,"
sagte Herr von Düring, dem Arzte folgend.

„Die gnädige Frau kann unmöglich reisen," sagte
der Doktor ruhig.

„Wir können aber doch nicht hier bleiben," bemerkte der Fremde, während er hastig seine Uhr heraus-
zog: „sowie der Wagen bereit ist, werden wir ab-
fahren."

„Ich kann Ihnen keine Vorschriften machen," sagte
der Doktor, „aber das weiß ich sicher, daß das Fahren
augenblicklich sehr schädliche Folgen für Ihre Frau
Gemahlin haben kann, und daß ich ihr wenigstens
davon abraten muß, wenn ich es auch nicht verbieten
kann."

Der Doktor verbeugte sich und ging.

„Die Doktoren sind eigentlich alle langweilige
Menschen," sagte Herr von Düring, ihm nachblickend.

„Dieser Doktor ist außerordentlich geschickt und
immer sehr teilnehmend," bemerkte Marthas Mutter.

„Sie brauchen ihn nicht zu verteidigen," versetzte
der Fremde, der sehr verlegen schien, „denn welche
Last ist es für Sie, eine Dame, die der Pflege so sehr
bedarf, und auch mich noch obendrein zu beherbergen!"

Herr von Düring machte durch den Ton, in
welchem er diese Worte sprach, mehr eine Frage daraus,
und Frau Schulte schien dieselben auch so aufzufassen,
denn sie antwortete sogleich: „Nun, mein Herr, wir
sind auf der Welt, um einander zu helfen, und da die

gnädige Frau einmal unter meinem Dache ist, möchte
ich um alles in der Welt nicht, daß sie es eine Minute
früher verläßt, als ratsam ist."

„Das heißt herzlich gesprochen," sagte der Fremde,
sich verbeugend, „aber welche Last und Arbeit für Sie . . ."

Er wurde verhindert, seinen Satz zu vollenden,
da der Schmied, der den Wagen nachsehen sollte, jetzt
kam, um etwas zu fragen, und Frau Schulte ins
Krankenzimmer zurückging, wo sie zu ihrer Freude
merkte, daß die alte Dame eingeschlummert war. Auf
den Fußspitzen gehend, schloß sie die Läden und begab
sich dann wieder zu Herrn von Düring, der unruhig
auf= und abging.

„Wahrlich, Frau Schulte, es bedrückt mich, und
ich weiß doch nicht . . ." begann er, aber Frau Schulte
unterbrach ihn, um zu sagen, daß die Kranke schlafe
und daß in keinem Fall heute an die Weiterreise zu
denken sei. Herr von Düring blieb zögernd stehen,
und Frau Schulte fuhr fort: „Darf ich einmal ganz
offen sprechen? Wenn ich Sie recht verstanden habe, so
ist Ihr Wohnort nur einige Stunden von hier entfernt.
Ich wage getrost die Sorge für Ihre Patientin zu über=
nehmen; wenn Sie mir dieselbe anvertrauen wollen,
mein Herr, dann . . ."

„O gewiß," rief Herr von Düring, ihr ins Wort
fallend; „ich danke Ihnen, ja, so geht es ganz gut.
Um Ihnen die Wahrheit zu gestehen, so weiß ich wirk=
lich nicht, was ich hier anfangen soll, da ich mich zum
Krankenpfleger sehr wenig eigne. Ich würde nur im

Wege sein, und wenn ich Sie mit der Sorge für meine Kranke beläſtigen darf, komme ich täglich, nach ihr zu ſehen. Da nicht die mindeſte Gefahr vorhanden iſt, kann ich ſie ruhig verlaſſen."

Herr von Düring und Frau Schulte waren beide ſehr zufrieden, als ſie zu dieſem Reſultate gekommen waren, denn Frau Schulte fühlte ſich mehr bedrückt von dem Gedanken, den Gemahl der Kranken, als die Patientin allein bei ſich zu haben, und er ſeinerſeits begriff, daß er ſeine Bequemlichkeiten und täglichen Beſchäftigungen opfern müſſe, um dennoch das Gefühl zu haben, überall im Wege zu ſein.

Frau Schulte machte ſich auf dem Sofa im Fremdenzimmer ein Lager zurecht, um nachts immer bei der Hand zu ſein; aber es war wenig Hilfe nötig, da die Leidende, obgleich ſie ab und zu noch große Schmerzen im Bein hatte, fieberfrei blieb und auch meiſtens ruhig ſchlief. Sie war eine ſehr geduldige und ſanfte Patientin, ſo daß es eher ein Vergnügen als eine Laſt war, ſie zu pflegen. Frau Schulte war meiſtens ſelbſt bei ihr, und ſobald ſie ſich vom Krankenbett entfernte, nahmen Martha oder Trudchen ihren Platz ein. Auf Frau von Dürings Bitte mußten ſämtliche Familienglieder zu ihr hereinkommen, ſobald ſie Zeit und Luſt dazu hatten. Die Kinder machten getreulich Gebrauch von dieſer Erlaubnis; denn ſelten ſaßen ſie bei der Kranken, ohne daß dieſe ſich erzählen ließ, was ſie ſich wünſchten, und dann kamen unvermutet alle die begehrten Gegenſtände aus den großen Körben zum Vorſchein,

die Herr von Düring häufig schickte, vollgestopft mit
Früchten, Blumen, Wildbret und allerhand Leckerbissen.

„Wir haben noch nie in unserm Leben eine so
herrliche Zeit verlebt, Mama," versicherten die Kleinen,
als sie wieder mit allerhand Geschenken beladen aus
dem Zimmer der alten Dame kamen.

„Sie verwöhnen meine Kinder," sagte Frau Schulte,
den Kopf schüttelnd, „aber nehmen Sie herzlichen Dank
für Ihre Güte," fügte sie, der alten Dame die Hand
reichend, hinzu.

„Danken Sie mir doch nicht für solche Kleinigkeiten," wehrte die Patientin ab „ich kann Ihnen gar
nicht sagen, wieviel Dank ich Ihnen für Ihre liebevolle
Sorge schulde; es ist für mich eine wahre Herzensfreude,
so viel Teilnahme zu finden."

Frau Schulte erwiderte: „Aber jeder Mensch
würde unter denselben Umständen doch ebenso gehandelt
haben."

Die Dame sah vor sich hin und sagte dann: „Es
ist möglich, daß Sie das denken, aber ich glaubte bis
jetzt nicht, daß Fremde so herzlich gegen mich sein
könnten."

Marthas Mutter sah die Kranke verwundert an,
und diese fuhr fort: „Ach ja, ich bin sehr reich, und
für Geld kauft man viel, nur keine Liebe. Ich bin
manchmal unwohl und hätte dann gern jemand um
mich, der mir von Herzen gern die kleinen Dienste
leistet, deren ich bedarf."

„Nun, eine derartige Person sollte doch leicht zu finden sein,‘ meinte Frau Schulte.

„Das bezweifelte ich bis jetzt,“ versetzte Frau von Düring, „denn ich habe ein paar Fräulein, einige Nichten und zwei oder drei Dienstboten um mich gehabt, die ich mir so sehr durch Wohlthaten verpflichtet hatte, daß ich glaubte, sie hätten mich wirklich lieb; ich mußte aber doch die traurige Erfahrung machen, daß sie sich nur von Eigennutz leiten ließen, und ich sehne mich doch so sehr nach Teilnahme. Glauben Sie nur, daß es ein großer Genuß für mich ist, die niedlichen Köpfchen Ihrer Kleinen in der Thürspalte zu sehen, wenn sie mich so freundlich mit ihren hellen Stimmchen fragen, wie es mir geht. Ich fürchte mich fast davor, gesund zu werden, denn sie sind alle so lieb gegen mich.“

Frau Schulte fürchtete, das viele Sprechen könne die Kranke angreifen, und begann darum absichtlich eine etwas langweilige Erzählung, wobei sie ihre Stimme immer mehr senkte. Sie erreichte ihre Absicht, denn die alte Dame wurde schläfrig und schlummerte noch ein paar Stunden ruhig, ehe der Einnehmer, der ihr jeden Nachmittag ein Stündchen vorlas, zu ihr kam.

Wochen und Monate vergingen, ehe Frau von Düring wieder ganz hergestellt war, aber endlich wurde ihr doch das Glück zu teil, sich wieder frei bewegen zu können. Es war für sie selbst ein Festtag, als sie wieder genesen war, und sie wollte den ersten Tag, den sie wieder unten zubrachte, auch zu einem Festtag für die

Familie Schulte machen. Sie dachte erst an einen Ausflug, aber da sie an demselben nicht selbst hätte teilnehmen
können, wurde beschlossen, ein häusliches Fest zu ver-
anstalten, und es gelang der guten Dame mit ihrer
unbeschränkten Freigebigkeit, allen Gliedern der Familie
einen sehr vergnügten Tag zu bereiten.

Zwölftes Kapitel.

Das Kränzchen kommt noch einmal zusammen.

❦

Hatte Frau von Dürings Anwesenheit große Veränderungen in die Haushaltung der Familie gebracht, so sollte ihr Weggang eine noch größere veranlassen; denn . . . aber nein, um der Aufschrift, die dieses Kapitel trägt, treu zu bleiben, wollen wir Martha lieber im Kränzchen aufsuchen.

Während der ganzen Zeit, die Frau von Düring im Schulteschen Hause zugebracht, hatte Martha das Kränzchen nicht besuchen können, und so war mancher Sonntag verstrichen, ohne daß sich die Mädchen gesehen hatten. Sophie, Lucie und Anna hatten einander wohl öfter besucht und sich gegenseitig eingeladen, aber sobald eine von den Vieren fehlte, hatten die anderen nicht das gewohnte Vergnügen, und sie waren deshalb alle drei sehr froh, als Martha sie bitten ließ, zu ihr ins Kränzchen zu kommen.

Sie erschienen auch sehr frühzeitig. „Endlich," rief Sophie beim Eintreten. „Ja, Martha, du weißt gar nicht, wie froh ich bin, daß das Kränzchen jetzt

wieder wie früher stattfinden kann. Ach, wie lang
weilig ist es Sonntags ohne Kränzchen. Man weiß
nicht, was man mit seiner Zeit anfangen soll. Nicht
wahr, Lucie?"

„Wie du weißt, freue ich mich immer sehr auf
unser Kränzchen," antwortete Lucie, „aber ich könnte
nicht behaupten, daß ich keinen Rat wüßte, wenn wir
nicht bei einander sind, denn ich suche und finde immer
Unterhaltung genug in meinen Büchern, mit meinen
Blumen und im Briefschreiben."

„Nun ja," sagte Sophie, „aber das kann man
alle Tage thun. Nein, der Sonntag ist für das
Kränzchen bestimmt, und wir müssen uns jetzt fest vornehmen, wieder regelmäßig zusammenzukommen. Wenn
es einer von euch nicht paßt, das Kränzchen zu halten,
bei uns stört es niemals."

„Es thut mir jetzt doppelt leid, sagen zu müssen,
daß ich nur noch alle vierzehn Tage kommen kann,"
sagte Anna.

„Ach geh," unterbrach sie Sophie, „ich werde zu
deiner Mutter kommen, oder vielleicht schicke ich ihr die
meinige einmal; denn wenn du nicht kommst, leiden
wir alle darunter."

„Nein, Sophie, thue das lieber nicht . . .," fing
Anna wieder an, doch sah sie sich aufs neue von
Martha unterbrochen, die sagte: „Leider bin ich auch
ein Spielverderber, denn ich muß euch mitteilen, daß
ich heute das Kränzchen zum letztenmal besuche."

Sie sprach die wenigen Worte in beinah triumphie-
rendem Ton, aber als sie bemerkte, wie betrübt die

anderen dreinschauten, fügte sie sogleich hinzu: „Habt ihr je über die Erscheinung nachgedacht, die wir einmal im Kränzchen hatten?"

„O, die Erscheinung des Genius," rief Sophie, während Anna und Lucie Martha fragend ansahen.

„Ja, gewiß," sagte Martha, und nach einiger Überlegung fuhr sie leiser fort: „Ich glaube, daß ich auf dem Wege bin, das zu erhalten, was ich mir von dem Genius erbeten habe."

„Was war das?" fragte Anna.

Martha war augenscheinlich im unklaren über die Antwort, die sie geben sollte, aber zu ihrer Freude sagte Lucie: „Bis jetzt haben wir alle das Geheimnis der anderen geehrt, und ich glaube, es ist besser, wenn wir es auch ferner so halten. Meint ihr nicht auch?"

Anna und Martha stimmten ihr bei, und Sophie rief lachend: „Ich wenigstens werde meinen Wunsch erst dann verraten, wenn er in Erfüllung gegangen ist."

„Es ist gewiß ein sehr schöner Wunsch gewesen," bemerkte Lucie; „wenigstens mußt du immer lachen, wenn du daran denkst; aber, Martha, sage uns jetzt, warum du nicht mehr ins Kränzchen kommen willst?"

„Weil ich Mühlberg verlasse," erwiderte sie.

„Verlassen? Fortgehen? Warum?" riefen die Freundinnen.

„Frau von Düring hat keine Kinder," begann Martha, „und während sie bei uns war, hat sie sehr darüber geklagt. Sie wünschte sich eine Tochter, die sie lieb haben und die immer um sie sein könnte. Das hat sie öfter gesagt, und einmal, als ich mit ihr allein im Zimmer war, fragte sie mich, ob ich mich entschließen könnte, mit ihr zu gehen und ihr eine Tochter zu werden. Ihr begreift, daß ich nicht lange zu überlegen brauchte. Welch ein Unterschied für mich! Vergleicht mein Leben daheim, wo ich immer so viel Arbeit habe, mit dem Landgute der Frau von Düring, wo drei Mägde, ein Hausknecht, ein Kutscher und ein Stallknecht im Hause beschäftigt sind, daneben der Gärtner, der Jäger und, wie ich glaube, noch andere Dienerschaft. Ich begreife zwar nicht, was man mit so viel dienstbaren Geistern anfängt, denn ich meine, sie müssen einander arg im Wege sein, aber das ist sicher, daß die Damen dort keinen Finger zu rühren brauchen."

„Und ist dir der Gedanke, gar nichts thun zu müssen, so angenehm, daß du darum deine ganze Familie verlassen willst?" fragte Anna.

„Nein, das nicht allein," versetzte Martha, „aber ich habe mich auch so sehr an die gute alte Dame angeschlossen. Sie führt ein so einsames Leben und hängt so an mir," fügte sie hinzu.

„Welch schreckliches Opfer muß das sein, seine Eltern und so viele Geschwister zu verlassen," sagte Lucie. „O, Martha, du weißt noch nicht, was es heißt, von denen getrennt zu werden, die man lieb hat," fügte sie wehmütig hinzu, und die Thränen traten ihr in die Augen, als sie an den Tod ihrer Mutter, die immer zunehmende Schwäche ihres Vaters und Karls Abwesenheit dachte.

„Ja, du führst ein ganz anderes Leben, als ich und kannst dich deswegen nicht an meine Stelle setzen,"

sagte Martha leise, „aber Anna wird mich besser ver
stehen; nicht wahr, Anna, du würdest an meiner Stelle
ebenso handeln?"

„Das glaube ich nicht," sagte Anna, „ich habe
zwar noch nicht darüber nachgedacht, aber es scheint
mir doch, als wenn ich mich nicht entschließen könnte,
meine Familie zu verlassen."

„Ja," entgegnete Martha, „es wird mir auch sehr
schwer werden, meine liebe Mutter nicht täglich zu
sehen; aber außerdem kann ich nur sagen, daß ich mich
nach dem neuen Leben sehne."

„Wie wird deine Mutter dich vermissen!" sagte Lucie.

„Ja, wenigstens auf der einen Seite, nämlich im
Hause, oder besser gesagt, bei der häuslichen Arbeit,
aber auf der andern Seite ist dann in unserm großen
Familienkreis eine Person weniger, und Frau von
Düring wird ganz für mich sorgen. Mutter hat sich
lange besonnen, ehe sie ihre Zustimmung gab; aber
dieses Versprechen hat sie doch bestimmt, sich meinem
Glücke nicht länger zu widersetzen."

Martha schwieg einige Augenblicke, und die drei
anderen blieben auch in Gedanken vertieft sitzen, bis
Sophie fragte: „Gehst du bald fort?"

„Wahrscheinlich schon in der nächsten Woche,"
lautete die Antwort, und als ob sie einige Beweise für
ihre glücklichen Aussichten geben wollte, fuhr sie fort:
„Ich bekomme sogleich zwei seidene Kleider; Frau von
Düring hat noch ein hellgrau gestreiftes und ein blau
karriertes; sie hat beide Kleider nur zwei- oder dreimal ge
tragen, dann sind sie ihr zu eng geworden, und jetzt einmal."

9*

Martha steckte ihr Schürzenlätzchen ab und zeigte eine allerliebste Damenuhr, die an einem einfachen und soliden Kettchen hing.

Nachdem dieselbe von allen bewundert worden war, sagte Martha: „Ich habe sie bekommen als Erinnerung an die Krankheit der Dame. Herr von Düring, der gestern wieder bei uns war, brachte sie für mich mit; er freute sich auch sehr, als er hörte, daß ich mit ihnen gehen würde. Findet ihr sie nicht reizend?" fragte sie, während sie die Uhr wieder festhakte.

„Allerliebst," versicherte Lucie, „und ich hoffe, daß sie dir viele glückliche Stunden anzeigen wird."

„Hast du keine Uhr?" erkundigte sich Martha.

„Ich habe wohl eine," antwortete Lucie, „aber ich mag sie nicht in Gebrauch nehmen; sie hat meiner lieben Mutter gehört. Papa gab sie mir, aber ich habe sie weggelegt, denn sie ist gerade in dem Augenblick stehen geblieben, als Mama starb. Sie hatte sie noch am letzten Tage selbst aufgezogen."

„Das kann ich begreifen," sagte Anna.

Während Lucie, Sophie und Anna noch einige Zeit über Luciens Mutter und deren Tod sprachen, wurde Martha stiller und stiller. Sie wußte nicht, wie es kam, aber während sie bei ihren Freundinnen saß und Lucie so liebevoll über ihre Mutter sprechen hörte, begann sie, sich zu verwundern, daß sie sich so schnell hatte entschließen können, ihre Familie zu verlassen; einen Augenblick nahm sie sich sogar fest vor, nicht mit der alten Dame zu gehen. Aber dann kamen ihr wieder die Worte des Genius in den Sinn, und

sie dachte: „Wie kann denn das Versprechen in Erfüllung gehen, wenn ich das mir dargebotene Mittel
nicht ergreife?" und in demselben Augenblick wurde
ihr klar, daß sie unmöglich zu Haus bleiben könne.

„Martha, du bist ja so still," rief auf einmal Sophie.

„Ja, es macht mich traurig, daß dies wahrscheinlich das letzte Kränzchen sein wird, an dem ich teil-
nehme. Wir waren immer so vergnügt zusammen."

„Ich erinnere mich nicht, daß wir jemals einen
Streit gehabt hätten," bemerkte Anna.

„Ich auch nicht," bestätigte Sophie, „und darum
müssen wir, auch wenn Martha fort ist, das Kränzchen
fortsetzen."

„Ich werde dann jeden Sonnabend abwechselnd
an eine von euch schreiben; dann könnt ihr Sonntags
im Kränzchen von mir sprechen. Es ist das beinahe
so, als wenn ich noch bei euch wäre," sagte Martha.

Im Kränzchen herrschte an diesem Nachmittage
eine sehr gedrückte Stimmung und, was noch nie da-
gewesen war, die Freundinnen langweilten sich.

Eine halbe Stunde vor der Zeit, zu welcher das
Kränzchen gewöhnlich auseinanderging, kam der Kutscher
des Bürgermeisters, um zu fragen, ob Sophie und
Anna mitfahren wollten, weil es sehr regne, und obschon sie sonst lieber ganz durchnäßt nach Haus kamen,
anstatt früher wegzugehen, entschlossen sie sich doch
gleich zum Mitfahren. Lucie blieb daher noch einige
Augenblicke mit Martha allein; sie fuhr nicht mit,
da ihr Heimweg sie in die entgegengesetzte Richtung führte.

Die Zurückgebliebenen sahen eine Weile verlegen

vor sich hin, und blickten sich nur dann und wann von
der Seite an; es war, als ob beide etwas sagen wollten
und nicht den Mut dazu fänden, aber endlich sagte
Lucie: „Martha, wie ist es dir möglich, alle, die dich
lieb haben und dir teuer sind, zu verlassen? Wüßtest
du, wie schrecklich es ist, allein zu sein, dann würdest
du sicher nicht mitgehen, um so mehr, da deine
Mutter dich so nötig hat und du dich ihr so nützlich
machen kannst. Ich glaubte, du wärst ihr unentbehr=
lich, denn, nicht wahr, du hast mir doch selbst manch=
mal gesagt, daß Franz und die kleine Anna der Auf=
sicht noch sehr bedürfen."

„Trudchen ist sehr anstellig," erwiderte Martha
ausweichend.

„Aber doch zwei Jahre jünger als du," bemerkte
Lucie etwas scharf.

Martha legte die Hand vor die Augen und sagte
leise in vertraulichem Ton: „Glaube mir, Lucie, ich
habe lange geschwankt; es macht mir aber viel Kummer,
daß meine Eltern so wenig Geld haben, und es thut
mir sehr leid, daß meine Brüder keine bessere Er=
ziehung genießen können. Nun habe ich immer die
geheime Hoffnung, noch einmal reich zu werden und
ihnen allen vorwärts helfen zu können; ich glaube, daß
die Bitte der guten alten Dame das Mittel für mich
ist, zu Ansehen und Reichtum zu gelangen."

„Du hoffst, Erbin zu werden?" fragte Lucie kurz.

„Ich weiß nicht, was ich hoffe und erwarte, aber
jedenfalls thue ich keinen unüberlegten Schritt," sagte
Martha. „Wie traurig, daß dein Vater so krank ist,"

fügte sie hinzu, um dem Gespräch eine andere Wendung
zu geben.

„Ja," sagte Lucie, „und ich finde es doppelt traurig, daß ich gar nicht davon sprechen darf. Ich sehe,
daß Papas Befinden beinahe täglich Rückschritte macht;
wenn ich ihn aber merken lasse, daß ich mich beunruhige,
beteuert er, es fehle ihm nichts. Ich wollte heute bei
ihm bleiben, aber er litt es nicht. Es ist sonderbar,
aber es kommt mir manchmal vor, als ob Papa sich
selbst einreden möchte, daß er gesund ist."

Während Lucie von ihrem Vater sprach, kam der
Diener, um sie abzuholen. Sie machte sich sogleich
zum Weggehen bereit und sagte beim Abschied, während
sie Martha die Hand reichte: „Wir scheiden doch als
gute Freundinnen? Denn ich wollte dir wahrlich nicht
weh thun."

Statt aller Antwort gab ihr Martha einen Kuß
und sagte halblaut: „Ich wollte, ich wäre so wie du."

Dreizehntes Kapitel.

Die Abreise und die Ankunft.

⚜

Mit schwerem Herzen half Frau Schulte ihrer ältesten Tochter, ihre Sachen für die herannahende Abreise in Ordnung zu bringen. Sie fürchtete den Weggang des anstelligen Mädchens sehr, nicht nur, weil sie fortan ihrer Hilfe und Gesellschaft entbehren sollte, sondern auch vor allen Dingen, weil sie ahnte, daß es Martha nicht zum Glücke gereichen würde, wenn sie sich an ein glänzenderes Leben gewöhnte. Sie sprach aber nicht mehr darüber; sie hatte ihr Möglichstes gethan, das junge Mädchen zur Einsicht zu bringen, daß es besser für sie sei, daheim zu bleiben; es war ihr jedoch nicht gelungen. Sie hatte ihrem Gatten all ihre Bedenken mitgeteilt, aber da derselbe, ebenso wie Martha, dieses Anerbieten für ein seltenes Glück hielt, konnte sie auch von dieser Seite auf keine Unterstützung mehr hoffen und hatte, halb gegen die eigene Überzeugung, ihre Einwilligung gegeben.

Wenn Frau Schulte die gutherzige Frau von Düring nicht so hochgeschätzt hätte, würde sie ihrer

Tochter keinesfalls gestattet haben, sie zu begleiten; aber da sie die alte Dame in ihren liebenswerten Eigenschaften kennen und achten gelernt hatte, und diese Marthas Gesellschaft so sehr wünschte, konnte sie ihr die Bitte nicht abschlagen.

Und doch, je näher die Zeit der Trennung kam, desto mehr Sorgen machte sie sich, und mehr als einmal weinte sie im stillen darüber. Noch bis zum letzten Tage gab sie sich der Hoffnung hin, Martha werde selbst einsehen, wie selbstsüchtig und herzlos sie handele, aber, wie wir schon bemerkten, sprach sie nicht mehr darüber.

Martha merkte sehr wohl, daß ihre Mutter bekümmert war, und auch sie selbst wurde weich gestimmt, wenn sie an die bevorstehende Trennung dachte; als sie aber am Tage ihrer Abreise den schönen, bequemen Wagen mit den feurigen, vor Ungeduld stampfenden Pferden sah, kam ein Gefühl des Entzückens über sie, und sie mußte sich mehr Mühe geben, ihre Freude zu verbergen als ihre Rührung zu bemeistern.

Dennoch kamen ihr beim Abschied die Thränen in die Augen, vor allem, als sie ihren Liebling Franz zum Lebewohl küßte und ihr jüngstes Schwesterchen, Anna, die Hände ausstrecken sah; es war jedoch, als ob eine Stimme in ihrem Innern sagte: „Du bist auf dem Wege, die Deinen reich und glücklich zu machen", und diese Stimme verdrängte die schmerzliche Empfindung.

Robert kam in seinem Arbeitskittel nach Hause, ehe Martha wegging.

„O Robert," sagte sie, während sie einen fast
mitleidigen Blick auf ihn warf, „glaube mir, wenn ich
einmal viel Geld habe, darfst du kein Zimmermann
bleiben."

„So, warum nicht?" fragte Robert, während er
seine Mütze in die Höhe warf und wieder auffing.

„Nun, wir fanden es doch beide immer schade,
daß du nicht Offizier wirst?" sagte Martha in fragen=
dem Ton.

„Dummes Zeug!" versetzte der Junge, „aber ja,
du hast recht; früher fand ich es schrecklich, vor allem,
weil ich mich schämte, in einem so groben Anzuge
durch die Straßen zu gehen, aber nun glaube ich, daß
ich meinen Beruf nicht einmal gern wechseln möchte.
Weißt du, was ich hoffe? daß ich sehr geschickt in
meinem Fach werde, und dann will ich doch einmal
sehen, ob ich es nicht immer weiter bringe. An meinen
Händen soll wenigstens die Schuld nicht liegen, denn
fühle einmal," und Martha seine große, schon etwas
schwielige Hand hinstreckend, umfaßte er ihre viel
kleinere lachend mit der seinen und sagte: „Ich hoffe,
Martha, daß die Veränderung, der du entgegengehst,
dir ebenso gut gefallen möge als mir mein Zimmer=
handwerk."

Als er von Frau von Düring Abschied nahm,
sagte diese: „Nun, Robert, wie ich dir versprochen
habe, werde ich dir das schönste Reißzeug schicken, das
ich bekommen kann, und wenn du dich noch auf irgend
einen Wunsch besinnen solltest, vergiß ja nicht, daß du
an mir eine treue Freundin hast."

Robert warf den Kopf stolz zurück, als ob er sagen wollte: „Ich werde mir nie etwas wünschen, was ich nicht selbst verdienen kann"; aber er murmelte nur: „Sehr freundlich," und ging dann wieder, lustig pfeifend, an seine Arbeit.

Martha sah ihm durchs Fenster nach, fast neidisch, daß er so vergnügt und fröhlich war. Aber sie hatte keine Zeit, viel darüber nachzudenken, denn zu ihrem Schreck sah sie, daß Frau von Düring bereits zur Abreise gerüstet war, während sie ihren Hut noch auf= setzen mußte.

„Übereile dich nur nicht," sagte die alte Dame, „wir haben Zeit genug, und was mich anbetrifft, so möchte ich noch gern die Minuten ausdehnen. Die Zeit, die ich hier zugebracht habe, wird mir immer unvergeßlich sein."

„Nun, sind die Damen bereit?" fragte Herr von Düring und geleitete, nachdem er eine bestätigende Antwort erhalten hatte, seine Frau nach dem Wagen, während Martha ihnen folgte.

Frau Schulte weinte, und auch Marthas Vater war es wunderlich zu Mute, als er seine Tochter ab= reisen sah; aber die Kinder lachten und nickten, und Martha winkte mit der Hand noch aus dem Fenster, als der Wagen sich in Bewegung setzte, und war sich über ihre Gefühle gar nicht klar.

„Sitzest du auch gut?" wurde sie gefragt. Martha erinnerte sich nicht, je so weich gesessen zu haben und so bequem gefahren zu sein. Der Wagen rasselte nicht geräuschvoll wie die Mietkutschen, die im

Städtchen zu haben waren, und schien auf der
Straße gleichsam dahinzuschweben.

Es war prächtig, und Martha bedauerte nur, daß
sie das Vergnügen allein genoß. Wie hübsch, wenn
ihre Mutter oder Franz neben ihr säße.

Die Fahrt dauerte ziemlich lange, da beinahe
Schritt gefahren wurde wegen der Dame, die seit
ihrem letzten Unfall noch etwas ängstlich war; aber
endlich kam das Herrenhaus in Sicht. —

„Sieh, Martha, wenn du an dieser Seite zum
Fenster hinaussiehst, kannst du unser Haus erblicken.“

Marthas Herz schlug etwas schneller, als sie sich
hinausbeugte, um einen Blick auf ihre künftige Heimat
zu werfen, und doch, als sie das Haus sah, konnte sie
nichts anderes sagen als: „Ach, wie groß.“ Sie
schauerte unwillkürlich zusammen, denn so, wie das
große Gebäude dalag, beinahe versteckt in dem dichten
Gehölz, sah es sehr düster aus.

„Ja, ja, es ist groß genug,“ lachte Herr von
Düring und fügte, zu seiner Frau gewandt, hinzu:
„Ich glaube wahrhaftig, sie hatte Angst, es möchte
kein Platz für sie darin sein. Beruhige dich, Kind,
du wirst sehen, daß gut für dich gesorgt ist.“

Sehr bald fuhr der Wagen durch das schöne Thor ein,
an dem das Düringsche Wappen und der Wahlspruch der
Düring angebracht war, und in wenigen Sekunden hielt
er am Hause still. Der Lakai öffnete den Schlag und half
den Damen beim Aussteigen. Frau von Düring war
von der Fahrt etwas steif geworden, und es kostete ihr
einige Mühe, die doch sehr bequemen Stufen der Frei=

treppe hinaufzusteigen. Während sie sich auf ihren Gatten lehnte und, vom Diener unterstützt, langsam emporstieg, sah sich Martha um und freute sich, daß das Haus in der Nähe gar nicht so düster aussah wie aus der Ferne. Von weitem hatte sie den großen Grasplatz nicht sehen können, der vor dem Hause war,

und auf dem sich bunte Beete mit ausgesucht schönen Blumen befanden, die das Auge erfreuten. An beiden Seiten der Freitreppe standen große Kübel mit Orange= bäumen, und die Halle, in die Martha jetzt eintrat, war so prächtig, daß sie ganz erstaunt stehen blieb.

Es war hier viel vornehmer, als in dem Haus= des Bürgermeisters von Langen, das Martha bis jetzt

stets als den Inbegriff der Pracht angesehen hatte.
Ihre Bewunderung steigerte sich immer mehr, denn
ein Zimmer war immer schöner und geschmackvoller
als das andere. „Wie wird wohl mein Zimmer aussehen?" dachte sie und hoffte, es bald sehen zu können;
aber sie mußte ihre Ungeduld noch ein wenig bezwingen,
da gleich gespeist wurde. Martha sah sich verwundert
um, nicht nur, weil ein Diener, der aussah wie ein
Herr, in schwarzem Leibrock und weißer Binde, die
ganze Zeit über im Zimmer blieb, um bei Tisch aufzu-
warten, sondern weil sie vier- oder fünfmal einen
frischen Teller bekam, und wider ihren Willen errötete
sie bei dem Gedanken, wie sonderbar es diesen Leuten
bei ihren Eltern vorgekommen sein mußte.

Das Essen schmeckte ihr vorzüglich, und obgleich
sie den Diener sehr überflüssig fand und viel lieber
selbst die Teller gewechselt hätte, begriff sie doch, daß
das alles sehr bequem sei, ja, als einige Wochen verstrichen waren, konnte sie sich kaum noch vorstellen, wie
man sich ohne Bedienung bei Tische behelfen könne.
Im allgemeinen fühlte sie sich behaglicher, als sie erwartet hatte; Hausherr und Hausfrau thaten aber auch
alles, um ihr Freude zu machen.

Als sie nach dem Essen hinaufging, um ihr Zimmer
in Augenschein zu nehmen, sah sie zu ihrer Verwunderung, daß sich neben einem sehr eleganten Schlaf-
zimmer noch ein Wohnzimmer befand, dessen hohe
Glasthüren auf einen geräumigen Balkon hinausgingen.
Welch entzückende Aussicht bot sich ihr da nach allen
Seiten! Sie suchte nach Worten, um auszudrücken,

wie schön sie alles fand. Ach! hätte sie es nur ihrer
Familie einmal zeigen können, wie herrlich wäre das
gewesen! Das Zimmer und alles, was darin war,
sah so prächtig und vor allem so gemütlich aus. An
einem der Fenster stand ein kleines Sofa mit blaß=
blauem Bezug, und davor ein Tischchen mit einem
schönen Blumenkörbchen darauf.

Ein großer Ankleidespiegel erschreckte Martha
förmlich; denn es war ihr, als wenn noch jemand vor
ihr stehe; aber ein zweiter Blick in den Spiegel ließ
sie sogleich erkennen, wieviel bequemer es sei, sich selbst
so ganz betrachten zu können, als daheim, wo sie in
dem armseligen Spiegelchen ihres hölzernen Toilette=
kastens kaum das ganze Gesicht auf einmal sehen konnte.
Was sie mit dem runden Spiegelchen mit dem langen
Griff anfangen sollte, das dort an einem Haken hing,
begriff sie nicht, bis sie einmal gesehen hatte, wie es
Frau von Düring benutzte, worauf sie dann auch eifrig
Gebrauch davon machte, um sich von rückwärts zu
betrachten.

Sie wußte nicht, wohin sie zuerst sehen und was
sie am meisten bewundern sollte, die Stühle, den
Teppich, die Bilder! Da fiel ihr Blick auf ein
Schränkchen, dessen Thüren von außen mit schönem
Gitterwerk und von innen mit blauer Seide versehen
waren. Sie öffnete es und erblickte eine auserlesene
Sammlung schön gebundener Bücher.

„Das ist das Schönste von allem,“ dachte sie, und
nachdem sie gleich ein Buch herausgenommen, legte sie
sich auf das Sofa, und während sie darin blätterte

und noch immer ganz aufgeregt um sich blickte, vergaß
sie beinahe wieder hinunterzugehen und kam erst zu
sich, als der Diener klopfte und sie zum Thee rief.

„Ich freue mich, daß die Zimmer nach deinem
Geschmack sind," sagte Frau von Düring, „nichts wird
mich mehr freuen, als wenn du dich hier glücklich fühlst.
Möchtest du irgend etwas geändert haben, so sage es
mir nur gleich."

Martha meinte, es sei unmöglich, sich noch etwas
zu wünschen, und dankte der alten Dame für ihre
freundlichen Worte. Als sie abends im Bett lag, in
einer Bettstelle, wie sie sie bis jetzt kaum aus Märchen
kannte, fürchtete sie beinahe, beim Erwachen zu finden,
daß alles, was sie heute gesehen, nur ein Traum sei.
Der Gedanke, immer hier zu bleiben, war ihr so angenehm, daß sie beinahe nicht an seine Verwirklichung
glauben konnte.

Am nächsten Morgen war sie auch schon fast ganz angekleidet, als die Kammerjungfer der Frau von Düring erschien, um ihr beim Ankleiden behilflich zu sein.

Martha konnte ein leichtes Lächeln nicht unterdrücken, wenn sie daran dachte, wie sie sich zu Haus immer beeilen mußte, um den Kleinen helfen zu können; aber wenn sie sich auch bis jetzt ohne Hilfe angezogen hatte, so blieb sie doch am nächsten Tage ruhig im Bett, bis die Kammerjungfer kam.

So ging es mit allem. Man gewöhnt sich meistens rasch an die Bequemlichkeit, und wenn es auch Martha in den ersten Tagen etwas sonderbar vorkam, sich bedienen zu lassen und alle Dinge, die sie bisher selbst gethan, von andern verrichten zu sehen, so währte es doch gar nicht lange, bis sie alles ganz natürlich fand. Das Einzige, was ihr lange seltsam erschien, und was sie viel weniger schön fand, als sie es sich vorgestellt, war die vornehme Faulheit, in der sie ihre Zeit hinbrachte. Lesen und Handarbeiten waren bis jetzt ihre Erholung, ihre Sonntagsarbeit gewesen; eines ihrer unerfüllten Ideale war, einmal den ganzen Tag lesen oder eine Stickerei ohne Unterbrechung fertig machen zu können; jetzt war ein schon angefangenes Sofakissen ihre einzige Beschäftigung, und gar bald empfand sie nur noch selten Lust, an demselben zu sticken. Sie vermißte den frühern Zwang. Vollkommene Ruhe ist ein Ideal nur, so lange sie ein Traumbild bleibt. Es ist für alle Menschen gut und sogar notwendig, zu denken: „Wenn ich dies oder jenes gethan, gearbeitet oder geschrieben haben werde u. s. w., dann will ich einmal

ausruhen." Die vollkommene Ruhe muß aber immer
verschoben werden bis zu unserm letzten Atemzug,
denn ein Mensch, der nichts zu thun hat, kann nicht
glücklich sein. Hätte Martha denken können: „Wenn
das Kissen fertig ist, dann werde ich dies und jenes
thun," wie es zu Haus immer der Fall war, dann
hätte sie sicher eifriger gearbeitet. Nun langweilte sie
die Arbeit zuweilen sehr; nach und nach verwandte sie
dagegen immer mehr Zeit auf ihre Toilette und fing
an, wie die gnädige Frau zu denken und zu sagen:
„Was wir heute nicht fertig bringen, kann morgen
geschehen."

Sie war kaum ein halbes Jahr in Düringsfelde
gewesen, als sie bereits, ohne es lächerlich zu finden,
von einem arbeitsvollen Morgen sprechen konnte,
wenn sie z. B. ihre Wäsche, die gestreckt und gerollt
auf ihr Zimmer gebracht wurde, in den Schrank gelegt
oder etwas Ähnliches gethan hatte.

Häusliche Geschäfte gab es nicht für sie; denn
Frau von Düring, die es sehr lästig fand, selbst in
Keller und Speisekammer zu gehen, hatte ihrer
Kammerjungfer die Schlüssel gegeben und überließ
dieser das Nachsehen und Herausgeben.

„Hätte ich gewußt, daß du zu mir kämest, würde
ich nicht alle Schlüssel aus der Hand gegeben haben,"
sagte die alte Dame, „denn für dich wäre es nicht
unangenehm gewesen, die Haushaltung zu führen; aber
nun will ich meiner Dienerin ihre vermeintlichen Rechte
nicht wieder nehmen."

Alles ging so gut, daß Martha durchaus nicht bereute, hier im Haus nichts zu thun zu haben; aber manchmal wünschte sie sich einen Teil der häuslichen Sorgen ihrer Mutter, wenn sie so behaglich dasaß und ihr einfiel, daß zu Haus ein fleißiger Tag war.

Vierzehntes Kapitel.

Ein alter Herr.

❧

Herr Keller, nicht der Vater, sondern der Onkel von Karl und Lucie, ein unverheirateter Herr, der in Frankfurt am Main wohnte, hatte seine Pfeife gestopft und angezündet, nach dem Thermometer gesehen, bemerkt, daß ein regnerischer Tag war und saß jetzt nach dem Frühstück in seinem Zimmer an der Arbeit.

Er überlas, was er gestern geschrieben und was ihm offenbar gut gefiel; er tauchte seine Feder gerade in die Tinte, um weiter zu schreiben, als seine alte Wirtschafterin an die Thür klopfte. Herr Keller zog die Augenbrauen zusammen — bei ihm ein Zeichen des Ärgers und der Ungeduld — und stellte sich, als ob er nichts höre. Das Mädchen berührte mit den Knöcheln noch einmal die Thür, öffnete dann, und trat, als ob es ein „Herein" gehört habe, leise ins Zimmer.

„Weil ‚durch Eilboten' darauf stand und das sogar zweimal unterstrichen war, wagte ich nicht, bis zum Frühstück damit zu warten," sagte die Alte und

legte einen Brief vor Herrn Keller hin. Dieser sah,
halb zerstreut, halb unwillig von seiner Arbeit auf
und fragte: „Durch Eilboten? Woher denn?" „Ich
glaube aus Heidelberg," antwortete das Mädchen und
schickte sich zum Gehen an.

„Warte einmal, Kathrine," sagte Herr Keller,
indem er die Feder hinlegte, „vielleicht ist Antwort
nötig."

Kathrine war selbst neugierig, zu hören, was in
dem Eilbrief stand; sie blieb daher stehen und stemmte
erwartungsvoll die Arme in die Seiten.

Es kostete Herrn Keller einige Mühe, die wenigen
rasch gekritzelten Zeilen zu entziffern, aber sobald er
den Inhalt erfaßt, rief er erschrocken: „Kathrine, ich
muß sogleich verreisen. Wann geht der Zug? Gieb
mir den Fahrplan! Warte, ich habe ihn."

Der Fahrplan wurde nachgesehen, die Uhr zu
Rate gezogen, aber da der nächste Zug schon in fünf
Minuten ging, mußte auf den folgenden gewartet
werden, der erst zwei Stunden später abfuhr.

„Aber, was giebt es denn?" fragte Kathrine,
die noch gar nichts von der eilig geplanten Reise
begriff.

„Ach, die Sache ist traurig genug. Du weißt,
daß ich einen Neffen habe, der in Heidelberg Student
ist, aber vielleicht weißt du nicht, daß der Vater des
Jungen mein Stiefbruder war."

„Ja, das weiß ich auch," rief Kathrine, indem
sie die Hände zusammenschlug, „und gehen Sie jetzt
schnell zu ihm?"

„Mein Bruder ist plötzlich gestorben," fuhr Herr
Keller fort, „und sein Sohn bittet mich, sobald als
möglich nach Mühlberg zu kommen. Er ist selbst
schon vorausgereist."

„Ach, du lieber Gott," seufzte Kathrine.

„Ich werde meine Arbeit beiseite legen," sagte
Herr Keller, indem er seine Papiere langsam, mit
einigem Widerstreben, zusammenschob und in seinem
Schreibtisch verschloß.

„Werden Sie lange fortbleiben?" fragte Kathrine.

„Das kann ich natürlich noch gar nicht bestimmen,"
lautete die Antwort, worauf Herr Keller den Brief
nochmals aufnahm, um nach dem Datum zu sehen.

Kathrine empfand das Bedürfnis, einige Worte
der Teilnahme zu sagen, und bemerkte nach einigem
Nachdenken mit einem tiefen Seufzer: „Ja, der Tod

kommt bald zu dem einen, bald zu dem andern. Das ist so der Welt Lauf."

„Der Sohn wird schon seinen Weg machen," sagte Herr Keller vor sich hin, „aber die Tochter . . ."

„Ist auch eine Tochter da? Lebt die Mutter noch?" erkundigte sich Kathrine.

„Nein, darüber denke ich gerade nach," sagte Herr Keller; „wo soll das arme Mädchen hin?"

Kathrine, die ihre Antworten immer so einrichtete, wie sie meinte, daß sie ihrem Herrn angenehm wären, antwortete nichts und drehte ihren Schürzenzipfel.

„Ich frage, wo das arme Kind hin soll?" wiederholte Herr Keller, mehr zu sich selbst als zu Kathrine. „Es muß doch irgendwo hin."

„Ja gewiß," sagte Kathrine, „jedermann muß doch irgendwo sein."

„Es ist ein seltsamer, unbequemer Fall," sagte Herr Keller, und da Kathrine jetzt begriff, wo ihr Herr hinauswollte, sagte sie schnell: „O, was das betrifft, so habe ich zwei Jahre als Kindermädchen gedient und verstehe gut, mit Kindern umzugehen."

Herr Keller sah sie verwundert an und erwiderte nichts; aber Kathrine, der klar wurde, daß die Sorge für das Kind nicht die größte Unannehmlichkeit war, fügte hinzu: „Sie soll sich schon ruhig verhalten und Sie nicht stören."

„Als ob das möglich wäre," rief Herr Keller. „Weißt du, Kathrine, wie die Sachen stehen? Ich glaube nicht, daß nähere Verwandte da sind, und so wird das Kind . . . ., aber laß mich einmal nach=

denken, es scheint mir, als ob es schon so lange her
wäre, — jawohl, jawohl . . . das Kind kann schon
ein großes Mädchen sein. Ich war ganz im Irrtum."

Kathrine packte schnell die nötigen Sachen in
einen Reisesack, während Herr Keller mit großen
Schritten im Zimmer auf und ab ging und endlich,
nachdem er lange nachgerechnet hatte, zu der Überzeugung kam, daß Lucie beinahe ein erwachsenes
Mädchen sein müsse.

„Ob das die Sache besser macht, bezweifle ich,"
sagte er, „nun, wir werden ja sehen."

Und auf der ganzen Reise dachte er mit Schmerz
an den Verlust seines Bruders, möglicherweise ebenso
sehr, weil er eine Störung seiner täglichen Gewohnheiten ahnte, als aus Trauer über den Tod des
Bruders, den er so selten gesehen. Die Brüder hatten
immer sehr gut miteinander gestanden, aber da der
Fabrikant selten Zeit und der andere keine Lust hatte,
von Haus wegzugehen, war es natürlich, daß sie einander nicht häufig sahen.

Es ist eine sonderbare und sehr gewöhnliche Erscheinung, daß Menschen, die für die Lebenden ihr
Haus und ihre Gewohnheiten nie verlassen wollten,
dies ohne Besinnen für die Toten thun. So auch
Herr Keller. Kaum erhielt er den Brief seines Neffen,
und schon befand er sich auf der Reise, während er
sich noch an demselben Morgen gefreut, daß er keinen
Besuch in der Stadt zu machen hätte.

Einen halben Tag nach Karls Ankunft traf sein
Onkel im Trauerhause ein. Es war wirklich ein

Trauerhaus; denn wenige Kinder lieben ihre Eltern so
aufrichtig, wie Karl und Lucie die ihrigen geliebt
hatten. In stummem Schmerze saßen sie sich anfangs
gegenüber und dachten daran, wie zärtlich und für=
sorglich der Vater gewesen war, den sie jetzt für immer
entbehren mußten.

Sie waren sehr froh, als ihr Onkel ankam, und
empfingen ihn sehr herzlich; besonders Lucie fühlte sich
gleich sehr zu ihm hingezogen, da sie fand, daß er eine
große Ähnlichkeit mit ihrem Vater habe.

Herr Keller seinerseits war etwas gezwungen; denn
jemehr er darüber nachdachte, desto klarer wurde es
ihm, daß es seine Pflicht sei, seine Nichte in sein
Haus aufzunehmen, bis Karl imstande wäre, sie zu
sich zu nehmen; und doch that er sein Möglichstes, um

einen Vorwand zu finden, sich von dieser Last zu be=
freien. Denn, lieber Himmel, welch eine Unbequemlich=
keit wäre es für ihn, der so sehr an seiner Einsamkeit,
an seinen täglichen Gewohnheiten hing, auf einmal ein
junges Mädchen ins Haus nehmen zu müssen, das ihm
immer und überall im Wege sein würde! Er befand
sich in großer Verlegenheit und schob es absichtlich auf,
die große Frage: ‚Was soll aus Lucie werden?‘ zur
Sprache zu bringen.

Nachträglich war das ein Glück; denn so hatte er
Gelegenheit, etwas zu hören, wodurch ihm die Sache
auf einmal in einem ganz andern Lichte erschien. Am
Morgen vor der Beerdigung beschloß Fräulein Rudolph,
die sich ärgerte, daß man so wenig Notiz von ihr
nahm, sich krank zu melden, und so blieb sie nicht nur
im Bett liegen, sondern schickte früh nach dem Doktor,
da sie nicht wagte, länger ohne ärztliche Hilfe zu
bleiben.

„Mir thut das gerade nicht leid,“ sagte Herr
Keller, als er beim Frühstück die Kunde vernahm.
„Nein, was ist das für eine unausstehliche Person; ich
habe schon gerade genug von ihr gehabt, und kann
nur nicht begreifen, Lucie, wie du und dein Vater es
über euch gewinnen konntet, sie den ganzen Tag um
euch zu sehen.“

Lucie lächelte traurig, gab aber keine Antwort,
da sie im Begriff stand, das Zimmer zu verlassen, um
der Kranken eine Tasse Thee zu bringen.

„Nein, diese Person! Ich glaube, ich könnte es
nicht aushalten, den ganzen Tag mit ihr zusammen

zu sein," wiederholte Herr Keller noch einmal, als Lucie die Thüre hinter sich geschlossen hatte.

„Lucie kann sie auch nicht leiden," sagte Karl, „aber ich habe ihr immer zugeredet, sich in sie zu schicken; denn ich glaube, daß man an all den Damen etwas auszusetzen findet. Hier, lies einmal, das wird dir am besten beweisen, wie Lucie über sie dachte," fuhr Karl fort und zog aus seiner Brieftasche ihr Gedicht, das er dem Onkel überreichte.

„Das ist ja gar nicht übel," sagte Herr Keller, „das arme Mädchen!" fügte er hinzu, während er Karl das Gedicht zurückgab, gerade in dem Augenblick, in dem Lucie wieder ins Zimmer trat.

„Nun, kleine Dichterin, wie geht es der Patientin?" fragte Herr Keller.

„Dichterin?" wiederholte Lucie verwundert; als aber ihr Blick auf den Brief fiel, den Karl verbergen wollte, rief sie: „Ach Karl!"

„Ich wollte dem Onkel nur einmal zeigen, was du von der liebenswerten Dame hältst," sagte Karl, „aber Lucie, ist der Band bereit?"

„Welcher Band?" fragte Lucie.

„Nun, war denn nicht dein letzter Plan, einen Band Gedichte herauszugeben?" war Karls Gegenfrage.

„Ach geh!" rief Lucie entrüstet.

„Es schwebt mir so etwas vor," versetzte Karl und hielt die Hand vor die Augen, wie um sich zu besinnen: „Ach nein, der letzte Plan . . . nun fällt es mir ein" . . .

Lucie bedeutete Karl zu schweigen und fragte ihren Onkel, ob sie ihm nicht noch einmal einschenken dürfe?

„Gewiß,“ war die Antwort; „also du dichtest, Lucie?“

„Ach nein, Onkel,“ sagte Lucie, während sie sich an der Spiritusflamme des Theekessels zu schaffen machte.

„Bescheidenheit, Onkel, nichts als Bescheidenheit,“ sagte Karl neckend; aber da er merkte, daß dies Lucie nicht angenehm war, fragte er: „Aber im Ernst, hast du noch . . .“ Lucie winkte ihm zu, nicht weiter zu sprechen und entfernte sich rasch, um noch einmal nach der Kranken zu sehen.

„Macht sie Gedichte?“ fragte Herr Keller.

„Ach nein, Onkel, ich wollte sie nur necken,“ erwiderte Karl. „Sie hatte einmal die Absicht, Dichterin oder Schriftstellerin zu werden, aber daraus wurde natürlich nichts.“

„Warum natürlich?“ fragte der Onkel.

„Aber, Onkel, was sollte Lucie schreiben? Sie hat nichts gesehen und nichts gehört . . . . ach nein, das war ja Unsinn,“ schloß Karl.

„Lucie, hast du schon einmal etwas geschrieben?“ fragte Herr Keller, als seine Nichte wieder eintrat.

„Ich, Onkel?“ rief Lucie verwundert, während sie Karl ansah und eine hohe Röte ihr Antlitz bedeckte.

„Komm, Lucie, wir sind hier unter uns, beichte einmal,“ sagte Karl.

„Ach, Karl,“ rief Lucie ärgerlich.

„Nun, wie ist's, Nichtchen? Erzähle einmal," bat Herr Keller.

Lucie betrachtete einige Augenblicke zögernd ihre Fingerspitzen und sagte dann: „Ach, Onkel, er will mich nur necken. Ich war vor einiger Zeit so unklug, mir einzubilden, ich könne eine Dichterin werden, weil ich das dumme Gedicht gemacht hatte. Als das nicht glückte, probierte ich, ob ich nicht etwas in Prosa schreiben könne, was mir natürlich ebenso wenig gelang. Ich war so thöricht, meinen einzigen Bruder in meine Pläne einzuweihen; aber ist es nicht sehr unartig von ihm, mit anderen davon zu sprechen und mich damit zu necken?"

„Wenn er das thut, ganz gewiß; aber ich hoffe, Lucie, daß du doch auch einsiehst, daß es ein großer Unterschied ist, ob er es mir oder Fremden erzählt," sagte Herr Keller.

Lucie gab keine Antwort, aber als ihr Onkel fragte: „Hast du denn gar keinen Versuch wieder gemacht, die großen Pläne zu verwirklichen?" ging sie auf seine Frage ein und erzählte ihm offenherzig alles, was sie gethan hatte. Sie teilte ihm mit, was Karl ihr geraten und fügte hinzu, daß sie eine Art Tagebuch angelegt habe, in das sie jeden Tag den einen oder andern Aufsatz schreibe.

„Wie?" rief Herr Keller in hastigem, aufgeregtem Ton, „du schreibst auf, was du denkst und empfindest?"

„Ja, und infolgedessen ärgerte ich mich viel weniger über Fräulein Rudolph," antwortete Lucie, welche die Aufregung ihres Onkels nicht begriff.

„Welch köstliche Entdeckung," sagte Herr Keller halblaut und fügte sogleich hinzu: „Kinder, wir haben noch gar nicht darüber gesprochen, was nun werden soll; ich denke im Augenblick gerade daran. Lucie, willst du zu mir ziehen? Mein Haus ist groß genug, und nun ich weiß, daß du gern studierst, wirst du mir ein sehr angenehmer und lieber Gast sein."

Lucie nahm diesen Vorschlag sogleich dankbar an. Sie hatte wohl kaum über ihre Zukunft nachgedacht, aber als ihr Onkel jetzt davon sprach, wurde ihr klar, daß sie doch nicht allein in Mühlberg bleiben könne, und so war sie sehr erfreut über dieses Anerbieten. Es würde manchem jungen Mädchen zu still bei dem alten Herrn gewesen sein; aber, wie wir schon bemerkt haben, hatte Lucie sich gleich sehr an ihren Onkel angeschlossen und dachte wenig über seine Lebensweise nach.

Fünfzehntes Kapitel

Lucie und Anna.

❦

„Ach, Anna, wie werde ich dich in Frankfurt ver=
missen," sagte Lucie zu Anna, als diese, die
sie öfter zu besuchen pflegte, wieder einmal bei ihr saß.

Anna traten die Thränen in die Augen, aber sie
faßte sich rasch wieder und sagte: „Ich kann es mir
gar nicht denken, daß du wirklich für immer weggehst;
und doch," fügte sie zögernd hinzu, „ist es für mich
eine große Freude, daß es dir ebenso leid thut
wie mir."

„Wie kann das auch anders sein?" fragte Lucie
etwas verwundert. „Wir spielten doch schon von
frühester Kindheit an zusammen und sind seitdem
immer gute Freundinnen gewesen."

„Ja, wir kennen uns schon lange," bestätigte Anna,
„aber sage mir einmal ganz aufrichtig, ob es dir vor
ein paar Jahren nicht viel schmerzlicher gewesen wäre,
Sophie oder Martha verlassen zu müssen, als mich?"

„Ich glaube nicht, daß ich früher viel darüber
nachgedacht habe, wer mir am liebsten sei," antwortete

Lucie. „Wenn es aber einmal eine Zeit gegeben, in der ich Martha vorzog, so weiß ich sicher, daß ich, so= lange ich mich erinnern kann, dich immer am liebsten gehabt habe. Aber das weißt du doch; wie kommst du zu der Frage?"

Anna errötete, zögerte und sagte dann leise: „Weil ich früher deiner Freundschaft unwürdig war."

„Ach, geh," rief Lucie lachend.

„Nein, Lucie," sagte Anna ernsthaft, „du hast keinen Begriff davon, wieviel Kummer ich Mama und mir selbst bereitet habe. Ich kann es jetzt selbst oft nicht begreifen, daß ich so sein konnte. Ich war faul, verdrossen, eifersüchtig und unfreundlich und vergeßlich, und ich weiß nicht, was alles noch."

„Das ist ja eine ganze Liste," bemerkte Lucie.

„Ja, aber durchaus nicht übertrieben. O, wenn du mich daheim gesehen hättest . . . . höre einmal, ich war buchstäblich eifersüchtig auf jedermanns Liebe, und ich sah immer mit Angst, wenn Papa und Mama einem der anderen etwas gaben, was ich nicht bekam, nicht, weil ich es ihnen nicht gönnte, sondern nur weil ich zu bemerken glaubte, daß sie mehr geliebt würden als ich. Da hatte ich dann solchen Kummer, daß ich ganz vergaß, was ich zu thun hatte und manchmal durch meine Versäumnis alles in Verwirrung brachte. Ich will dich nicht langweilen, aber wenn ich dir Beispiele mitteilen wollte, würdest du kaum glauben, daß es möglich ist. Zu Hause hatten sie mich denn auch nicht mehr gern, und im Kränzchen sah ich deutlich, daß ihr drei einander näher standet als mir."

„Nun, Anna, das letztere war jedenfalls ein Irrtum von dir," sagte Lucie, „und ich glaube, daß deine
Eltern" . . .

„Nein, Lucie," unterbrach sie Anna. Es war keine
Einbildung. Papa und Mama hatten Suse und
Jeannette viel lieber als mich, aber glücklicherweise ist
das jetzt nicht mehr der Fall; denn ich bin endlich Herr
über mich selbst geworden."

Lucie konnte bei Annas letzten Worten ein Lächeln
nicht unterdrücken. „Ja, Lucie, es ist wirklich so,"
sagte Anna, „du hast wahrscheinlich nicht soviel mit
dir selbst zu thun gehabt; aber mein ganzes Leben war
nur eine Reihe von Kämpfen. Ich nahm mir wohl
hundert-, ja tausendmal vor, anders und besser zu
werden, aber immer kam etwas, oder vielmehr meine
eigene böse Natur widersetzte sich meinen guten Vorsätzen, bis ich auf einmal . . . erinnerst du dich der
Predigt noch, die Papa einmal eines Sonntag-Nach-
mittags über die Reue hielt? Damals wurde mir
klar, daß ich noch niemals aufrichtige Reue empfunden
hätte. Es wurde mir auf einmal klar, daß die wahre
Reue nicht in dem schwachen Vorsatz besteht, dies oder
jenes nicht wieder zu thun, sondern in einer gänzlichen
Reinigung und Umwandlung des Herzens. Sieh',"
fuhr Anna fort, während sie Lucie ein vollbeschriebenes
Heft zeigte.

„Was ist das?" fragte Lucie.

„Die Predigt," sagte Anna. „Die habe ich mir
heimlich aus Papas Zimmer geholt und abgeschrieben,
und jetzt kann ich sie beinahe auswendig."

Lucie erinnerte sich jetzt, daß sie damals auch in der Kirche gewesen war, aber die Predigt hatte auf sie keine solche Wirkung ausgeübt. Natürlich macht immer das, was auf unsere Lage paßt, den meisten Eindruck auf uns, und so war der Kampf gegen die eigene Natur, den Lucie beinahe gar nicht kannte, für sie kein annähernd so wichtiges Thema gewesen wie für Anna.

„Und hast du dich nach der Predigt plötzlich ganz geändert?" fragte Lucie gespannt.

„O nein, durchaus nicht," sagte Anna; „ich habe noch manchmal geweint, weil ich meine Vorsätze nicht besser durchführte; aber nachdem ich die Predigt gehört, wurde mir klar, daß es selbstsüchtig von mir war, zu wünschen, daß jeder mich am liebsten haben sollte, während ich mir so wenig Mühe gab, die Liebe der anderen zu verdienen. Von dem Augenblick an fand ich es natürlich, daß man mich am wenigsten gern hatte und fing an, zu begreifen, daß ich erst liebenswert werden müsse, wenn ich geliebt werden wollte. Ich that mein Möglichstes, mich selbst mehr zu vergessen und stets sehr aufmerksam gegen die Wünsche anderer zu sein. Jetzt wird es mir immer leichter, denn sie sind nun auch alle so lieb gegen mich. O, Lucie, ich bin jetzt viel glücklicher als früher. Begreifst du jetzt, warum ich eben sagte, es sei für mich eine so große Freude, zu merken, daß es dir leid thut, mich nicht mehr zu sehen!"

Lucie starrte Anna mit einer gewissen Bewunderung an und sagte endlich: „Ich möchte wohl wissen, Anna,

wie ich mich an deiner Stelle benommen hätte. Ich
glaube, lange nicht so gut wie du. Ich hatte immer
die Liebe meiner Eltern und meines Bruders für mich
allein; wenn man die einzige Tochter ist, wird man so
verwöhnt; es kann da weder von Vorziehen noch von
Zurücksetzen die Rede sein.“

Anna war überzeugt, daß Lucie nicht soviel Kämpfe
gehabt haben würde; das war auch ganz wahrscheinlich, denn Lucie gehörte zu den Wesen, die, wie
man zu sagen pflegt, in der Welt nur zu Gaste sind
und die, ohne selbst das Opfer zu fühlen, das sie bringen,
sich in andere zu fügen wissen.

„Es thut mir auch um deinetwillen leid, daß das
Kränzchen jetzt aufhört,“ sagte Lucie.

„Ja,“ stimmte Anna bei, „aber du weißt, ich hätte
doch nicht mehr so regelmäßig kommen können, denn
da Suse und Jeannette weg sind . . .“

„Wenn ich nur hier bliebe,“ unterbrach sie Lucie,
„dann würde ich schon dafür sorgen, daß du jede Woche
kämest.“

„Ich würde doch nicht können,“ wiederholte Anna
bestimmt; „es sind noch andere Gründe vorhanden.
Vielleicht teile ich sie dir noch einmal mit, denn wir
werden uns doch wohl schreiben?“

„Gewiß, je öfter, desto besser. Schreibe mir nur so
oft du Zeit hast, denn ich glaube zu fühlen, wie lieb
mir jeder Brief von dir sein wird,“ sagte Lucie.

Anna versprach, oft und viel zu schreiben und
machte noch verschiedene Pläne mit Lucie, auf die wir,

da sie für uns nicht von Wichtigkeit sind, nicht weiter
eingehen wollen.

„Ein liebes Mädchen, die Anna," bemerkte Lucie,
als sie Anna hinausbegleitet hatte und wieder zu ihrem
Bruder zurückkehrte.

„Sie hat sich sehr zu ihrem Vorteil verändert,
Lucie," sagte Karl. „Ich meine, sie hätte früher nie so
nett ausgesehen."

„O, findest du? Ich sehe sie täglich und kann des=
halb nicht darüber urteilen," meinte Lucie, während sie
sich freute, daß die Veränderung, von der Anna ge=
sprochen, auch äußerlich zu bemerken war.

Sechzehntes Kapitel.

Der Abschied.

✦

Trübe, dunkele Tage folgten nun für Lucie und Karl; denn es berührte sie tief und schmerzlich, daß ein Fremder sogleich alle Bücher und Papiere ihres Vaters in Besitz nahm, als das Haus, an das sie die Erinnerung ihres ganzen Lebens knüpfte, verkauft wurde und auch die Möbel in fremde Hände übergingen.

Karl hatte einen Augenblick beabsichtigt, das Haus zu vermieten, da er daran dachte, sich später als Arzt in Mühlberg niederzulassen; aber sein Onkel riet ihm, es lieber zu verkaufen, weil es doch noch einige Jahre dauern würde, bis er seine Studien beendet haben, und er dann halb gezwungen sein würde, dort zu wohnen. Der Herr, der Herrn Kellers Fabrik übernahm, wollte auch das Haus gern kaufen, und so befolgte Karl den Rat seines Onkels.

„Ich habe eine Neuigkeit für dich," sagte Sophie, als Lucie kam, um von ihr Abschied zu nehmen, „vielleicht sehen wir uns eher wieder, als du denkst."

„Wieso denn?" fragte Lucie.

„Ach, komm einmal mit mir in den Garten, dann will ich dir etwas mitteilen, was eigentlich noch Geheimnis sein soll; dir will ich es aber anvertrauen." Bei diesen Worten legte Sophie ihren Arm in den Luciens und erzählte ihr, während sie im Garten auf- und abgingen, wie leid es ihren Eltern thue, daß sie so wenig Abwechselung in ihrem Leben haben könne, weil der Beruf ihres Vaters sie nötige, in dem kleinen Orte zu wohnen, und daß Herr von Langen sich darum um ein anderes Amt beworben habe. „Dann werden wir immer im Winter in Frankfurt wohnen," schloß sie ihre Mitteilungen; „im Sommer aber reisen wir; vielleicht kommen wir auch hierher; das weiß ich zwar noch nicht, und darauf kommt es auch soviel nicht an, jedenfalls gehen wir einer sehr schönen Veränderung entgegen."

„Wie stiebt unser Kränzchen auseinander," sagte Lucie. „Anna bleibt dann ganz allein übrig!"

„Ja, und wie still wird es jetzt auch für sie zu Haus sein, da Suse und Jeannette Stellen angenommen haben."

„Es thut mir sehr leid, mich von Anna zu trennen," fuhr Lucie fort; „ich habe sie so lieb."

„Ich auch. Martha hat übrigens ihr Versprechen, uns regelmäßig zu schreiben, schlecht gehalten," fügte Sophie hinzu. „Es ist, als ob sie uns sogleich vergessen hätte."

„Das glaube ich nicht," versetzte Lucie, „aber ich denke, daß das neue Leben ihr nicht so gut gefällt,

wie sie erwartet hat, und daß sie uns das nicht ge=
stehen will."

„Nein, das gewiß nicht," rief Sophie. „Ich bin
überzeugt, es gefällt ihr sehr gut, ihr viel besser als
ihrer Mama. Ich war in den letzten Tagen gerade
bei Frau Schulte und fand, daß sie sehr blaß und müde
aussah. Ich fragte sie, ob sie sich nicht zu sehr an=
strenge, und obgleich sie es nicht deutlich aussprach,
merkte ich doch, daß sie Martha sehr vermisse."

„Martha war auch sehr anstellig und half sehr
viel im Haus," sagte Lucie. „Ich habe nie begriffen,
wie sie sich entschließen konnte, ihre Familie zu ver=
lassen und noch weniger, wie ihre Mutter dies gut=
heißen konnte."

„Ach, Frau Schulte gab es nur zu, weil es Martha
so sehr wünschte," erklärte Sophie, „und sie selbst that
es größtenteils, glaube ich, weil es im Zusammenhang
mit dem Versprechen des Genius stand. Was war
das doch für ein wunderbares Ereignis! Ich denke
noch oft daran und sprach kürzlich noch einmal mit
Anna darüber."

„Es ist mir, als ob ich ihn noch sähe," sagte
Lucie um sich blickend. „Aber ich kann mir gar nicht
erklären, was es gewesen sein kann. Ich will nicht
an etwas Übernatürliches glauben, und doch kann ich
mir nicht denken, daß uns jemand zum besten gehabt
haben sollte."

„Ich bin gespannt, auf welche Weise das Ver=
sprechen, das er mir gegeben hat, in Erfüllung gehen
wird,„ lachte Sophie. „Du kannst dir ungefähr denken,

was ich mir gewünscht habe. Ich war damals noch ein so dummes Ding, ganz unter dem Eindruck von Minnas Verlobung."

„Wie geht es Minna?" fragte Lucie, die sichtlich keine Lust hatte, eine vertrauliche Mitteilung zu veranlassen.

„Ausgezeichnet," antwortete Sophie und gab eine lange Schilderung der Toiletten und Gesellschaften und vieler anderer Dinge, von denen Minna geschrieben hatte; aber Lucie schien die Erzählung nicht sehr interessant zu finden, wenigstens erklärte sie plötzlich, sie habe große Eile, und verabschiedete sich von Sophie, nachdem sie einander noch das Versprechen gegeben hatten, sich gegenseitig zu schreiben.

Als Lucie einige Augenblicke später am Pfarrhause schellte, um auch dort Abschied zu nehmen, wurde sie von dem Dienstmädchen eingelassen. Gewöhnlich war alles sehr ordentlich und pünktlich bei der Familie Franken, und so wunderte sich Lucie, als sie eine sichtbare Verwirrung bemerkte. Alle Stühle standen durcheinander; die Kinder saßen betrübt in einer Ecke, und alles ließ darauf schließen, daß etwas Ungewöhnliches vorgefallen sei. Lucie fürchtete, ungelegen zu kommen, und wollte gerade den Kindern sagen, sie werde nachmittags wiederkommen, als Frau Pastor Franken mit rotgeweinten Augen hereinkam. Lucie hätte gern gefragt, was sie betrübe, aber aus Furcht, unbescheiden zu erscheinen, unterdrückte sie die Frage und begann ein Gespräch über ihre bevorstehende Abreise.

Frau Pastor Franken schien nicht aufmerksam zuzu-

hören und ſagte, wobei ſie offenbar mehr an das dachte,
was ſie beſchäftigte: „Ja, Lucie, du haſt auch viel zu
tragen gehabt. Armes Kind! Beide Eltern verlieren
zu müſſen, und doch .... ach, was wird das Los
meiner armen Kinder ſein?"

Lucie ſah die Frau Paſtorin fragend an, und dieſe
fuhr fort: „Ach, es kann doch nicht länger geheim ge=
halten werden, und darum will ich dir mitteilen, was
mich ſo ſehr betrübt. Ich weiß," fügte ſie hinzu, „wie
ſehr du unſern Kummer teilen wirſt."

Statt aller Antwort reichte Lucie der Frau
Paſtorin die Hand, und die Thränen traten ihr in die
Augen, als dieſe ihr mitteilte, daß der Pfarrer ſchon
längere Zeit ſchwer halsleidend ſei.

„Schon vor mehreren Monaten," erzählte ſie,
„hatte ich ihn gebeten, einen Arzt zu konſultieren; er
wollte aber durchaus nichts davon hören. Er ſchmeichelte
ſich immer mit der Hoffnung, es werde bald Beſſerung
eintreten, und da das Predigen immer noch ganz gut
ging, ſelbſt wenn er Samstags Schmerzen gehabt hatte,
wollte ich nicht darauf dringen. Jetzt hat er ſich
zwei Sonntage ausgeruht; du wirſt bemerkt haben,
daß an beiden Tagen ein anderer für ihn gepredigt
hat. Es hieß, dieſe Herren wollten ſich einmal hier
hören laſſen, und um den Schein der Krankheit zu
vermeiden, ging mein Mann ſelbſt in die Kirche."

„Die Schmerzen nahmen aber zu," fuhr die Frau
Pfarrerin fort; „das Katechiſieren wurde ihm ſehr
ſchwer, und er mußte ſich endlich dazu entſchließen,
einen Arzt zu Rate zu ziehen. Das iſt nun geſchehen,

der Doktor hat uns eben wieder verlassen, aber ach, Lucie, ich merkte deutlich an seinem Gesicht, wie ernst er die Sache nimmt. Er saß lange da und sprach über alles Mögliche, ehe er den Mut fand, zu sagen, daß mein Mann ein ganzes Jahr hindurch nicht ans Predigen denken dürfe und daß nur eine sehr sorgfältige Behandlung die Hoffnung auf Genesung geben könne."

Die arme Frau Pastorin weinte beinahe laut, und Lucie weinte mit ihr, denn sie hatte den Pfarrer, der sie getauft und konfirmiert hatte, auch sehr lieb. Sie begriff, wie der pflichteifrige Mann unter einer gezwungenen Ruhe leiden mußte, die ihn gewiß ebenso sehr, wenn nicht noch mehr bedrückte als sein Un= wohlsein.

Diese Krankheit zog aber außerdem eine Reihe unangenehmer Folgen nach sich, an die Lucie nicht dachte, nämlich die Verminderung des Einkommens, da für Pastor Franken jetzt ein Hilfsprediger eintreten mußte, der den Dienst für ihn versah.

„Ich hätte beinahe vergessen, dir Annas Bitte zu überbringen," sagte die Pfarrerin. „Sie läßt dich ersuchen, zu ihr zu kommen. Sie ist auf ihrem Zimmer."

Lucie stand sogleich auf, um Abschied zu nehmen; zögernd fragte sie, ob sie es wagen dürfe, dem Pa= tienten einige Büchsen mit eingemachten Früchten zu schicken.

„Du wirst ihm eine große Freude damit machen," war die Antwort. „Es thut mir um meiner lieben

Anna willen so leid, daß sie die Freundin jetzt gerade entbehren muß," sagte die Pastorin zu sich selbst, während sie Lucie nachsah, als diese das Zimmer verließ.

„Es ist doch zu traurig, nicht wahr?" rief Anna, als Lucie in ihrem Zimmer ihr gegenüber Platz genommen hatte.

„O, ich finde es entsetzlich!" sagte Lucie, „es macht mir das Fortgehen doppelt schwer. Versprich mir nur, öfter zu schreiben, wie es deinem Papa geht. Ich wollte, ich könnte etwas für dich thun."

Anna hob den Kopf rasch und schien etwas sagen zu wollen, als Lucie fortfuhr: „Ich hoffe, Anna, daß du manchmal frägen darfst, wie es geht; mir machte es solchen Kummer, daß ich das nie durfte."

„Ja, das hoffe ich auch," erwiderte Anna, zerstreut, offenbar an etwas anderes denkend.

Das Gespräch kam nicht recht in Fluß, und Lucie, die wenig Zeit hatte, verabschiedete sich bald.

„Anna, was sagte Lucie? Hast du sie gefragt?" erkundigte sich Kornelie bei ihrer Schwester, als Lucie fort war.

„Nein," antwortete Anna, „ich kam nicht dazu, aber ich werde ihr bald schreiben, da geht es besser."

„Ach, wie schade," rief Kornelie enttäuscht.

„Lucie muß doch erst in Frankfurt sein, ehe sie uns helfen kann," sagte Anna, „wir können einstweilen weiterarbeiten."

„Nun habe ich aber nicht mehr halb soviel Lust dazu," klagte Kornelie entmutigt.

„Ich werde ihr sehr bald schreiben," tröstete
Anna und suchte Kornelie auf andere Gedanken
zu bringen, indem sie über den Zustand ihres Vaters
sprach. —

Frau Schulte lag mit Fieber zu Bett, als Lucie
Abschied von ihr nehmen wollte; aber Trudchen bat
sie, am Nachmittag wiederzukommen, weil es ihrer
Mutter sehr leid thun würde, sie nicht noch einmal
zu sehen.

„Machst du dir Sorge um deine Mama?" fragte
Lucie, weil Trudchen so betrübt aussah.

„Augenblicklich ist keine Gefahr vorhanden," sagte
Trudchen, „aber weißt du was, Lucie? Mama muß
sich zu sehr anstrengen, seit Martha weg ist. Ich
möchte ihr so gern etwas abnehmen, aber ich darf es
nicht; ich bin vor einiger Zeit krank gewesen, und nun
hat der dumme Doktor Mama gesagt, ich dürfte mich
nicht ermüden, weil ich zu rasch gewachsen wäre. Jetzt
fürchtet Mama immer, daß ich zu viel thun könnte
und strengt sich unglaublich an, um mir noch mehr
Ruhe zu verschaffen. Ich wollte, Martha wäre wieder
zu Haus!"

„Kommt sie nicht einmal?" fragte Lucie.

„Ja, schon seit Wochen hat sie die Absicht,
einmal zu kommen; aber der Besuch ist noch immer
aus allerhand Gründen aufgeschoben worden. Aber
jetzt erwarten wir sie ganz gewiß, spätestens in nächster
Woche, da sie weiß, daß Mama krank ist," sagte
Trudchen.

„Es thut mir leid, daß ich sie nicht mehr

sehen werde; aber erinnere sie daran, mir einmal zu schreiben."

Trudchen versprach das und hielt auch wohl Wort, aber Martha schien keine Zeit oder Lust zum Schreiben zu haben; wenigstens wartete Lucie vergebens auf einen Brief.

Siebzehntes Kapitel.

Lucie und ihr Onkel.

❧

Kathrine hatte einmal nach Herzensluft in dem
Zimmer ihres Herrn gefegt und gescheuert. Er saß
kaum im Zuge, als sie schon mit ihrer bejahrten Ge=
hilfin sich daran machte, das Unterste zu oberst zu kehren,
weil sie das Zimmer, das so selten gründlich gereinigt
werden durfte, einmal recht schön in Ordnung bringen
wollte. Alles blinkte und blitzte denn auch nach Ver=
lauf von einigen Tagen wie seit lange nicht, und als
das Zimmer fertig war, begann Kathrine, die ab und
zu ihr Werk mit Wohlgefallen betrachtete, sich nach der
Rückkehr ihres Herrn zu sehnen. Es war so still im
Haus ohne ihn, das fand sie immer; aber jetzt ver=
langte sie doppelt nach seiner Rückkehr, weil sie neu=
gierig war, etwas über die Nichte zu hören. Sie war
durchaus nicht im klaren über ihre eigenen Wünsche,
und die alte Köchin hörte wohl zehnmal des Tages die
widersprechendsten Ansichten. „Ich hätte gar nichts
dagegen, daß noch jemand zu uns käme; aber noch lieber
sähe ich es, wenn der Herr allein zurückkehrte,“ oder:

„solche Backfische sind unausstehlich hochmütig, und des=
halb hoffe ich, daß er das Kind nicht mitbringen wird,
obschon ich es ganz hübsch fände, wenn es im Hause
etwas lebhafter zuginge; aber die jungen Mädchen
bringen immer etwas Unruhe mit."

Wenn man auch aus Kathrinens Worten nicht zu
erkennen vermochte, was sie wirklich wünschte: so viel
war jedoch klar, daß ihre ganze Seele von dem Ge=
danken eingenommen war, eine neue Hausgenossin zu
bekommen. Trotzdem war es ihr, als ob sie einen
elektrischen Schlag bekäme, als sie einem Briefe ihres
Herrn entnahm, daß Lucie mitkomme. Nachdem sie den
Brief in der Küche einigemal gelesen hatte, lief sie damit
auf ihre Kammer, wo Marie gerade mit Anziehen be=
schäftigt war. „Marie! hör' einmal, Mädchen," sagte
sie und fing, noch ganz außer Atem, an zu lesen: „Dieses
Schreiben, Kathrine, soll Dir mitteilen, daß ich am
fünfundzwanzigsten mit dem letzten Zuge nach Haus
komme. Du mußt das Fremdenzimmer herrichten, da
ich meine Nichte mitbringe. Laß den Tapezier nach
den Gardinen sehen, und wenn der Vorhang an dem
Bett nicht mehr gut genug ist, soll ein neuer aufgesteckt
werden. Auf den Preis kommt es nicht an, wenn nur
das Zimmer recht nett und freundlich aussieht; es wäre
mir sehr unangenehm, wenn das Haus einen düstern
Eindruck auf meine Nichte machte. Sorge für ein gutes
Abendessen und für helle Beleuchtung." „Was sagst du
dazu?" fragte Kathrine, nachdem sie diese Zeilen her=
gestottert hatte, denn ‚Geschriebenes‘ konnte sie nicht
mehr geläufig lesen.

„Ich begreife das gar nicht,“ war die Antwort;
„es müßte sein, daß der Herr das Fräulein sehr gern
hat, sonst, meine ich, würde er nicht soviel Umstände
machen. Den Tapezier können wir ganz gut weg=
lassen,“ fügte Marie hinzu, „findest du nicht, Kathrine,
daß das Zimmer ganz schön aussieht?“

„Ach,“ sagte Kathrine, die dem Tapezier sehr wohl=
wollte, vielleicht weil er sie immer höflich „Fräulein
Katharina“ nannte, „da es der Herr befiehlt, werden
wir ihn wohl kommen lassen müssen. Wenn das Fräu=
lein nett ist, soll sie es auch im Hause so gut haben
wie nur möglich. Und weißt du was? Dann ist der
Herr beruhigt. Marie, du kannst dich darauf verlassen,
daß es ein liebes Mädchen ist; das geht klar aus dem
Briefe hervor.“

„Wie alt sie wohl sein mag?“ fragte Marie.

„Wie alt?“ wiederholte Kathrine, „ja, das weiß
ich auch so genau nicht. Es ist eigentlich schade, daß
wir das nicht schon im voraus wissen.“

„Sie kann uns das Leben schwer genug machen,“
seufzte Marie.

„Ach was,“ sagte Kathrine fröhlich, „wir wollen
uns nicht vor der Zeit Sorgen machen; freilich können
solche junge Dinger, wenn sie bös sind, noch viel schlim=
mer sein, als ältere Damen.‘

„Ei nun, das wird sich wohl finden,“ meinte
nun Marie ihrerseits „und geht es gar nicht, nun,
dann lasse ich mir auch keine grauen Haare darum
wachsen. Ich kann, Gott sei Dank, kochen wie die
beste Köchin und bin auch nicht mit dem Herrn ver=

heiratet; wenn seine Nichte mir nicht gefällt, dann
kündige ich."

„Du und der Herr, ihr würdet ein schönes Paar
abgeben," rief Kathrine lachend, und über diesen geist=
reichen Einfall lachten sie nun beide, bis ihnen die
Thränen über die Backen liefen und Marie sich ein
paarmal genötigt sah, auszurufen: „Schweig doch still!
Was du für Einfälle hast!"

Während Marie und Kathrine lachten und schwatz=
ten und Pläne machten, wie sie sich gegen Lucie be=
tragen wollten, führten sie die empfangenen Befehle so
gut aus, daß das Zimmer sehr nett und wohnlich aus=
sah, als endlich Onkel und Nichte eintrafen.

„Ich hoffe, Lucie, daß es dir bei mir gefallen
wird," sagte Herr Keller, als er Lucie in ihr Zimmer
führte. „Vergiß nur nicht, daß du nun bei einem alten
Junggesellen bist und daher viele Bequemlichkeiten, an
die du gewöhnt bist, vergeblich suchen wirst. Ich fürchte,
du wirst es am Ende ein wenig ungemütlich finden."

„Ich bin nicht verwöhnt, lieber Onkel; Fräulein
Rudolph wußte es mir in der letzten Zeit so ungemüt=

lich wie möglich zu machen; aber hier kommt mir alles
so anheimelnd vor; ich kann mir gar nicht denken, daß
ich wirklich zum erstenmal hier bin."

„Nun, ich hoffe, wir werden uns gut vertragen.
Wahrscheinlich werden wir die Frühstücksstunde verlegen
müssen, denn du stehst gewiß nicht so früh auf wie
ich?" sagte Herr Keller in fragendem Ton, während
er Lucie etwas ängstlich ansah.

Lucie beteuerte, sie sei an frühes Aufstehen ge=
wöhnt und thue es gern, und schon am ersten Morgen
fand Herr Keller den Kaffee bereit, als er herunterkam,
was ihn augenscheinlich so angenehm überraschte, daß
Lucie sich in der Folge immer früh wecken ließ.

„Und nun sage mir einmal, Lucie, wie du den
Tag gewöhnlich verbringst," sagte Herr Keller beim
Frühstück.

„Dafür hatte ich keine ganz bestimmte Regel.
Früher, als ich noch eine Gouvernante hatte, lernte ich
den ganzen Morgen, aber seit sie weg ist, habe ich bald
dies, bald das gethan. In der letzten Zeit las ich fast immer,
oder ich schrieb ein wenig. Nun habe ich eine große Stickerei
angefangen, an die ich mich mit Eifer machen werde."

„Ach so," sagte Herr Keller, indem er Lucie einige
Augenblicke unentschlossen ansah. Dann fuhr er fort:
„Ich gehe auf mein Zimmer, um zu arbeiten; das ist
so meine Gewohnheit. In dieser Zeit lasse ich mich
nicht gern stören, aber wenn du dich zu mir setzen
willst." . . .

„Ach nein, Onkel," sagte Lucie, „ich sitze hier ganz
gut und will dich nicht stören."

Herr Keller schien noch etwas auf der Zunge zu haben, aber er besann sich eines andern und verließ das Zimmer.

Lucie holte ihre Stickerei und setzte sich in den Erker; aber noch ehe sie zehn Stiche gemacht hatte, wurde sie durch das Gewühl und den Lärm auf der Straße abgezogen. Es war Markttag, und da Herr Keller in einer lebhaften Gegend wohnte, war es hier so interessant, daß Lucie ganz gespannt hinaussah. Es war so hübsch, das bunte Gewühl zu beobachten, und doch vermißte Lucie bald jemand, dem sie ihre Beobachtungen mitteilen könnte. Sie versuchte es mit Kathrine, die mit einer Frage hereinkam, und sagte zu dieser: „Wie amüsant ist es doch, den sonderbaren Putz der Bauerfrauen zu sehen; es ist fast alles Gold und Blumen, was man sieht." Kathrine vermutete, das junge Mädchen vom Lande werde wohl noch wenig gesehen haben, und begann eine weit ausholende Erklärung, daß dies alles Bauern und keine Frankfurter wären. „Wissen Sie," schloß sie ihre Belehrung, „das sind Bauersleute von außerhalb, die den Markt hier besuchen. Sie verdienen viel Geld, weil die Butter so teuer ist, und darum können sie sich auch schön putzen. Sie sind immer sehr freigebig mit ihrem Gelde; nichts ist ihnen zu schön und zu teuer."

So schwatzte Kathrine eine Weile fort, so daß Lucie ganz froh war, als es klingelte und sie das Zimmer verließ. Das Hinaussehen wurde Lucie bald langweilig, und sie fing von neuem an, zu sticken; aber vielleicht fühlte sie sich im Gegensatz zu dem lebhaften

Treiben da draußen einsamer als je. Glücklicherweise
fiel ihr Blick auf ein Büchergestell, und sofort nahm sie
eins der schön gebundenen Bücher, die darauf standen,
in die Hand. Bald vergaß sie über dem Lesen ihre
Einsamkeit und las so eifrig, daß sie das Hereintreten
ihres Onkels gar nicht bemerkte.

„So vertieft in dein Buch?" fragte Herr Keller
lachend.

„Ach, Onkel, ich fand da eine allerliebste Erzählung,"
rief Lucie, indem sie das Buch schloß.

„Was hast du denn gelesen?" fragte ihr Onkel.

„Die Mutter des blinden Kindes," antwortete Lucie.

„Gefällt es dir?"

„Ich finde die Geschichte herrlich," rief Lucie erregt.

Herr Keller lächelte und bemerkte, es sei schade,
daß das Bild, welches dazu gehöre, nicht gut gelungen sei.

Lucie fand das Bild gerade recht hübsch.

„Aber es ist ein Porträt und nicht ähnlich," sagte
Herr Keller, das Buch noch einmal aufschlagend.

„Ein Porträt? Ist es eine wahre Erzählung?"
forschte Lucie.

„Teilweise ja," war die Antwort.

„Ich habe die Frau mehr als einmal gesehen,"
fügte Herr Keller hinzu.

„Was muß das für ein schwerer Kampf für die
Mutter gewesen sein," sagte Lucie; „lebt sie noch,
Onkel? und ist das Kind noch in der Blindenanstalt?"

„Ich weiß es nicht," antwortete Herr Keller, und
indem er plötzlich dem Gespräche eine andere Wendung
gab, fragte er Lucie, ob sie nach dem Kaffee mit ihm

spazieren gehen wolle. Begreiflicherweise war sie sehr
gern bereit, und während des Spazierganges kam ihr
Onkel immer mehr zu dem Bewußtsein, daß es für ihn
doch ein großer Gewinn sei, eine Nichte bei sich zu
haben, mit der man sich so gut unterhalten könne.

Als Lucie am folgenden Tage das Buch noch ein=
mal in die Hand nahm und das gestern Gelesene
wieder überflog, fiel ihr Blick zufällig auf die Unterschrift:
M. K. Frankfurt a/M.
„Ach, wie gern möchte ich die Person kennen lernen,
welche die schöne Geschichte geschrieben hat; wie liebens=
wert muß sie sein," dachte sie. „Wieviel Gefühl muß
sie haben. Ich hoffe, ich begegne ihr einmal; wer weiß,
ob ich gestern nicht an ihr vorbeigegangen bin."

Sie suchte und fand in einem der folgenden Bände
eine Erzählung mit derselben Unterschrift und fing so=
gleich an zu lesen; aber sie las mit viel weniger Genuß.
Es war die Geschichte zweier Jungen, von denen der
eine unausstehlich brav und der andere unglaublich
schlecht war, die, nach allerhand Erlebnissen und Schand=
thaten, endlich nach Verdienst belohnt und bestraft wurden.

„Das finde ich häßlich," sagte Lucie zu ihrem
Onkel, der gerade ins Zimmer kam, als sie mit ihrer
Erzählung zu Ende war.

„So? warum?" fragte Herr Keller, der Mühe hatte,
nicht zu lachen.

„Nun, Onkel, hast du die Geschichte nicht gelesen?"
fragte Lucie.

„Vor langer Zeit," war die Antwort, „erzähle mir
einmal den Inhalt, vielleicht besinne ich mich dann darauf."

Lucie that dies und fügte hinzu, sie könne den entsetzlich braven Jungen nicht ausstehen.

„Ach so, also zieht meine Nichte die bösen Buben vor?" fragte Herr Keller neckisch.

„Nein, das gewiß nicht, aber weißt du, ich finde den Jungen so schwach, so artig, so einen . . ., findest du das nicht auch, Onkel?"

„Ja, Lucie, du hast recht; ich erinnere mich jetzt auch, daß wenig Leben in dem Jungen steckt, aber es stehen viel schönere Erzählungen in dem Buche, zum Beispiel . . ." und Herr Keller blätterte darin.

„Ich sah auf den Namen," sagte Lucie, „und ich fand die erste Erzählung von dem Herrn M. K. so schön. Sag' Onkel, kennst du den Verfasser? Wohnt er in Frankfurt?" fragte Lucie.

„Ich glaube wohl," sagte Herr Keller nachdenklich.

„Und wie ist er, Onkel? ist er nicht sehr unter= haltend? Ist es nicht herrlich, mit ihm zu sprechen?" fragte Lucie."

Herr Keller lachte und sagte: „Auf die Frage kannst du besser Antwort geben als ich, Lucie."

„Ich?" fragte Lucie verwundert; aber in demselben Augenblick wurde ihr klar, wer der Herr M. K. sein müsse; sie wurde verlegen und stammelte errötend: „Ach, Onkel, du . . ."

Herr Keller ergötzte sich einige Augenblicke an der Verlegenheit seiner Nichte und sagte dann in vertrau= lichem Tone: „Ja, Lucie, es war schon früher eine Liebhaberei von mir, etwas zu schreiben; aber so lange ich eine feste Anstellung hatte, konnte ich nicht dazu kommen, und obgleich ich schon manchmal etwas schrieb, wurde doch nicht viel daraus. Die Erzählung, die du heute morgen gelesen hast . . ."

„Ach, Onkel, es thut mir so leid . . . ich wußte nicht . . ." fiel Lucie ihrem Onkel ins Wort, aber Herr Keller sagte: „Laß es dir nicht leid sein, Lucie, es hat mir Vergnügen gemacht, dein richtiges Urteil zu hören; die Erzählung ist wirklich schlecht. Sie war auch wahrlich nicht für den Druck bestimmt, und es thut mir leid, daß sie erschienen ist; aber der Herausgeber war damals in Verlegenheit und bat mich so dringend darum, daß ich mich halb gegen meinen Willen überreden ließ, sie ihm zu geben, obwohl sie mir gar nicht gefiel."

„Ich würde dir dies mein Geheimnis nicht mitgeteilt haben," fuhr Herr Keller nach augenblicklichem Schweigen fort, während dessen Lucie immer noch vor sich niederblickte, „wenn ich nicht wüßte, daß auch in deiner Seele der Gedanke einmal aufgekommen ist, zu schreiben. Und vor einer angehenden Kollegin kann ich doch kein Geheimnis haben," fügte er lachend hinzu.

„Wie fängt man es an, um Schriftstellerin zu werden?" fragte Lucie, die bei den Worten ihres Onkels vor Vergnügen errötete.

„Liebes Kind, welche Frage!" lachte Herr Keller.

„Ach! Onkel, sage es mir einmal," bat Lucie in flehendem Tone.

„Nun natürlich, indem man es sein will und kann," entgegnete Herr Keller; „wenn man ein gesundes Urteil hat und eine feine Beobachtungsgabe besitzt, durch Leichtig-

keit im Schreiben, dadurch), daß man sich gut in die
Denkungsweise anderer versetzen kann, durch . . . ja,
ich kann es dir wahrhaftig nicht genauer erklären.
Ich glaube, daß das Lesen und Beurteilen der Arbeiten
anderer auch ein sehr gutes Mittel ist, das Schrift=
stellertalent auszubilden," fügte er hinzu.

„Ich möchte gern Schriftstellerin werden," erklärte
Lucie ernsthaft.

„Wenn du es willst, so fragt es sich nur noch, ob
du es auch kannst," entgegnete Herr Keller, „das wirst
du nun versuchen müssen."

„Willst du mir helfen, Onkel?" fragte Lucie.

„Gewiß, sehr gern," war die Antwort. „Komm
des Morgens auf mein Zimmer, dann wollen wir beide
dahinter zu kommen suchen, ob du wirklich Talent hast."

Lucie nahm das Anerbieten dankbar an. Sie fand
es herrlich, daß ihr Onkel die Frage so ernsthaft be=
handelte, und ging fortan alle Morgen mit ihm hinauf,
zur großen Verwunderung von Kathrine und Marie,
die kopfschüttelnd einander versicherten, es sei eine wahre
Sünde und Schande für ein so nettes, liebes Mädchen,
daß es sich so in einem Studierzimmer vergrübe. Kathrine
nahm sich fest vor, einmal mit ihrem Herrn darüber
zu sprechen. „Die alten Herren meinen, junge Leute
müssen ebenso trocken sein wie sie," sagte sie; „aber ich
werde ihm einmal klar machen, daß es eine Schande ist,
seine Nichte so einzuschließen." Zu ihrer Verwunderung
merkte sie aber, daß es Luciens eigener Wille war.

„Des Menschen Wille ist sein Himmelreich," sagte
nun Kathrine; es blieb ihr aber allzeit ein Rätsel, daß

‚das Kind' nicht lieber unten am Fenster saß, wo eine
herrliche Aussicht war; sie konnte auch nicht unterlassen,
ihre Verwunderung darüber gegen die Milchfrau zu
äußern.

„Jetzt habe ich das neue Fräulein noch gar nicht
einmal gesehen," sagte jene eines Tages zu Kathrine.

„Liebe Frau, wir sehen sie selbst kaum; sie sitzt
immer oben beim Herrn und hat Bücher und Papiere
vor sich," antwortete Kathrine.

„Was Sie sagen!" rief die Frau und schlug die
Hände zusammen.

„Ja, ich muß gestehen, ich habe in meinem ganzen
Leben, so alt wie ich bin, so etwas noch nicht gesehen,"
versicherte Kathrine kopfschüttelnd.

„An wen schreibt sie denn? Hat sie vielleicht einen
Verehrer?" fragte die Milchfrau gespannt, da sie kein

besseres Mittel wußte, um das Gespräch auf ihren
eigenen Anbeter zu bringen.

„Ach nein, sie schreibt keine Briefe; Gott bewahre,
sie sitzt immer dort wie — nun, wie soll ich sagen? —
gerade wie der Herr beim Studieren," sagte Kathrine,
indem sie eine Bewegung nach der Thür machte, woraus
die Milchfrau schloß, daß Kathrine keine Zeit mehr für
sie habe.

Sie sparte deshalb ihre vertraulichen Mitteilungen
für den folgenden Tag auf und entfernte sich, nachdem
sie noch die Bemerkung gemacht hatte, daß Reichtum
oft ganz närrisch mache, worauf Kathrine die Thür
zumachte und sich später bei Marie beklagte, daß die Milch=
hanne eine zu große Klatschbase sei.

Achtzehntes Kapitel.

Ein Brief von Anna und eine Modewaren-händlerin.

❦

Schon manchen Tag hatte Lucie auf Nachricht von Anna gewartet, als sie endlich einen langen Brief folgenden Inhalts erhielt:

„Meine liebe Lucie!

Welch ein Segen ist es doch, daß das Brief-schreiben erfunden worden ist und wir uns mit den Abwesenden unterhalten können, wenn auch weniger eingehend, als wenn man einander gegenübersitzt. In manchen Fällen hat man sogar noch etwas voraus, denn oftmals wage ich nicht, etwas zu sagen, was ich mich zu schreiben getraue. Kannst Du das begreifen? Ich verstehe es selbst nicht, und doch, Lucie, ist es so. Als Du mir zuletzt gegenüber saßest auf dem Plätzchen, auf dem ich Dich jetzt immer vermisse, hatte ich eine Frage auf der Zunge, und obschon ich weiß, daß Du mir gern jeden Gefallen thust, der in Deiner Macht steht, ließ ich Dich· doch weggehen, ohne Dir meine Bitte vorgetragen zu haben. Und es hing doch für

mich so viel von der Erfüllung der Bitte ab, Lucie, denn
— aber ich will Dir jetzt alles der Reihe nach erzählen:

Schon vor langer Zeit hörten wir Papa und
Mama einmal darüber sprechen, daß es ihnen so schwer
würde, auszukommen, und so machten meine Schwestern
und ich allerlei (meist sehr dumme) Pläne, um etwas
zu verdienen. Es dauerte lange, bis wir etwas Aus=
führbares ausgedacht hatten, aber endlich hörten wir
von Damen sprechen, die für Läden stickten, und Suse,
Jeannette und ich fingen sogleich ein Paar Hemden=
einsätze an. Wir wählten sehr schöne, aber auch sehr
mühsame Muster, so daß Suse und Jeannette sie noch
lange nicht fertig hatten, als sie, wie Du weißt, Stellen
annahmen. Da ihre Zeit dort sehr in Anspruch ge=
nommen ist, nahmen sie ihre Arbeit nicht mit, sondern
ließen sie mir da. Ich habe Kornelie, die auch ganz
hübsch stickt, das Geheimnis mitgeteilt, und nun macht
sie Susens Einsätze fertig, während ich, da der meinige
vollendet ist, den Jeannettens übernommen habe. Wir
haben ganz gut Zeit dazu, denn wir stehen jeden Morgen
sehr früh auf, so daß wir schon anderthalb Stunden fleißig
gearbeitet haben, ehe Mama herunterkommt. Früher
blieben wir manchmal des Abends länger auf, aber
Suse hat mir das Versprechen abgenommen, dies nicht
mehr zu thun, und, da ich etwas schwache Augen habe,
folge ich ihr gewissenhaft. In wenigen Tagen werden
die drei Einsätze und einige Meter Stickerei fertig sein,
aber jetzt, Lucie, kommt die Schwierigkeit. Die Arbeit
muß verkauft werden! Willst Du versuchen, einen Käufer
dafür zu finden? In Frankfurt soll es, wie ich höre,

so viele große Läden geben! Soll ich die Sachen waschen oder nicht, was rätst Du mir?

O, wie herrlich muß es sein, wenn wir Papa das selbstverdiente Geld geben können! Ich höre, daß gestickte Wäsche so teuer ist, und unsere Arbeiten sind sehr fein und mühsam. Wieviel glaubst Du, daß man ungefähr dafür bekommen kann? Ich hoffe, Lucie, daß ich Dir mit dieser Bitte nicht allzu lästig ·fallen werde; mir thust Du einen großen Gefallen mit deren Erfüllung. Mit Papa geht es nicht schlimmer, aber doch auch nicht viel besser. Der Doktor meint, Luftveränderung werde ihm sehr gut thun, aber Papa glaubt nicht daran.

Der Hilfsprediger ist diese Woche gekommen; er hat eine wohllautende Stimme und ein angenehmes Gesicht, und darüber bin ich sehr froh: denn unter uns gesagt, ich meinte, ich würde gar nicht mehr gern in die Kirche gehen, solange Papa krank ist, und jetzt bin ich überzeugt, daß es mich viel weniger Überwindung kosten wird, als ich dachte.

Die arme Frau Schulte ist sehr krank; ich fürchte, die große Haushaltung geht über ihre Kräfte. Mama, die heute morgen dort war, fand sie wieder etwas besser, aber gestern stand es recht schlecht um sie. Martha ist unlängst acht Tage zu Haus gewesen, aber dann ließen sie Herr und Frau von Düring wieder abholen, da sie es nicht länger ohne sie aushalten könnten. Wie ist doch Marthas Lage sonderbar! Sie machte sich viel Sorge um ihre Mutter, und doch schien sie andererseits froh, bald wieder weggehen zu können. Wenn ich noch

etwas anderes über die Kranke höre, schreibe ich es
noch, sonst schicke ich diesen Brief, der unbemerkt sehr
lang geworden ist, ab, obgleich ich mich noch längst
nicht ausgesprochen habe. Lebe wohl, liebe Lucie, und
denke und schreibe an

Deine Anna."

Anna schien nichts mehr von Frau Schulte ge=
hört zu haben, wenigstens erhielt Lucie keine weitere
Nachricht in ihrem Briefe.

„Das ist gar kein angenehmer Auftrag, den Anna
mir da giebt," dachte Lucie. „Ich kenne hier niemand,
und obgleich sich wohl überall Gelegenheit bietet, aller=
hand zu kaufen, fürchte ich sehr, daß das Verkaufen
eine Kunst ist, die viel mehr Mühe macht."

Es kam ihr aber gar nicht in den Sinn, den Auf=
trag von sich zu weisen, und sie fragte gleich, nachdem
sie den Brief gelesen hatte, nach einem Wäsche= und
Stickereigeschäft. Kathrine beschrieb ihr den Weg so
gut wie möglich, und Lucie schritt voller Mut nach
dem angegebenen, sehr eleganten Laden.

Sie fühlte sich erst etwas verlegen, aber nachdem
sie einige Kleinigkeiten gekauft hatte, fragte sie, ob sie
die Besitzerin des Ladens sprechen könne.

Das Ladenmädchen, das sie bedient hatte, zog an
einer Klingel und ließ Lucie in ein großes Zimmer
hinter dem Laden treten, in dem bald die Besitzerin
erschien in der Person einer dicken Dame, die nach Lu=
ciens Ansicht sehr impertinent aussah.

„Sie wünschen mich zu sprechen," begann die Dicke,
„was steht zu Diensten?"

„Ich möchte Ihnen sagen," fing Lucie an und er=
rötete, ohne zu wissen warum, „daß eine junge Dame,
eine Bekannte von mir, einige Stickereien verfertigt
hat, und gern von Ihnen wissen möchte, ob sie dieselben
hier verkaufen kann."

Lucie sah die Dame an, und diese sagte achsel=
zuckend: „Ach, mein Fräulein, wie Sie wohl wissen,
bekommen wir die Sachen aus den Fabriken, und da=
gegen kann Handarbeit nicht aufkommen."

„Meine Freundin arbeitet sehr schön," sagte Lucie.

Die Dicke zog die Schultern wieder etwas ver=
ächtlich in die Höhe und fragte: „Haben Sie die Arbeit
bei sich?"

„Nein," sagte Lucie, „ich wollte nur wissen, ob
Sie geneigt sind, dieselbe zu kaufen, und was ungefähr
dafür bezahlt wird."

„Ich kann doch unmöglich etwas kaufen, was ich
nicht gesehen habe," antwortete die Dame aufstehend,
um Lucie anzudeuten, daß das Gespräch zu Ende sei.

„Sobald ich die Arbeit habe, werde ich sie Ihnen
zeigen," sagte Lucie, „aber ich möchte gern den äußersten
Preis wissen, da meine Freundin . . ."

Die Dame schien nicht an die Freundin zu glauben
und fiel Lucie ins Wort: „Wenn Sie die Arbeit fertig
haben und mir zeigen wollen, will ich sehen, ob ich
Ihre Bitte gewähren kann, aber was den Preis an=
geht, so ist alle derartige Arbeit so billig, daß man
die reizendsten Stickereien für ein paar Pfennige kaufen
kann. Handarbeiten kann ich im Laden nicht ver=
kaufen und werde sie nur zum eigenen Gebrauch nehmen."

„Hemdeneinſätze, zu deren Fertigmachen man meh=
rere Wochen braucht, können doch nicht ganz billig
ſein?" fragte Lucie enttäuſcht.

„Vielleicht drei, höchſtens vier bis fünf Mark,"
ſagte die Dame. „Ich will nicht behaupten, daß ein
Liebhaber nicht mehr dafür zahlen würde, ich gewiß

nicht. Es ſind ſchon öfter ähnliche Bitten an mich ge=
richtet worden, und mein gutes Herz veranlaßte mich
manchmal, etwas Derartiges zu kaufen, aber ich bin
immer darauf ſitzen geblieben. Steht noch etwas zu
Dienſten?"

„Ich danke," ſagte Lucie, „es thut mir leid, aber
wenn Sie die Arbeit ſehen . . ."

„Nun, nun, wenn ſie ſehr ſchön iſt," unterbrach
ſie die Dicke großmütig, „dann ſoll es mir auch auf
eine Mark mehr nicht ankommen. Ich denke noch der
Zeit, da es mir ſelbſt ſchwer fiel, zu Geld zu kommen.
Aber wollen Sie einen Rat von mir annehmen, Fräu=

leinchen? Sticken Sie nicht, um Geld zu verdienen. Gehen Sie lieber in einen Putzladen, da giebt's noch etwas zu verdienen, aber die Stickereien tragen wahr= haftig nichts ein."

Lucie hatte beinahe Lust, böse zu werden über den gönnerhaften Ton, den die Dicke ihr gegenüber an= schlug, und andererseits hätte sie gern gelacht, weil die Dame alles in einer Art und Weise hervorbrachte, als ob ihr Scharfsinn ihr sogleich verraten habe, daß die Freundin gar nicht vorhanden sei. Lucie sah ein, daß weitere Auseinandersetzungen doch zu nichts führen würden, und ging wieder nach Hause, sehr betrübt dar= über, daß sie der armen Anna so ungünstigen Bescheid geben mußte.

„Schlechte Nachrichten kommen immer früh ge= nug," dachte Lucie, „deshalb werde ich Anna nicht so= gleich antworten; vielleicht giebt es noch ein anderes Mittel, ihr zu helfen."

Ein sehr einfaches Mittel, das auf der Hand lag, kam ihr nicht in den Sinn, bis sie am nächsten Sonn= tag mit Karl, der sein Schwesterchen wieder einmal besuchte, spazieren ging.

„Aber Lucie," sagte Karl, als sie ihm alles erzählt hatte, „warum kaufst du denn Annas Arbeit nicht selbst?"

„Daran habe ich noch nicht gedacht," war die Antwort; „aber wird das Anna auch recht sein?"

„Nun, warum nicht? und außerdem braucht sie es ja gar nicht zu erfahren. Sie bittet dich darum, ihre Arbeit zu verkaufen, und du wirst selbst die Käu=

ferin; nichts ist einfacher. Sie bildet sich ein, daß
die Arbeit gut bezahlt wird; nun, wir sind wohlhabend
genug, du schickst ihr soviel, wie du denkst, daß du
irgend kannst, ohne daß es ihr auffällt. Es ist ihr
doch natürlich einerlei, ob Hinz oder Kunz die Sticke=
rei kauft. Hast du nicht Geld genug, dann kann ich
dir aushelfen. Ich hatte die guten Pastorsleute immer
sehr gern, und ich finde das so allerliebst von Anna,
daß ich vor Rührung fast weinen könnte.“

„Thu’ es doch,“ sagte Lucie hocherfreut über Karls
Rat.

„Um mich von dir auslachen zu lassen,“ erwiderte
Karl. „Nein, Lucie, ich werde mich wohl hüten. Auch
scheine ich doch nicht so nahe ans Wasser gebaut zu
haben. Erzähle mir lieber, wie es dir beim Onkel
gefällt.“

„Ausgezeichnet,“ antwortete Lucie heiter.

„Wird dir die Zeit nicht manchmal lang?“
forschte Karl weiter.

„Lang?“ wiederholte Lucie, „o bewahre, sie ver=
fliegt förmlich. Aber der Onkel thut auch alles, um
mir Vergnügen zu machen. Ich bin schon dreimal in
der Oper gewesen, was ich recht genossen habe, und
fast jeden Abend ist irgend etwas los. Ich habe auch
schon viele Bekanntschaften gemacht.“

„So? Das freut mich. Ich fürchtete, du möchtest
dich langweilen, und der Morgen vor allem würde
etwas eintönig für dich sein.“

„Durchaus nicht,“ rief Lucie lebhaft; aber sie
schwieg plötzlich still, da sie fürchtete, Karl würde sie

auslachen, wenn sie ihm erzählte, daß sie wieder an=
gefangen habe, sich im Schreiben zu üben.

„Was thust du denn?" fragte er.

„Nun, erst sehe ich zum Fenster hinaus und zähle,
wieviel Menschen vorbeikommen; dann höre ich auf
Kathrinens interessante Erzählungen, oder ich unter=
halte mich mit dem Betrachten von Modekupfern."
An der heitern, neckischen Weise, in welcher Lucie
ihre angeblichen Beschäftigungen aufzählte, merkte Karl
zu seiner Freude, daß sein Schwesterchen durchaus nicht
Gefahr lief, in Trübsinn zu verfallen.

Neunzehntes Kapitel.

Traurige Berichte.

❦

So eingenommen Lucie von dem war, was sie Anna mitzuteilen hatte, so hatte sie doch das Schreiben aus allerhand Gründen noch immer verschoben, und als sie gerade anfangen wollte, erhielt sie von Anna eine Nachricht, die sie sehr betrübte. Sie hörte — aber lassen wir Anna lieber selbst reden.

„Liebe Lucie," schrieb diese. „In kurzen Worten will ich Dir zu wissen thun, was sich hier Trauriges ereignet hat. Ich schrieb Dir bereits, daß Frau Schulte sehr krank sei. Nun, sie wurde von Tag zu Tag schwächer, so daß der Doktor ihren Zustand sehr bedenklich fand. Es trat zwar unvermutet eine Wendung zum Bessern bei der Kranken ein, und man hoffte, die Gefahr würde nun beseitigt sein. Wenn auch langsam, kehrten doch allmählich die Kräfte wieder zurück, und Frau Schulte durfte täglich eine Stunde aufstehen. Vorgestern hatte man sie gerade vom Bett auf das Sofa gebracht, auf dem sie halb lag, als sie heftig erschreckt wurde, indem Franz die Treppe hinunterfiel.

Das Kind kam mit blutender Stirn und einigen Quetschungen an Armen und Beinen davon, aber Frau Schulte, die wahrscheinlich, ihrer Schwäche vergessend, aufgesprungen war, um ihm zu Hilfe zu eilen, wurde bald darauf bewußtlos mitten im Zimmer gefunden.

Vielleicht hat sie dort auch länger ohne Hilfe gelegen, als man weiß, denn Herr Schulte war auf dem Bureau, und Trudchen half dem Mädchen, das Kind zu verbinden, ehe sie zu ihrer Mutter ging. Wie dem auch sei, abends lag Frau Schulte in hitzigem Fieber. Der Arzt riet, einen Eilboten an Martha zu schicken, da er fürchtete, das Ende könnte nicht mehr fern sein. Frau Schulte rief im Fieber immer nach Martha, und so sandte Herr Schulte sogleich einen berittenen Boten zu ihr. Als dieser in Düringsfelde ankam, lag Martha bereits zu Bett und war gerade eingeschlafen. Sie hatte nachts bei Frau von Düring, die auch krank war, gewacht; Herr von Düring wollte nicht zugeben, daß sie geweckt würde, weil er um ihre Gesundheit besorgt war. Du kannst Dir vorstellen, wie schrecklich es für Martha gewesen sein muß, beim Erwachen zu hören, daß sie seit einigen Stunden von Minute zu Minute zu Hause erwartet werde. Natürlich fuhr sie sofort hierher, aber die Ärmste kam zu spät; sie hat ihre Mutter nicht mehr lebend gesehen. Eine Viertelstunde vor ihrer Ankunft war Frau Schulte, mit dem Namen ihrer ältesten Tochter auf den Lippen, sanft entschlafen.

Papa war gerade im Haus, als Martha ankam. Ich fragte ihn, wie sie sich benommen habe. „Sehr sonderbar," sagte Papa, „sie war so nervös aufgeregt,

und vielleicht infolgedessen so schrecklich laut in den
Äußerungen ihres Schmerzes, daß es entsetzlich war,
sie zu sehen." Papa riet ihr, sich sogleich zu Bett zu
legen, und glücklicherweise hat sie seinen Rat befolgt.
Ich gehe jetzt hin und werde Dir dann erzählen, wie
ich die Arme gefunden habe."

Am Abend desselben Tages:

„Als ich heute morgen zu Martha kam, fand ich
sie im hintern Zimmer unbeweglich am Tische sitzen.
Sie war todenblaß und sah sehr merkwürdig aus, da
sie die Haare ganz glatt aus dem Gesicht gestrichen
hatte. Dabei war ihr Kleid vorn eckig ausgeschnitten,
und sie hatte keinen Kragen um. Vor Schmerz war
sie natürlich nervös und kalt, und so sah sie mit dem
bloßen Hals so schrecklich aus, daß ich Mühe hatte,
unsere alte Martha wiederzuerkennen. Ich stand schon
dicht bei ihr, als sie mich noch nicht gesehen zu haben
schien. Ich näherte mich ihr und schlang die Arme
um ihren Hals, während ich mich bemühte, etwas zu
sagen; aber ich war so betrübt, daß ich kein Wort
hervorbringen konnte. Sie sagte mir ruhig guten
Tag, bot mir einen Stuhl an, der ihr gegenüberstand
und blieb wieder unbeweglich sitzen, den Kopf auf die
Hände gestützt.

,Meine liebe Martha, du hast einen schweren
Verlust erlitten,' brachte ich endlich mit Mühe hervor.
Sie nickte zustimmend, ohne etwas zu erwidern — ich
kann Dir versichern, ich habe mich in meinem ganzen
Leben noch nicht so unbehaglich gefühlt, wie in dem
Augenblick.

‚Bist du nicht wohl?‘ fragte ich weiter.

‚Wohl?‘ wiederholte sie in dumpfem Ton, ohne etwas hinzuzufügen.

‚Du siehst so blaß aus, binde doch ein Tuch um,‘ bat ich. Sie fühlte nach ihrem Hals und sagte fast verdrießlich: ‚Ach, was liegt daran, ob ich friere oder nicht. Ich habe sie nicht mehr gesehen,‘ fügte sie hinzu, und als ob ich nun genug wisse, um ihr Stillschweigen zu entschuldigen, legte sie die Hand vor die Augen und blieb gerade so sitzen, wie vorher.

Ich wollte mich entfernen, da ich meinte, ihr lästig zu sein, als Herr Schulte eintrat und mit ihm Fräulein Rudolph, die zufällig bei Freunden in der Nachbarschaft zu Besuch war. Sie war sehr gesprächig und hatte in den ersten zehn Minuten wer weiß wieviel Fragen gethan. Martha antwortete erst stumpf und teilnahmslos, aber allmählich schien sie zu erwachen und fing an, lebhaft mitzusprechen. Ich hätte das unausstehliche Fräulein Rudolph gern fortgeschickt, um allein mit Martha sprechen zu können, aber daran war natürlich nicht zu denken. Ich mußte im Gegenteil zusehen, wie sie Martha allmählich in ein so eifriges Gespräch verwickelte, daß ich mir deren eiskalte Ruhe beinahe zurückwünschte. Es soll mich nicht wundern, zu hören, daß Martha krank geworden ist, denn sie schwatzte allerhand verkehrtes Zeug. Einmal klagte sie ihren Vater an, daß er sie nicht früher hatte holen lassen, dann beschuldigte sie Herrn von Düring, weil dieser durch seine übertriebene Fürsorge schuld daran war, daß sie zu spät gekommen. Einmal meinte sie,

sie werde in ihrem Leben keine ruhige Stunde mehr haben, da ihr der Segen der Mutter fehle, dann wieder, daß es ihr leid thue, nun ihre Mutter sie doch nicht mehr nötig habe, ihre liebe Frau von Düring so lange allein lassen zu müssen.

Ich will aber lieber alle weiteren Mitteilungen über Marthas unzusammenhängende Reden unterlassen, denn, was ich geschrieben habe, liebe Lucie, wird mehr als genügend sein, um Dich erkennen zu lassen, daß dieser Besuch eine schreckliche Stunde für mich war.

Wie gern hätte ich Martha ebenso betrübt ge=sehen, wie Trudchen und Robert, die beide so still=traurig waren. Ich habe unten im Hause noch lange mit Trudchen gesprochen; sie ist ein gutes, liebes Mädchen!

Leb' wohl, liebe Lucie, ich hätte Dir noch viel mehr zu schreiben, aber ich bin jetzt zu sehr von Martha erfüllt, um an etwas anderes denken zu können. Bald bekommst Du wieder einen Brief von

Deiner Dich liebenden
Anna."

Natürlich nahm Lucie herzlich teil an dem Ver=lust, den Martha erlitten. Sie wußte, was es heißt, eine Mutter zu verlieren und konnte sich so ganz in Marthas Lage versetzen; aber es war doch ein großer Unterschied zwischen den beiden Trauerfällen. Lucie, die ihre Mutter stets mit soviel Liebe umgeben hatte, konnte immer mit wehmütiger Freude an sie zurück=denken, aber würde Martha dies auch können? Würde sie sich nicht immer anklagen müssen, durch ihr Fort=gehen schuld daran gewesen zu sein, daß ihre Mutter sich über ihre Kräfte angestrengt hatte? Lucie schien das zu fürchten, denn als sie damit beschäftigt war, einen Kondolenzbrief an Martha zu schreiben, legte sie die Feder hin und seufzte: „Ach, die arme Martha, sie hat sicher doppelten Kummer."

Lucie bat Martha eindringlich, ihr einmal zu schreiben; aber zu ihrem Leidwesen erfolgte keine Antwort auf ihren herzlichen Brief, so daß sie annehmen mußte, Martha wolle die Korrespondenz nicht wieder beginnen.

Zwanzigstes Kapitel.

Martha.

❦

„Ach, liebe Martha, hilf mir doch ein wenig," bat Trudchen ihre Schwester am Tage nach der Beerdigung. „Ich bin so müde und möchte doch so gerne, daß Papa alles rechtzeitig in Ordnung findet."

„Du hast recht, was ist denn zu thun?" fragte Martha.

„Nun, alles Mögliche," antwortete Trudchen etwas verwundert. „Willst du hier das Frühstück abräumen und die Lampen zurechtmachen? dann gehe ich hinauf, oder willst du lieber, daß ich hier aufräume?"

„Ach nein, es ist mir einerlei," sagte Martha, während sie unbeweglich sitzen blieb.

„Nun, dann geschwind, hier ist das Tassentuch," sagte Trudchen, die augenscheinlich wünschte, Martha anfangen zu sehen.

Martha blieb trotzdem sitzen. „Der arme Papa," sagte Trudchen, die Thürklinke in der Hand haltend, „es würde mir so leid thun, wenn ihm Mama bei jeder Kleinigkeit fehlte, da wir doch so gut achtgeben

können, daß alles so pünktlich seinen Gang geht, als
ob Mama noch lebte. Sie sorgte immer so für Ord=
nung und Pünktlichkeit."

„Ja," sagte Martha mit dumpfer Stimme, und
Trudchen, die einsah, daß sie selbst auch nicht weiter=
kommen würde, während sie versuchte, Martha an die
Arbeit zu bringen, verließ das Zimmer und verrichtete
ihre eigenen Geschäfte; als sie aber wieder eintrat,
mußte sie zu ihrer großen Enttäuschung sehen, daß die
Tassen noch ungespült dastanden, gerade so, wie sie die=
selben verlassen hatte.

Ein ärgerliches: „Aber Martha," kam auf ihre
Lippen, aber sie bezwang sich noch und fing an, den
Frühstückstisch abzuräumen und die Tassen zu spülen,
was nun doppelt soviel Zeit in Anspruch nahm, da
sich das Wasser abgekühlt hatte.

„Bist du krank, Martha?" fragte sie mit einem
besorgten Blick auf das todenbleiche Antlitz ihrer
Schwester.

„Ja, sehr krank," war die Antwort. „Ich möchte
mich gern einmal ausweinen, aber das kann ich nicht.
Ich kann niemand sagen, wie traurig mir zu Mute ist.
Ich wollte, ich wäre nicht von euch fortgegangen, —
möchte — ach, ich weiß eigentlich selbst nicht recht,
was ich möchte, aber glaube mir, du bist hundert=
mal glücklicher, als ich."

„Wir sind eben alle unglücklich, weil wir unsere
liebe Mutter verloren haben," sagte Trudchen, und
Thränen erstickten ihre Stimme; „aber Martha, das
Beste, was wir nun thun können, ist, uns so zu be=

tragen, als ob Mama noch bei uns wäre; denn weißt
du was? ich möchte um alles in der Welt nicht, daß
eine Fremde in unser Haus käme."

„Wieso?" fragte Martha.

„Nun, Papa hat zu Robert gesagt, er wolle ein=
mal sehen, wie es mit der Wirtschaft gehen würde;
wenn er merkt, daß wir nicht genügen, will er Fräu=
lein Rudolph ins Haus nehmen. Stelle dir einmal
vor, wie gräßlich es sein muß, die schreckliche Person
an Mamas Stelle zu sehen. Ich bekam einen kalten
Schauer, als ich es hörte, und Robert war auch sehr
dagegen. Er riet, unser Möglichstes zu thun, und vor
allen Dingen dafür zu sorgen, daß die Mahlzeiten
pünktlich eingehalten werden, da die Herren dadurch
am ersten den Eindruck von Ordnung oder Unordnung
bekommen. Das läßt sich hören, denn wie soll Papa
merken, ob die Wäsche oder die Näherei kürzer oder
länger liegen bleibt! Fändest du es nicht auch schreck=
lich, wenn Fräulein Rudolph ins Haus käme?" fragte
Trudchen, nachdem sie einige Augenblicke vergeblich auf
eine Antwort von Martha gewartet hatte.

„Ich glaube wohl," sagte Martha kurz.

Zwei Tage später fragte Robert Martha, ob sie,
da sie seine Drehbank noch nicht gesehen habe, einmal
mit ihm auf den Speicher gehen und zu gleicher Zeit
einige Sachen, die er gemacht hatte, betrachten wolle.
Oben angekommen, zeigte er ihr erst die Bank und dann
einige sehr nett gearbeitete Gegenstände, von denen sie
aber wenig Notiz nahm.

„Wie unangenehm muß es doch sein, eine so häß=
liche Jacke anzuhaben," sagte Martha plötzlich.

„Unangenehm?" wiederholte Robert, „nein, gerade
sehr bequem; sie hindert keine meiner Bewegungen, und
das würde ein Tuchanzug jedenfalls thun."

„Ja, das glaube ich, aber ich meine, es ist traurig,
daß du dein Leben einer Arbeit widmest, zu der du
solche Kleider nötig hast," sagte Martha.

„Weißt du, was ich traurig finde?" sagte Robert,
indem er seine Schwester starr ansah; „daß ich Mama
nichts mehr von dem erzählen kann, was ich thue, und
daß ich ihr nicht zeigen kann, was ich mache. Sie
interessierte sich immer für meine Fortschritte, und es
wird mich viel Überwindung kosten, mich mit ebenso
viel Eifer zu üben, nun ich ihre aufmunternden Blicke
entbehren muß." Robert hatte noch etwas auf der
Zunge; aber als er in das bleiche Gesicht seiner
Schwester sah, besann er sich und sagte: „Sieh, ich
hatte gerade dieses Bücherbrett angefangen; es war für
Mamas Geburtstag bestimmt; Trudchen sollte die
Halter dazu sticken."

„Sehr hübsch," versicherte Martha gleichgültig,
während sie die gedrehten Stäbe, fast ohne sie betrachtet
zu haben, wieder hinlegte.

„Ach, es ist nur gut," fuhr sie fort, „daß du dich
so gut wie möglich in dein Los schickst. Es kommt
mir immer so sonderbar vor, daß du ein Handwerker
bist, und es thut mir leid . . . ."

„Ach, schweig' doch, thörichtes Mädchen," rief
Robert, vielleicht ein wenig rauher, als er selbst wollte.

„Weißt du, was mir leid thut? daß du so verteufelt stolz geworden bist. Es braucht dir gar nicht leid zu thun, daß deine Brüder ihr Brot selbst verdienen müssen, und du solltest als Älteste wohl hier auch die Hände rühren, statt die vornehme Dame zu spielen und dadurch unser aller Leben zu verbittern."

„Ich verbittere niemand das Leben," sagte Martha halb weinend.

„Nicht? so —? wenn du das wirklich meinst, will ich dir einmal ein Licht aufstecken; denn, um die Wahrheit zu gestehen, suchte ich nur nach einer Gelegenheit, dich einmal allein zu sprechen. Wisse denn, Jungfer Martha, daß du dich von dem Augen= blicke an, wo du nach Haus gekommen bist, sehr lächer= lich angestellt hast. Papa vermißt seine Frau, die er so liebte; uns fehlt eine Mutter, wie es keine zweite mehr auf Erden giebt, und wir trauern alle. Wie würde es aber aussehen, wenn wir alle sagen wollten: ‚Ich bin viel zu traurig, um etwas zu thun,' und wenn wir alle gerade so still dagesessen hätten, um zu — wie soll ich nur sagen? — nun ja, wir wollen es trauern nennen, obschon ich nicht umhin kann, zu denken, daß du dir große Mühe giebst, einen sehr vornehmen Schmerz zu zeigen."

„Robert!" rief Martha entrüstet.

„Ja, es ist doch so, Martha, du stellst dich ge= rade so an, wie die Menschen in den Büchern, die ich las, als ich noch etwas mehr Zeit hatte. Einmal scheinst du taubstumm zu sein, und dann bist du wieder so laut, und ich habe mich stets verwundert, daß du nicht in Ohnmacht gefallen bist."

„Robert, wie bist du nur?" fing Martha an.

„Ja, ich bin etwas rauh," sagte Robert, „das weiß ich wohl, aber das ist deine eigene Schuld. Ich würde deinen Schmerz, wie er sich auch geäußert hätte, geehrt haben, wenn du dich nur jetzt anders betrügest; aber nein, es ist, als ob du immer vornehmer würdest. Trudchen thut alles, sie hat sich in der letzten Zeit durch Mamas Krankheit schon viel zu sehr angestrengt, und statt ihr nun etwas Ruhe zu verschaffen, bleibst du im Gegenteil wie eine Dame sitzen, die hoch über ihr steht, und lässest dich auch noch von ihr bedienen."

„Trudchen braucht mich nicht zu bedienen, und ich will ihr sehr gern helfen," sagte Martha, „aber du beurteilst mich viel zu hart. Ich bin nicht mehr daran gewöhnt, etwas zu thun, und überdies hat mich der schwere Schlag, der uns betroffen, in Wahrheit kraftlos gemacht. Es ist mir, als ob ich den ganzen Tag träumte."

„Dann kämpfe dagegen an," sagte Robert und fügte etwas herzlicher hinzu: „Martha, ich bitte dich, bei dem Andenken an unsere liebe Mutter, werde wieder wie früher. Du hast eine Zeitlang im Luxus gelebt — ob es zu deinem Glücke war oder nicht, mußt du selbst am besten wissen —, aber bedenke, daß du das Leben unseres Hauses viel länger gekannt hast, ein Leben, das alles andere eher ist, als großartig, aber doch ganz geeignet, die Menschen zufrieden und glück=lich zu machen. Nicht wahr? Du warst doch auch ge=rade so glücklich und zufrieden wie wir?"

„Ja," sagte Martha, jedoch nicht so entschieden, als es Robert wohl gewünscht hätte; er that indessen, als ob er das nicht bemerke, und fuhr fort: „Jetzt, Martha, ist der größte Teil unseres Glückes dahin, und doch können wir einander im Hause das Leben durch gegenseitige Liebe und durch —"

„Martha, Martha, der Wagen aus Düringsfelde, du sollst abgeholt werden," riefen die Kinder auf der Treppe, und durch diese unerwartete Nachricht wurde Martha verhindert, weiter auf das zu hören, was Robert sagte. Vielleicht war ihr das nicht leid, denn es war

ihr bei seinen Worten gar nicht behaglich zu Mute;
aber wie dem auch sein mochte, eins ist gewiß, daß
sie gar nicht lange darüber nachdenken konnte; denn der
Diener, der mit dem Wagen kam, berichtete, daß Frau
von Düring wahrscheinlich im Sterben liege und be=
ständig nach Martha rufe. Im Nu machte sich Martha
fertig und wollte gerade in den Wagen steigen, als ihr

einfiel, daß sie ihrem Vater noch nichts davon gesagt
habe. Sie eilte zurück und teilte ihm mit kurzen
Worten die traurige Nachricht mit.

„Das thut mir doppelt leid," sagte Herr Schulte;
„ich bin nicht nur wegen unserer alten Freundin sehr
betrübt, sondern hätte auch gern heute mit dir über
die weitere Regelung unserer Angelegenheiten gesprochen.
Jetzt will ich dich nicht aufhalten, aber ich erwarte
dich bald zurück. Jedenfalls schreibst du mir morgen?"

„Wenn ich kann,“ versprach Martha, und wie um den Eindruck dieser Worte zu verwischen, schlang sie die Arme um ihres Vaters Hals, küßte ihn und stieg ein.

Seufzend blickte Herr Schulte dem Wagen nach und wünschte in seinem Herzen, daß Frau von Düring nie in sein Haus gekommen sein möchte.

Sophie geht fort und Anna wird überrascht.

Während die Familie Schulte in tiefe Trauer ver=
setzt worden war, freute sich Herr von Langen
mit Frau und Tochter, daß er die gewünschte Anstellung
bekommen hatte. Sie konnten nun ihren Plan aus=
führen, von Mühlberg wegzuziehen und in Frankfurt zu
wohnen; aber es ging ihnen, wie es wohl öfter geht.
Denn als sie im Begriff waren, den Ort zu verlassen,
in dem sie so lange gelebt, fühlten sie erst, wie sehr sie
an demselben hingen, mehr, als sie selbst geglaubt
hatten. Sie fanden die Menschen bei näherer Über=
legung doch viel netter und herzlicher, als sie gemeint;
sie entschlossen sich deswegen, im Sommer immer
wieder dorthin zurückzukehren und ihr Haus nicht zu
verkaufen, wie sie erst beabsichtigt hatten. Frau von
Langen ging sogar soweit, zu behaupten, daß es ihr
im Grunde leid thue, das Städtchen zu verlassen, wor=
auf der Bürgermeister bös wurde; er war, wie er sagte,
gar nicht für den Wechsel gewesen und hatte sich all'
die Mühe nur für sie und Sophie gegeben.

„Ja, es ist wahr,“ sagte seine Frau, „wir wollten wegen unserer Sophie in die große Stadt ziehen, und ich freue mich, daß das Kind, das hier vor der Zeit alt geworden wäre, endlich etwas mehr Abwechselung bekommt.“

Während die Eltern einander versicherten, daß sie sich für Sophie aufopferten, erzählte diese Anna, daß sie die Veränderung wohl hübsch finde, aber sich doch auch wieder vor der neuen Lebensweise fürchte. Sie hatte gehört, daß die jungen Damen in der Großstadt die kleinen Landpomeranzen immer auslachten.

„Das bezweifle ich,“ sagte Anna, „wenigstens hat mir Lucie gar nichts davon geschrieben. Willst du etwas für mich mitnehmen, wenn du nach Frankfurt reisest?“

„Natürlich, mit Vergnügen,“ war die Antwort, „und wenn du später etwas hast, kannst du es immer unserm Verwalter geben, der uns doch jede Woche etwas schicken wird. Wir sind doch so alte Freundinnen! Lieber Himmel! wie lange kennen wir uns schon, Anna. Wir müssen die Freundschaft jedenfalls aufrecht erhalten. Mama hat schon gesagt, du müssest einmal zu uns nach Frankfurt kommen. Hast du Lust dazu?“

Annas Augen funkelten. Der Gedanke leuchtete ihr sehr ein; aber gleich darauf erkannte sie die mannigfachen Schwierigkeiten, die damit verbunden waren, und antwortete ruhig: „Ja, wenn es Papa wieder besser geht, komme ich sehr gern.“

„Wie geht es ihm denn?“ fragte Sophie.

„Der Arzt findet den Hals beſſer,“ ſagte Anna, „aber unglücklicherweiſe quält ſich Papa ſehr mit dem Gedanken, daß er ſeinem Beruf nicht nachgehen kann, und dieſe Niedergeſchlagenheit wirkt nachteilig auf ſeine Geſundheit ein.“

„Ich ſehe deinen Papa manchmal mit Herrn Ranke vorübergehen. Er predigt wunderſchön, und hat ein ſehr liebes Geſicht; findeſt du das nicht auch?“

„Ja,“ ſagte Anna.

„Er iſt gewiß ſehr liebenswürdig. Wie angenehm für euch, ſo einen Hausgenoſſen zu haben. Es thut mir leid, daß ich neulich nicht zu Haus war, als er uns beſuchte. Papa und Mama fanden ihn auch ſo unterrichtet. Unterhält er ſich viel mit dir?“ fragte Sophie.

„Nein, beinahe gar nicht,“ erwiderte Anna.

„Wie iſt das möglich?“ rief Sophie. „Wenn er ſo oft zu uns käme, würde ich ſchon dafür ſorgen, daß er ſich mit mir unterhielte.“

Anna lachte über die Aufregung, mit der Sophie ſprach und brachte das Geſpräch auf Martha.

„Weißt du, daß Frau von Düring geſtorben iſt?“ fragte Sophie.

„Nein, ich weiß nur, daß ſie ſehr krank war, und daß Martha ganz plötzlich wieder zu ihr gereiſt iſt,“ verſetzte Anna.

„Ja, heute morgen iſt die Todesnachricht ge= kommen, und du wirſt Martha bald wieder hier ſehen; es müßte denn ſein, daß ſie Herrn von Düring noch Geſellſchaft leiſtete,“ fügte Sophie lachend hinzu.

„Nun, das wird sie wohl nicht thun, sie ist doch
daheim zu nötig," meinte Anna.

„Vergiß nur nicht, mich immer hübsch auf dem
Laufenden zu erhalten über alles, was sich hier im
Städtchen zuträgt, liebe Anna," sagte Sophie, „dann
kann ich doch auch mit Lucie darüber sprechen. Hast
du mir keinen Brief an sie mitzugeben?"

„Nein, ich erwarte schon seit einigen Tagen einen
Brief von ihr," antwortete Anna.

„Nun, dann will ich ihr einmal die Leviten lesen,
daß sie dich so lange warten läßt," sagte Sophie und
entfernte sich lachend, nachdem sie zärtlichen Abschied
genommen hatte.

Anna wurde es recht wehe ums Herz, als sie die
letzte ihrer Freundinnen weggehen sah. Wohl würde
sie Sophie nicht so vermissen wie Lucie, aber doch kam
im Augenblick das Gefühl des Verlassenseins über sie, als
auch Sophie wegging. Vergebens suchte sie sich selbst zu
überzeugen, daß es gut war, daß das Kränzchen nicht
mehr bestand; sie hätte es ja doch nicht mehr regel=
mäßig besuchen können, nun ihre Schwestern nicht mehr
zu Hause waren; trotzdem dachte sie immer und immer
wieder daran, wie hübsch die Sonntagnachmittage ge=
wesen waren.

Während sie noch nachdenklich am Fenster stand,
sah sie die Kinder des Herrn Ravené durch das Dorf
kommen. Herr Ravené war der Herr, welcher die
Fabrik von Luciens Vater übernommen hatte. Er be=
saß fünf Kinder, allerliebste Geschöpfchen, und Anna,
welche die Kinder sehr gern hatte, schenkte ihnen manch=

mal Blumen, wenn sie am Pfarrgarten vorübergingen;
die beiden ältesten steckten auch, als sie jetzt vorbei=
kamen, die Näschen durch das Eisengitter, welches den

Garten umgab, um zu sehen, ob das ‚liebe Fräulein'
darin zu sehen wäre.

Anna lief auf sie zu und öffnete das Thor.

„Liebes Fräulein, liebes Fräulein, ich habe einen

Auftrag von Mama für Sie," rief Josephine, das älteste Mädchen, als sie Anna sah.

„So, was denn?" fragte diese.

„Ob Sie zu Mama zum Kaffee kommen wollen, aber Sie müssen ganz gewiß kommen, denn Mama möchte Sie so gern einmal sehen," sagte das Kind eifrig.

Da Frau Ravené seit ihrer Übersiedelung nach Mühlberg beinahe immer leidend gewesen war, hatte sie Anna noch nicht kennen gelernt; diese hätte deshalb gern eine direkte Antwort vermieden, aber Josephine ließ ihr nicht eher Ruhe, als bis Anna versprochen hatte zu kommen.

Als Anna am Nachmittage an dem Hause klingelte, in das sie seit Luciens Weggang noch nicht wieder getreten war, klopfte ihr das Herz in banger Erwartung; sie fürchtete sich, einer Fremden gegenüber zu treten. Aber kaum hatte sie einen Blick auf Frau Ravené geworfen, als sie sich schon ganz vertraut fühlte. Man sah es der Dame auf den ersten Blick an, daß sie ebenso verständig wie liebenswürdig war, und durch ihr gewandtes Benehmen wußte sie es dem jungen Mädchen so behaglich zu machen, daß dasselbe bald das Gefühl der Beklommenheit verlor. Frau Ravené zeigte ein reges Interesse für alles, und Anna konnte mit ihr wie mit einer alten Freundin über ihre Eltern, ihre Geschwister und ihre Freundinnen sprechen. Die Dame selbst erzählte von ihrer Jugend, ihrem frühern Wohnort und ihren Kindern, und der Nachmittag war verflogen, ehe Anna es sich versah.

„Ich bin sehr lange geblieben; habe ich Sie nicht ermüdet?" fragte sie.

„Im Gegenteil, Sie haben mir eine sehr große Freude gemacht und dürfen nicht weggehen, ohne mir gesagt zu haben, wann ich hoffen darf, Sie wiederzu= sehen," lautete die Antwort.

Sogleich wurde ein Tag festgesetzt; als später Anna von dem zweiten Besuche zurückkam, war sie so glücklich und aufgeregt, daß sie, nachdem sie ihren Eltern ihre Erlebnisse erzählt hatte, es sich nicht ver= sagen konnte, Lucie sogleich an ihrer Freude teilnehmen zu lassen.

„Einzige, liebe Lucie," fing sie an. „Ach, wie herrlich wäre es, wenn Du jetzt bei mir wärst! Ich habe Dir soviel Schönes und Erfreuliches mitzuteilen und weiß kaum, womit und wie ich anfangen soll. Wenn dieser Brief sehr verwirrt wird, dann schreibe es der Freude zu, die ich über das Glück empfinde, das mir zu teil geworden ist. Denke Dir, Frau Ra= vené hat mich gefragt, ob ich geneigt wäre, ihre ältesten Töchter zu unterrichten. Du kannst Dir denken, wie herrlich ich das finde: erstens sind die Kinder so aller= liebst, daß es schon deshalb ein Genuß ist, sie um sich zu haben, und dann bekomme ich sechshundert Mark jährlich dafür.

Nun weißt Du die große Neuigkeit, Lucie, und ich hoffe, Dir alles Weitere ruhiger erzählen zu können. Nach= dem wir ein Weilchen über allerhand Dinge gesprochen hatten, fragte mich Frau Ravené, wie ich denn meinen Tag einteile, und wie ich mich gewöhnlich beschäftige.

Ich sagte ihr unter anderm auch, daß ich meinen Geschwistern einige Stunden gebe und ihnen bei den Schularbeiten helfe.

‚Gehen sie alle zur Schule?‘ fragte Frau Ravené.

‚Die Jungen wohl, aber Lina noch nicht,‘ gab ich zur Antwort. Du weißt, daß Lina, da sie zart ist, noch sehr wenig lernt und bis jetzt die Buchstaben kaum voneinander unterscheiden kann. Ich erzählte ihr, daß Papa und Mama sie nicht gern in die Volksschule schicken möchten, obgleich wir anderen alle darin ge= wesen seien, und daß ich nun allmählich anfange, ihr regelmäßig Stunde zu geben.

‚Es würde am Ende Lina nicht unangenehm sein, mit meinen Kindern zu lernen?‘ fragte Frau Ravené und machte mir dann den Vorschlag, der mich so un= endlich beglückt. Ich soll nun morgens von halb zehn bis halb zwölf und nachmittags noch ein Stündchen dorthin kommen, und Lina geht mit mir. Wer hätte gedacht, daß ich noch einmal Lehrerin werden würde!

Ich werde mich nun trotzdem bemühen, nebenbei etwas mit Sticken zu verdienen, denn unsere Arbeit hat weit mehr eingebracht, als wir zu hoffen wagten. Ich danke Dir sehr für die gehabte Mühe; war der Auf= trag nicht sehr unangenehm für Dich? Du schreibst mir gar nichts darüber. Ich habe das Geld in eine Büchse gethan, und sobald wir genug gespart haben, werden wir es Papa anbieten. Es wird jetzt noch nicht genug sein, denn — weißt Du, Lucie, wozu es dienen soll? Der Arzt hat gesagt, daß Papa einige Wochen in ein Bad müsse. Mama hat an Suse ge=

schrieben, daß sie durchaus keine Möglichkeit sehe, das nötige Geld zu beschaffen. Nun möchten Suse und Jeannette gern etwas dazu sparen, aber sie haben beide zuviel zu thun, um ihre eigenen Sachen zu nähen, und bekommen sehr wenig Gehalt.

Wir hoffen jedoch, in einem halben Jahre genug beisammen zu haben.

Und nun lebe wohl! Morgen füge ich, wenn ich kann, noch etwas hinzu; bis dahin sei gegrüßt, liebe Lucie, und denke manchmal an

Deine Dich liebende

Anna."

Der weitere Inhalt von Annas Brief handelte von Martha. Es war für Lucie die einzige Art, etwas über sie zu erfahren; aber da wir sie selbst besuchen können, wollen wir dies lieber thun, da Berichte aus zweiter Hand nie so ausführlich und zuverlässig sind.

Zweiundzwanzigstes Kapitel.

Wie es Martha weiter erging.

❦

Als Martha in dem Wagen saß, der sie noch ein=
mal nach Düringsfelde bringen sollte, brach sie
plötzlich in Thränen aus. „Ach, wie bin ich doch un=
glücklich," seufzte sie. „Kein Mädchen auf der Welt
kann unglücklicher sein als ich. Ich muß mich selbst
einigermaßen als die Ursache des Todes meiner Mutter
ansehen, und ich that doch, was ich that, nur um ihret=,
nicht um meiner selbst willen.

„O Genius, durch dein falsches Versprechen habe
ich mich verleiten lassen. Du gelobtest mir Macht und
Reichtum, die ich mir ja nur wünschte, um meine Familie
glücklich zu machen, und was wurde mir zu teil? Nichts
als bitteres Leid und Kummer!"

Ihr Selbstgespräch endigte wieder mit einem
Thränenstrom, der ihr aber keine Erleichterung brachte;
denn sie weinte nicht aus Reue, sondern aus Ärger,
weil ihre Ideale sich bis jetzt noch nicht verwirklicht
hatten. Sie dachte an Roberts Worte, an die miß=
billigenden Blicke ihres Vaters, sie dachte aber nicht:

„Ich will mich ändern," sondern sie sagte verstimmt zu
sich selbst: „Ich werde nicht verstanden."

Ganz in ihre Gedanken und ihren Kummer ver=
tieft, war Martha, ohne es zu wissen, an dem Ort ihrer
Bestimmung angelangt. „Sind wir schon da?" fragte
sie verwundert den Diener, der den Schlag öffnete.

„Ja, und ich glaube glücklicherweise noch zu
rechter Zeit," war die Antwort, „denn ich sehe noch
keine geschlossenen Läden."

Es herrschte Totenstille im Haus, als Martha
ankam; niemand kam ihr entgegen, und sie konnte nicht
einmal gleich den Herrn des Hauses oder jemand von
der Dienerschaft finden und mußte sich, nachdem sie ihre
Sachen abgelegt hatte, entschließen, gleich ins Kranken=
zimmer zu gehen. Sie horchte erst an der Thüre,
öffnete behutsam und trat ein. Frau von Düring saß
im Lehnstuhl oder hing vielmehr in den Armen zweier
Pflegerinnen, während ihr Mann vor ihr saß. Herr
von Düring bemerkte Martha zuerst und sagte: „Komm
nur her und sprich mit meiner Frau. Sie hat nach
dir verlangt und erkennt dich vielleicht noch." Martha
näherte sich und fragte, während sie vor der alten Dame
niederkniete: „Guten Tag, liebe Frau von Düring, wie
geht es Ihnen?"

„Wiederhole deine Worte lauter," flüsterte Herr
von Düring. Martha that das, und nun versuchte die
Kranke, sich ein wenig aufzurichten, und sagte: „Ins
Bett."

Schnell und behutsam nahmen die beiden Pflegerinnen
sie auf und brachten sie zu Bett.

„Fühlen Sie sich so krank?" fragte Martha, sich
über das Lager beugend.

„Martha," rief die Dame, welche das junge Mäd=
chen plötzlich zu erkennen schien, und machte einen schwachen
Versuch, ihr die Hand zu reichen, aber noch ehe Martha
dieselbe ergriffen hatte, bekam sie wieder Beklemmungen
und deutete auf den Stuhl.

Es war schrecklich, die Unruhe mit anzusehen, mit
der die Sterbende immer nach Veränderung verlangte
und doch in keiner Stellung die Ruhe fand, nach der
sie so sehnlich begehrte.

Martha erfuhr, daß dieser Zustand schon ungefähr
anderthalb Tage gedauert habe. Morgens hatte Frau
von Düring in einem lichten Augenblick sehr nach
Martha verlangt, weshalb Herr von Düring nach ihr
geschickt hatte; aber obgleich sie jetzt das junge Mädchen
zu erkennen schien, war sie doch zu erschöpft, um Notiz
von Martha nehmen zu können. Gegen Abend wurde
sie ruhiger, so daß sie im Bett bleiben konnte. Martha
erbot sich, bei ihr zu wachen, aber da sie sehr ermüdet
aussah, riet ihr Herr von Düring, sich niederzulegen.
Sie folgte seinem Rat und begab sich auf ihr Zimmer,
wo sie bald einschlief. Als sie des Morgens erwachte,
beeilte sie sich, wieder zu der Kranken zu kommen, die
sie so verändert fand, daß es sie Mühe kostete, noch an
ihr Leben zu glauben. Der Arzt, der beinahe gleich=
zeitig eintrat, meinte denn auch, sie habe voraussichtlich
nur wenig Zeit mehr zu leben, und wirklich that sie,
noch ehe er wegging, den letzten Atemzug.

Martha weinte bitterlich an ihrer Leiche, denn sie

fühlte eine Leere in ihrem Herzen, nun die alte Freundin,
die ihr immer alles zulieb gethan hatte, auch tot war.

Als der erste Schmerz vorüber war, setzte sie sich
sogleich hin, um ihrem Vater zu schreiben. Sie fing
an, umständlich zu erzählen, wie sie die alte Dame ge=
funden hatte, teilte ferner mit, was sie von der Nacht
wußte, und endigte mit der Todesnachricht. Als sie so
weit war, blieb sie nachdenklich sitzen. Sie fühlte, daß
ihr Vater ihre Rückkehr wünschte, und sie dachte einen
Augenblick daran, zu Herrn von Düring zu gehen und
ihn zu bitten, sie noch heute nach Hause bringen zu
lassen. „Ich habe hier doch nichts mehr zu thun,"
dachte sie, „und zu Hause können sie mich schwerlich
länger entbehren"; aber kaum war sie an ihrer Zimmer=
thür angelangt, um den Vorsatz zur Ausführung zu
bringen, als sie einsah, daß es der Anstand erfordere,
nicht vor der Beerdigung von ihrem Weggange zu
sprechen. Sie konnte Herrn von Düring unmöglich
jetzt stören, um von ihren eigenen Angelegenheiten zu
sprechen. Und ein Blick auf ihre elegante Umgebung
ließ sie seufzend hinzufügen: „Ich werde die Pracht
bald genug entbehren müssen." Sie ging wieder an
ihren Platz zurück, und nachdem sie die Feder noch
längere Zeit zaudernd in der Hand gehalten, schloß sie
mit den Worten: „Ich werde so rasch als möglich zu=
rückkommen."

Herr Schulte sah mit Sehnsucht einem Brief seiner
Tochter entgegen; als er ihn endlich erhielt, erbrach
er ihn hastig und fing an zu lesen, legte ihn
aber augenscheinlich enttäuscht sogleich wieder hin. Er

hatte so sehr gehofft, Martha werde selbst einsehen,
daß sie sich in den letzten Tagen durchaus nicht so be=

tragen hatte, wie es
sich gehörte, und
werde, auch ohne
auf die Vergangen=
heit zurückzukommen,
ihm doch den festen
Vorsatz mitteilen,
von jetzt an soviel
wie möglich den
Platz ihrer Mutter
auszufüllen.

Doch, wie wir
wissen, fand Herr
Schulte im Briefe
nicht das, was er zu
finden hoffte. Das
Haupt in die Hand
gestützt, blieb er still
am Fenster sitzen.

Wie sehr fehlte ihm immer seine sorgliche Frau und
wie entbehrte er sie gerade in diesem Augenblicke. Er
war so daran gewöhnt, daß sie ihm alle Schwierig=
keiten aus dem Wege räumte, beinahe noch ehe er die=
selben bemerkt hatte, und nun stand er in seinem großen
Kummer allein.

Er fühlte, daß der Haushalt nicht so weiter gehen
könne wie in den letzten Tagen. Trudchen gab sich
zwar die größte Mühe und sorgte für alles, aber man

durfte dem jungen Mädchen doch auch nicht zu viel aufbürden. Wenn Martha und Trudchen sich die Hände reichten, würde es wohl gehen, wenigstens hofften es Trudchen und Robert, und auch Herr Schulte meinte, es werde dann nicht zu anstrengend sein; aber wenn Marthas Betragen dasselbe blieb, wie in der letzten Zeit, dann war zu wünschen, daß Fräulein Rudolph je eher desto lieber kam.

Herr Schulte hatte noch nichts zu Fräulein Rudolphs Nachteil gehört, und da er sich freute, so bald jemand zu finden, hätte er sie beinahe schon ersucht, zu kommen, als sie ihre Hilfe anbot, wenn ihn Trudchen nicht so dringend gebeten hätte, noch ein wenig zu warten; so hatte er nachgegeben. Nachträglich fürchtete er, nicht gut daran gethan zu haben. Während er noch grübelnd dasaß, kam Trudchen herein und fragte, den Brief ergreifend: „Ach, ein Brief von Martha?"

Herr Schulte betrachtete das junge Mädchen während des Lesens aufmerksam und sagte, einen plötzlichen Ent= schluß fassend: „Ich werde ihr gleich schreiben, daß ich sie selbst abholen will. Ich mache damit zugleich Herrn von Düring einen Kondolenzbesuch." Trudchen versuchte alle Schwierigkeiten, die ihr Vater gleich nachher selbst auftürmte, aus dem Weg zu räumen, weil sie meinte, es sei gut, wenn er einmal einen ganzen Tag von Haus weggehe.

Als Martha den Brief ihres Vaters erhielt, saß sie gerade mit Herrn von Düring beim Frühstück. Sie betrachtete nur die Adresse und legte ihn dann neben sich hin.

„Geniere dich nicht," sagte Herr von Düring „und lies ruhig deinen Brief."

Mit einem: „Darf ich?" erbrach Martha den Brief, und hohe Röte bedeckte während des Lesens ihr Gesicht und sogar ihren Hals. Es war das erste Mal in ihrem Leben, daß ihr Vater so mit ihr sprach, und sie hielt mit Mühe ihre Thränen zurück.

Herr von Düring nahm die Zeitung und that, als ob er lese, um ihr Zeit zu lassen, sich zu beruhigen, aber das ging so schnell nicht; soviel Mühe sie sich auch gab, zu sprechen, die Worte blieben ihr im Halse stecken. Sie stand auf und verließ rasch das Zimmer.

Mit einem eigentümlichen Lächeln auf den Lippen sah Herr von Düring dem jungen Mädchen nach und

starrte so lange nach der Thüre, durch welche Martha
verschwunden war, daß diese schon wieder beruhigt zu=
rückkam, als er noch immer träumerisch die Augen auf
denselben Punkt gerichtet hielt. Unwillkürlich schreckte er bei
ihrem Eintritt zusammen und nahm die Zeitung wieder auf.

Martha ging ruhig auf ihren Platz zurück und
sagte dann: „Papa läßt Sie grüßen und bittet mich, Sie
zu fragen, ob es Ihnen angenehm ist, wenn er selbst
kommt, mich abzuholen."

Es schien, als habe sie Herr von Düring nicht
verstanden, so lange sah er schweigend vor sich hin;
dann fragte er mit leiser Stimme: „Du wünschest also,
mich so bald zu verlassen, Martha?"

„Ich war sehr gern hier," antwortete Martha aus=
weichend.

„Ja, Kind, das weiß ich. Du warst gern hier,
als meine Frau noch lebte, aber jetzt sehnst du dich
fort. Wie kann auch die Gesellschaft eines alten Mannes
wie ich einem jungen Mädchen gefallen!"

Martha schlug die Augen nieder und sagte: „Papa
schreibt, ich dürfe nicht länger an mein eigenes Ver=
gnügen und meine Bequemlichkeit denken, sondern müsse
jetzt an Mamas Stelle die Leitung des Haushalts
übernehmen."

„Armes Kind," sagte er, sie mitleidig betrachtend,
„werden denn die schwachen Schultern die schwere Last
tragen können?"

Martha dachte daran, daß Trudchen, die jünger
und weniger kräftig war als sie, dies seit einiger Zeit
gethan habe, und der Gedanke ließ sie erröten.

15*

„Es wird dir sonderbar vorkommen," fuhr Herr
von Düring fort, „da du es hier so ganz anders ge=
wöhnt warst.   Es ist bequemer, bedient zu werden, als
selbst zu bedienen."

„Ich werde mich so gut wie möglich hineinschicken,"
entgegnete Martha, „aber sonderbar," seufzte sie, „und
ungewohnt war es mir schon in den paar Tagen, als
ich zu Haus war."

„Das glaube ich wohl," versetzte Herr von Düring
mitleidig und fügte langsam, als ob er jedes Wort
erst überlege, hinzu: „Martha, möchtest du, wenn du
zu Hause nicht mehr so glücklich bist wie früher, wieder
hierher zurückkommen?"

Was war an dieser Frage, das Martha so ver=
wirrte? Sie wußte es selbst nicht, aber sie war so
bestürzt, daß sie keine Antwort zu geben vermochte.

Auch Herr von Düring war etwas verlegen, und
ohne die Antwort abzuwarten, fuhr er zu sich selbst
gewendet fort: „Ja, vor der Hand ist es so das beste,
und du wirst wohl morgen reisen."

Er trank langsam seinen bereits erkalteten Thee
aus und sagte dann: „Wie sehr mich auch später ein
Besuch deines Vaters freuen wird, so möchte ich doch
vorläufig keinen fremden Besuch annehmen; es wäre
mir lieb, wenn du ihm sogleich antworten wolltest,
daß ich dich morgen mit dem Wagen nach Haus bringen
lassen werde."

Martha verließ hastig das Zimmer und ging auf
ihre eigene Stube, wo sie auf das Sofa sank. „Was
soll ich schreiben?" fragte sie sich selbst. „Soll ich

sagen, daß ich einsehe, nicht recht gethan zu haben, indem ich mich meiner berechtigten Trauer überließ, und daß ich nun reuig nach Hause kommen und versuchen will, anders zu werden? Papa erwartet augenscheinlich etwas Derartiges, und es kostet mich nichts, das Versprechen zu geben, denn ich will wirklich versuchen, alles zu thun, was ich kann.“

Sie nahm Feder und Papier und schrieb:

‚Lieber Vater, ja Du hast recht, ich war‘ . . . „Wenn Robert diesen Brief einmal liest und ich merke, daß ich wirklich der Aufgabe nicht gewachsen bin, und er dann wieder so väterlich mit mir spricht, dann werde ich, das fühle ich, mich wohl ärgern, den Brief abgeschickt zu haben,“ unterbrach sich Martha sogleich und blieb wieder grübelnd sitzen.

Ach, was,“ dachte sie endlich, „was helfen schöne Worte. Lieber soll mein Betragen eine Antwort auf Papas Brief sein,“ und den eben begonnenen Brief zerreißend, nahm sie einen andern Bogen und schrieb kurz, daß Herr von Düring ihren Vater morgen nicht erwarte, aber daß sie, um Trudchen nicht länger allein zu lassen, am nächsten Tage frühzeitig eintreffen werde.

Es that Trudchen leid, daß ihr Vater auf diese Weise um den Ausflug kam, aber sie freute sich sehr auf Marthas Rückkehr und brachte noch mancherlei Kleinigkeiten in Ordnung, womit sie ihrer Schwester bei der Rückkehr eine Freude zu machen hoffte.

Dreiundzwanzigstes Kapitel.

Lucie und Karl.

❦

Wir haben lange nichts mehr von Lucie gehört, die wir verließen, als sie gerade mit ihrem Onkel den Plan gefaßt hatte, sich morgens zu ihm ins Zimmer zu setzen, um zu arbeiten. Herr Dr. Keller hatte gelesen, was sie früher geschrieben und fand ihren Stil sehr hübsch, wodurch Lucie gleich ein gewisses Selbstvertrauen bekam.

„Es muß doch lange nicht so mühsam sein, etwas zu schreiben, wie ich mir früher vorstellte," sagte sie, und ihr Onkel versicherte ihr, daß es sehr angenehm wäre, wenn man erst ordentlich angefangen hätte.

„Aber wie und womit soll ich anfangen?" fragte Lucie.

„Nun, die ganze Welt ist ja voll Stoff für dich," sagte Herr Dr. Keller; „du brauchst nur die Auswahl zu treffen. Du kannst nehmen, was du willst, und verwerfen, was dir nicht gefällt."

„Zum Beispiel?" fragte Lucie.

„O, nimm die eine oder die andere Tugend oder
Untugend oder Leidenschaft zum Gegenstand und kleide
sie nach deinem Geschmack ein," schlug ihr Onkel vor.

„Wenn du mir nur einen Entwurf zum Aus-
arbeiten geben wolltest," bat Lucie; aber ihr Onkel
verstand sie nicht oder wollte sie nicht verstehen und
sagte: „O, ja, wenn du mir ein bißchen helfen wolltest,
könntest du mir einen großen Gefallen thun und etwas
für mich abschreiben. Sieh, da ist eine Erzählung,
die ich vor einigen Jahren geschrieben habe, den Inhalt
habe ich fast vergessen, aber wenn du sie einmal nachsehen und abschreiben wolltest, könnte sie wohl in einer
Zeitschrift untergebracht werden," und bei diesen Worten
gab er Lucie einige beschriebene Blätter, die vom Liegen
schon ganz gelb geworden waren.

Lucie fing an zu lesen, aber es kostete sie viel
Anstrengung; denn die Erzählung war nicht nur sehr
rasch und undeutlich geschrieben, sondern es machten
noch viele Korrekturen und eingeschaltete Zeilen die
Schrift fast unleserlich. Dennoch glückte es ihr endlich, dieselbe zu entziffern; aber ihre Mühe wurde
schlecht belohnt, denn sie fand die Novelle durchaus
nicht unterhaltend. Das war für sie eine große Enttäuschung, denn was sollte sie nun damit? Sie hatte
wenig Lust, sie abzuschreiben, und was konnte es ihrem
Onkel nützen, wenn sie besser geschrieben war? Sie
konnte ihm doch nicht rund heraus sagen, wie sehr sie
ihr mißfiel! Sie hoffte, ihr Onkel würde durch eine
Frage ihre Antwort herausfordern, und machte deshalb
einige Bewegungen, um seine Aufmerksamkeit zu er-

regen, aber Herr Dr. Keller war ſo in ſeine eigene
Arbeit vertieft, daß er die Gegenwart ſeiner Nichte
ganz vergeſſen zu haben ſchien; erſt als ſie verſchiedene-
mal gehuſtet hatte und endlich „Onkel" ſagte, blickte
er zerſtreut auf und fragte: „O, Papier? das findeſt
du dort im Schranke, Lucie," worauf er wieder weiter
ſchrieb.

Lucie wagte nicht, ihn noch einmal zu ſtören, und
begann ihre Abſchrift, während ſie ſich vornahm, nachmittags auf dem Spaziergang ihrem Onkel die Einwände vorzutragen, die ſie gegen ſeine Erzählung hatte;
aber wie ſie ſich auch bemühte, mit ihm darüber zu
ſprechen, ſie konnte nicht dazu kommen, denn er ſchien
abſichtlich den Gegenſtand zu vermeiden; er hatte
immer etwas Neues zu erzählen.

„Ich bin mit meiner Arbeit nicht ſehr weit gekommen," fing Lucie einige Tage ſpäter an, in der
Hoffnung, jetzt endlich einmal darüber ſprechen zu
können.

„O, das thut nichts, es hat durchaus keine Eile,"
verſetzte der Onkel und fügte ſogleich hinzu: „Es iſt
heute ſo wunderſchön, juſt das rechte Wetter zu einem
Ausfluge nach Wiesbaden!" Lucie fand den Vorſchlag
entzückend. Sie liebte den Wald ſehr, und ſchwärmte
für Wiesbaden. Nachdem ſie mit ihrem Onkel die ihr
bereits bekannten und liebgewordenen Ausſichtsplätze
und Sehenswürdigkeiten in Augenſchein genommen,
lenkten ſie ihre Schritte nach dem Kurgarten. Auf
dem Wege dahin wurden ſie von mehreren bettelnden
Kindern verfolgt, und als ſie ihr Portemonnaie aus

der Tasche zog, um denselben etwas zu geben, fiel ihr
plötzlich — sie wußte selbst nicht wie — die Geschichte
ein, die ihr Karl vor Jahren erzählt hatte.

„Das war doch ein sehr hübscher Stoff," dachte
Lucie und wandte sich nach ihrem Onkel um, weil sie
ihn fragen wollte, wie er es fände, wenn sie Karls
Geschichte zu einer größern Erzählung ausarbeitete.
Herr Dr. Keller war aber so erfüllt von einer politischen
Neuigkeit, die er am Morgen gelesen hatte, daß Lucie
gar nicht dazu kam, ihm ihren Plan mitzuteilen. Am
Abend aber, als sie sich zur Ruhe begab, und alles
noch einmal durchdachte, war sie froh darüber. „Ich
will doch erst einmal sehen, was sich daraus machen
läßt, und dann erst hören, was der Onkel dazu sagt,"
dachte sie.

Sie machte nun einen Entwurf für die Erzählung;
in der Hauptsache blieb der Grundgedanke derselbe;
namentlich daß die Erinnerung an die Liebe seiner
Mutter ein Kind das ganze Leben hindurch vor allem
Bösen geschützt und bewahrt hatte, und daß aus einer
Straßenbettlerin ein anständiges und ordentliches
Dienstmädchen und endlich eine wohlhabende Frau
geworden war.

Es bedarf nicht erst der Versicherung, daß Lucie
ihren Entwurf noch oft änderte, aber als endlich die
Sache klar vor ihrem geistigen Auge stand, wurde ihr
das Schreiben ganz leicht.

Lucie schrieb tagelang eifrig, und mehr als einmal
sah ihr Onkel, wenn er unbemerkt einen flüchtigen
Blick auf sie warf, daß sie, von einem Gedanken be=

friedigt, sich nicht genug beeilen konnte, ihre Worte niederzuschreiben, und dann war immer einige Selbst= zufriedenheit in dem Lächeln, mit dem er sich wieder zu seiner eigenen Arbeit wandte.

Lucie bemühte sich jetzt fast noch mehr, dem Onkel gegenüber ihre Arbeit nicht zu erwähnen, als sie sich früher angestrengt hatte, ihn auf diesen Gegenstand zu bringen; denn sie wollte erst wissen, ob ihr der Versuch

gelang, ehe sie mit ihm darüber sprach. Glücklicher= weise schien Herr Dr. Keller nicht viel auf sie achtzugeben und machte keine einzige Anspielung auf ihre Arbeit, bis sie ganz fertig war; aber kaum hatte sie angefangen, das Geschriebene noch einmal zu überlesen, als er fragte: „Nun, wie geht es mit deiner Arbeit? Ist die Erzählung beinahe abgeschrieben?"

Lucie wurde sichtlich sehr verlegen bei den Fragen, aber nach einigem Zögern ging sie auf ihren Onkel zu und sagte ihm, daß sie wohl mit dem Ab=

schreiben angefangen, jetzt aber selbst etwas erdacht
habe, was sie ihm gern vorlesen wolle. „Ich bin sehr
gespannt zu hören, wie du es findest," fügte sie hinzu.

„Und ich nicht weniger," versicherte ihr Onkel und
bat sie, sogleich anzufangen.

Während des Lesens warf sie häufig einen halb
schüchternen, halb fragenden Blick auf ihren Onkel,
aber dieser verriet sein Urteil nicht und sah vor sich
nieder, bis sie ausgelesen hatte. Dann nickte er ihr
freundlich zu und sagte: „Ich wünsche dir Glück zu
deiner Erstlingsarbeit, liebe Lucie. Ich habe mit
großem Vergnügen zugehört, und obgleich ich wohl
einige Ausstellungen machen werde, finde ich die Erzählung im ganzen doch so hübsch, daß ich . . ."

Herr Dr. Keller hielt plötzlich inne und sagte dann:
„Weißt du, was mir besonders daran gefällt? Daß der
Grundgedanke so gut durchgeführt ist, und daß deine
Personen handelnd und sprechend auftreten. Das giebt
Leben und Abwechselung."

„Ich bin neugierig, was Karl dazu sagen wird,"
bemerkte Lucie.

„Willst du es ihm denn erzählen?" fragte Herr
Dr. Keller.

„Meinst du, ich solle es lieber nicht thun?" fragte
Lucie verwundert.

„O nein, ich dachte nur . . . , weißt du was,
Lucie? Ich beschloß soeben bei mir, diese Novelle in
einer Zeitschrift drucken zu lassen. Ich wollte dich
damit überraschen, aber bei näherer Überlegung finde
ich es doch besser, wenn du es weißt."

„Ach Onkel, wie gut du bist! das wäre herrlich!“ rief Lucie hocherfreut.

„Und darum dachte ich, es wäre vielleicht besser, Karl nicht eher etwas davon zu sagen, als bis du es ihm gedruckt zeigen kannst,“ sagte Herr Dr. Keller.

Lucie stimmte seiner Ansicht bei und gab deshalb Karl ausweichende Antworten, wenn er sie zuweilen fragte, was sie den ganzen Tag treibe.

Da Herr Dr. Keller selbst Redakteur einer Zeitschrift war, konnte er die Novelle seiner Nichte gleich anbringen. Er war sehr erfreut darüber, daß sie etwas geschrieben, da er sich selbst gewissermaßen als den Entdecker ihres Talentes betrachtete.

Wie war aber Lucie entzückt, als sie den ersten Druckbogen ihrer Arbeit in der Hand hielt! Es war ihr, als wenn jeder Buchstabe ihr freundlich zunicke, und sie betrachtete den Bogen wohl eine halbe Stunde mit stiller Freude, ehe sie zu lesen begann.

In ihrem spätern Leben, als sie mehr schrieb und das Durchsehen der Druckbogen sie oft recht langweilte, konnte sie sich kaum noch vorstellen, daß ein Druckbogen sie einstmals in ungeahntes Entzücken versetzt hatte.

Als die Erzählung gedruckt war, ließ Herr Dr. Keller ein paar Exemplare hübsch einbinden. Wie sehr sehnte sich jetzt Lucie nach Karls Kommen, um ihm ihr Geheimnis mitzuteilen, und wieviel Pläne machte sie nicht mit ihrem Onkel über die Art und Weise, wie sie Karl das Buch übergeben wollte! Einmal fand sie es am besten, es mittags bei Tisch unter

schreiben angefangen, jetzt aber selbst etwas erdacht
habe, was sie ihm gern vorlesen wolle. „Ich bin sehr
gespannt zu hören, wie du es findest," fügte sie hinzu.

„Und ich nicht weniger," versicherte ihr Onkel und
bat sie, sogleich anzufangen.

Während des Lesens warf sie häufig einen halb
schüchternen, halb fragenden Blick auf ihren Onkel,
aber dieser verriet sein Urteil nicht und sah vor sich
nieder, bis sie ausgelesen hatte. Dann nickte er ihr
freundlich zu und sagte: „Ich wünsche dir Glück zu
deiner Erstlingsarbeit, liebe Lucie. Ich habe mit
großem Vergnügen zugehört, und obgleich ich wohl
einige Ausstellungen machen werde, finde ich die Erzählung im ganzen doch so hübsch, daß ich . . "

Herr Dr. Keller hielt plötzlich inne und sagte dann:
„Weißt du, was mir besonders daran gefällt? Daß der
Grundgedanke so gut durchgeführt ist, und daß deine
Personen handelnd und sprechend auftreten. Das giebt
Leben und Abwechselung."

„Ich bin neugierig, was Karl dazu sagen wird,"
bemerkte Lucie.

„Willst du es ihm denn erzählen?" fragte Herr
Dr. Keller.

„Meinst du, ich solle es lieber nicht thun?" fragte
Lucie verwundert.

„O nein, ich dachte nur . . . , weißt du was,
Lucie? Ich beschloß soeben bei mir, diese Novelle in
einer Zeitschrift drucken zu lassen. Ich wollte dich
damit überraschen, aber bei näherer Überlegung finde
ich es doch besser, wenn du es weißt."

„Ach Onkel, wie gut du biſt! das wäre herrlich!“
rief Lucie hocherfreut.

„Und darum dachte ich, es wäre vielleicht beſſer,
Karl nicht eher etwas davon zu ſagen, als bis du es
ihm gedruckt zeigen kannſt,“ ſagte Herr Dr. Keller.

Lucie ſtimmte ſeiner Anſicht bei und gab deshalb
Karl ausweichende Antworten, wenn er ſie zuweilen
fragte, was ſie den ganzen Tag treibe.

Da Herr Dr. Keller ſelbſt Redakteur einer Zeit=
ſchrift war, konnte er die Novelle ſeiner Nichte gleich
anbringen. Er war ſehr erfreut darüber, daß ſie
etwas geſchrieben, da er ſich ſelbſt gewiſſermaßen als
den Entdecker ihres Talentes betrachtete.

Wie war aber Lucie entzückt, als ſie den erſten
Druckbogen ihrer Arbeit in der Hand hielt! Es war
ihr, als wenn jeder Buchſtabe ihr freundlich zunicke,
und ſie betrachtete den Bogen wohl eine halbe Stunde
mit ſtiller Freude, ehe ſie zu leſen begann.

In ihrem ſpätern Leben, als ſie mehr ſchrieb
und das Durchſehen der Druckbogen ſie oft recht lang=
weilte, konnte ſie ſich kaum noch vorſtellen, daß ein
Druckbogen ſie einſtmals in ungeahntes Entzücken
verſetzt hatte.

Als die Erzählung gedruckt war, ließ Herr
Dr. Keller ein paar Exemplare hübſch einbinden. Wie
ſehr ſehnte ſich jetzt Lucie nach Karls Kommen, um
ihm ihr Geheimnis mitzuteilen, und wieviel Pläne
machte ſie nicht mit ihrem Onkel über die Art und
Weiſe, wie ſie Karl das Buch übergeben wollte! Ein=
mal fand ſie es am beſten, es mittags bei Tiſch unter

seine Serviette zu legen, dann wieder, es ihm gleich
bei seiner Ankunft zu überreichen. Sollte sie ihn raten
lassen oder nicht? Sie war noch nicht mit sich im
klaren darüber, als er am Sonntag erschien; aber ehe
sie ihm wie gewöhnlich entgegenging, fragte sie rasch
ihren Onkel, ob er es Karl mitteilen wolle. Der
Onkel sagte erst neckend „nein", aber als ihm Lucie
noch einen flehenden Blick zugeworfen hatte, sagte er,
nachdem er sich einige Zeit mit Karl über andere
Dinge unterhalten hatte: „Lieber Junge, ich möchte
dich bitten, diese kleine Erzählung durchzulesen und
mir dein Urteil über dieselbe mitzuteilen," wobei er
seinem Neffen Luciens Buch überreichte.

Durch eine tiefe, plötzlich aufsteigende Röte verriet
Lucie, wie nahe sie der Sache stand; aber zu ihrer
nicht geringen Enttäuschung steckte Karl, nachdem er
in dem Buche geblättert hatte, dasselbe in die Tasche.
Sein Onkel hatte schon öfter ein ähnliches Ansinnen
an ihn gestellt, er fand daher nichts Besonderes darin.

„Ich werde es dir im Laufe dieser Woche zurück=
schicken," sagte Karl; „ist dir das recht?"

„O, du kannst das Buch behalten, wenn du mir
nur ausführlich schreibst, wie du es findest, denn..."
fing Herr Dr. Keller an.

„Ja, ja, Onkel, ich verspreche es dir," sagte Karl,
seinen Onkel etwas ungeduldig unterbrechend, da er in
diesem Augenblick durchaus keine Lust zu einer solchen
Unterhaltung empfand.

„Denn," fuhr Herr Dr. Keller fort, „diese Erzählung
ist das Erstlingswerk eines aufblühenden Talentes."

„Ach so," bemerkte Karl gleichgiltig.

„Von jemand, dem es vor allem um dein Urteil zu thun ist," schloß sein Onkel.

„Ei, ist mein Ruf schon so weit gedrungen, daß Fremde Wert auf mein Urteil legen?" fragte Karl lachend.

„Und wer sagt, daß diejenige, welche diese Novelle geschrieben, dir eine Fremde ist?" fragte Herr Dr. Keller, während Lucie in großer Erregung ihr Schürzenband um den Finger wickelte.

„O, ist's eine Sie?" fragte Karl. „Nun, da wird's gleich pikanter."

Er zog das Buch wieder heraus und suchte ver= gebens nach dem Namen der Verfasserin. Er fand nichts als: Frankfurt a. M. 1886. „Onkel," fragte er hastig, „sag mir doch schnell, ist sie schön und gut und liebenswert und tugendhaft und reich und reizend, in einem Wort, ein Engel? Dann möchte ich sie gern gleich sehen."

„Urteile selbst," sagte der Onkel und zeigte auf Lucie.

„Du, Lucie?" lachte Karl kurz auf, als er merkte, daß er sich nicht geirrt hatte.

„Er wird ganz aufgeregt davon," rief Herr Dr. Keller lachend.

„Ich fürchte, er lacht mich nur aus," klagte Lucie.

„Nein, das glaube ich nicht; nicht wahr, das thust du nicht, Karl?" fragte der Onkel, bekam aber keine

Antwort, denn Karl fing sogleich an und sah nicht eher wieder auf, als bis er zu Ende gelesen hatte.

„Nun Karl?" fragte Herr Dr. Keller gespannt, noch ehe dieser das Buch zugeklappt hatte.

„Es ist eine hübsche Erzählung und recht gut geschrieben," erwiderte Karl.

„Findest du nicht . ." fragte der Onkel und wollte noch etwas hinzufügen, aber Karl kam ihm zuvor und sagte: „Und welch' eleganter Einband! Jetzt aber, Onkel, möchte ich dich um ein Glas Wein bitten auf den Schreck. Wollen wir dann einen Spaziergang machen, Lucie?"

„Wie findest du es denn, Karl?" fragte Lucie, als sie längere Zeit neben ihrem Bruder hergegangen war, ohne daß er ihr ein Wort über ihr Werk gesagt hatte.

„Was? deine Erzählung? o, ganz nett," antwortete er.

„Nein, ich meine im ganzen. Ich meine, wie du es findest, daß ich etwas geschrieben habe?" fragte Lucie.

„O sehr drollig! wie bist du nur dazu gekommen?" fragte Karl.

„Nun," sagte Lucie, augenscheinlich mit dieser Antwort unzufrieden, „Onkel arbeitet beinahe den ganzen Tag und . ."

„Aber das ist auch entsetzlich langweilig für dich, daß er den ganzen Tag in seinem Zimmer sitzt," rief Karl.

„O nein, durchaus nicht. Ich sitze bei ihm und finde es sehr angenehm," beteuerte Lucie.

„Aber, Kind, welch' ein trockenes Leben!" fiel Karl ein und fügte nach einiger Zeit hinzu: „Ja, so kann es nicht weiter gehen. Höre einmal, Lucie, ich kenne eine Familie in Heidelberg, die ich wohl bitten kann, dich auf unbestimmte Zeit in ihr Haus aufzu= nehmen. Es sind liebe Menschen, die viel ausgehen und dir sicher gefallen werden. Soll ich einmal mit ihnen darüber sprechen?"

„Ach, warum?" fragte Lucie, „ich bin sehr gern hier, und der Onkel ist immer so gut gegen mich."

„Eine sehr egoistische Liebe," bemerkte Karl, „denn was ist das für ein Leben für ein junges Mädchen, den ganzen Tag in einem Studierzimmer sitzen zu müssen?"

„Es ist aber meine eigene Wahl," sagte Lucie, „und ich habe die Freiheit, zu thun und zu lassen, was ich will. Nein, es würde mir jedenfalls sehr schwer werden, mich vom Onkel zu trennen."

„Vielleicht hast du recht," sagte Karl, „und es ist sehr verständig, daß du dich so gut wie möglich in dein Los schickst. Sobald ich ausstudiert habe, kommst du zu mir, und dann, hoffe ich, sollst du endlich ein= mal das Leben kennen lernen, wie es andere junge Mädchen führen."

„Aber, Karl, ich bin wahrhaftig jetzt ganz zufrieden und glücklich," versicherte Lucie.

Bruder und Schwester schritten eine Zeit lang schweigend neben einander her, dann sagte Karl:

„Lucie, es hat mir noch niemals für dich so leid gethan wie jetzt, daß Mama tot ist. Ich glaube, sie würde dir sicher abraten . ." er hielt inne.

„Erzählungen zu erfinden?" fragte Lucie, als Karl schwieg.

„Ach nein, das nicht, es kann so schlimm nicht sein, einmal eine Novelle zu schreiben," sagte Karl, „aber ich weiß nicht, Lucie, es ist so sonderbar, so ungewöhnlich, daß ein junges Mädchen den ganzen Tag studiert und schreibt. Wir sind nun einmal

daran gewöhnt, Damen weibliche Arbeiten thun zu
sehen.“

„Aber das Schreiben ist unendlich viel unter-
haltender als die langweiligen Handarbeiten,“ sagte
Lucie lebhaft und fügte hinzu: „Es thut mir leid,
Karl, daß du so sehr dagegen bist.“

„Ach, ich bin nicht so sehr dagegen,“ versicherte
Karl, „ich fürchte nur, daß es auf die Dauer deinem
Glücke nicht förderlich sein wird.“

„Warum nicht?“ fragte Lucie. „Es ist immer
mein Ideal gewesen, Schriftstellerin zu werden.“

„Nun, das Ideal hast du ja rasch erreicht,“ sagte
Karl, an seine Korrespondenz mit Lucie denkend.

„Ach, so rasch doch nicht,“ versetzte Lucie sogleich,
„denn ich war noch sehr jung, als“ . ., sie hielt
plötzlich inne, weil sie Karl die Begegnung mit dem
Genius nicht mitteilen wollte.

Sie sah auf einmal den schönen Genius im Geiste
wieder; es war ihr, als ob er sie durch seinen Anblick
ermutigen wolle. Ihre Augen wurden klarer, und sie
fühlte sich wieder fröhlicher gestimmt, als Karl, der
noch immer auf eine Fortsetzung ihrer Worte wartete,
plötzlich sagte: „Nun, Lucie, als“ . .

„Als Mama noch lebte,“ vollendete Lucie ihren
Satz, und um sich selbst und Karl auf etwas anderes
zu bringen, fragte sie, ob er bemerkt habe, daß die
Geschichte in der Hauptsache dieselbe sei, die er ihr
einst erzählt hatte.

„Ach, darum kam mir die Erzählung wie eine
alte Bekannte vor,“ sagte Karl und fügte neckend

hinzu: „So beginnst du also deine Schriftstellerlauf=
bahn mit dem, was man einen litterarischen Diebstahl
nennt, Lucie?" In halb spöttischem Tone fuhr Karl
noch eine Zeit lang fort, aber als er merkte, daß Lucie
wirklich enttäuscht und betrübt dreinschaute, sagte er:
„Komm, Lucie, liebes Kind, werde nicht verdrießlich,
vielleicht sehe ich die Sache ganz verkehrt an."

„Aber, du rätst mir doch so bestimmt ab, noch
etwas zu schreiben?" fragte Lucie, „warum denn?"

„Weil, . . ach geh', Lucie, wir wollen nicht
länger darüber sprechen. Wenn ich Doktor bin und
du bei mir bist, sollst du keine Zeit und darum sicher
auch keine Lust zu solch trockner Beschäftigung haben.
Bis dahin thue aber alles, was zu deiner Unterhaltung
beitragen kann."

Zu Hause angekommen, flog Lucie auf ihr Zimmer,
wo sie auf einen Stuhl sank und vor Enttäuschung
beinahe hätte weinen mögen; erstens, weil Karl so
sehr dagegen war, daß sie schrieb, und zweitens, weil
das, was er im Scherz behauptete, daß sie die Erzählung,
von der sie so eingenommen war, nicht selbst erdacht
hatte, doch die Wahrheit war.

„Ich muß auch selbst etwas erfinden können,"
dachte sie, „ich werde morgen sogleich mit Eifer ans
Werk gehen, und wenn Karl sieht, daß ich wirklich
etwas leiste, kann er doch auf die Dauer nicht so sehr
dagegen sein," und durch den Gedanken wieder heiterer
gestimmt, legte sie schnell ab und ging hinunter.

16*

Karl hatte unterdessen den Onkel gebeten, Lucie
nicht mehr zum Schreiben zu ermutigen, weil er es
nicht gut für sie finde.

„Ich bin hierin durchaus anderer Meinung," sagte
der Onkel, „ich glaube, daß Lucie viel Anlage zum
Schreiben hat — was hindert sie, sich diesem Berufe
zu widmen?"

Karl fand es zu ungewöhnlich, aber Herr Dr. Keller
meinte, es gebe auf der Welt schon genug Damen, die
ihre Zeit mit nichtigen Dingen vergeudeten, und Lucie
brauche deren Zahl nicht zu vermehren.

„Ich glaube, du siehst die Sache von einem
falschen Gesichtspunkte an, Karl," sagte sein Onkel.
„Ich gebe zu, daß es verkehrt wäre, das Mädchen
dazu aufzufordern, aber das geschieht nicht. Ich habe
im Gegenteil — das kann dir Lucie selbst bezeugen —
mein Möglichstes gethan, mich nicht mit ihr abzugeben,
gerade weil ich sie von selbst darauf kommen lassen
wollte, aber sie hat Anlage dazu, und warum sollte
man ihr von etwas abraten, wozu [sie Lust und
Talent hat?"

Es that Karl leid, daß sein Onkel darüber ganz
anderer Meinung war als er, da aber Lucie eben
wieder eintrat, brach er das Gespräch ab und fing an,
von seiner bevorstehenden Promotion zu sprechen.

„Wann wirst du promovieren?" fragte Herr
Dr. Keller.

„Gleich nach oder gerade vor den großen Ferien,"
sagte Karl. „Ich bin lange genug Student gewesen,
aber jetzt will ich das große Universitätsjubiläum noch

als Student mitmachen. Apropos, du kommst doch dazu mit Lucie nach Heidelberg?"

Herr Dr. Keller war damit einverstanden, Lucie hatte auch sehr viel Lust dazu, und so versprachen sie zu kommen.

„Du wirst dich dort gewiß gut unterhalten," sagte Karl, „das ist einmal ein passendes Vergnügen, das wird dich erheitern und erfrischen."

„Karl ist es eben gar nicht recht, daß ich schreibe," sagte Lucie.

„Laß ihn nur reden," flüsterte Herr Dr. Keller Lucie zu.

„Darf ich dir noch einmal einschenken?" fragte er dann laut, „am Ende versäumst du noch den Zug."

Karl trank lachend sein Glas aus, und als er fort war, meinten Herr Dr. Keller und Lucie, Karl sei lange nicht so nett gewesen wie sonst.

Vierundzwanzigstes Kapitel.

Lucie.

⚜

Selten war Lucie so niedergeschlagen gewesen als jetzt nach Karls Weggang. Sie hätte weinen können vor Ärger, und wenn sie darüber nachdachte, wußte sie selbst nicht weshalb. „Was habe ich nur für Ursache, so traurig zu sein?" dachte sie; „ich bin recht thöricht und will nicht länger so trüben Gedanken nachhängen," und sie nahm ein Buch, in dem sie zu lesen versuchte; aber gegen ihren Willen schweiften die Gedanken immer wieder davon ab.

„Das geht nicht," sagte sie, und das Buch mit einem tiefen Seufzer schließend, fragte sie sich: „Was macht mich nur so unglücklich? Wohlan," dachte sie, „ich werde meine Zuflucht zu meinem Tagebuche nehmen," und da sie noch nicht die mindeste Lust hatte, sich zur Ruhe zu begeben, nahm sie das Buch, in das sie ab und zu ihre Gedanken aufzeichnete, und begann zu schreiben.

Der Einfall schien ganz gut zu sein, denn kaum hatte sie die Feder in der Hand, als sie sich angeregter

fühlte. Sie hatte seit einiger Zeit ihr Tagebuch
nicht geöffnet und sagte, während sie die zuletzt ge=
schriebenen Zeilen durchlas: „Welch ein Unterschied!"

Dann fing sie an zu schreiben: „Ja, meine letzten
Worte waren freudig erregt, und jetzt fühle ich mich
im Gegenteil so niedergedrückt; ich zweifle an der Ver=
wirklichung meiner Ideale. Ich habe meine Erzählung
beendigt, und mich dünkt, es sei nicht viel daran aus=
zusetzen. Der Onkel fand sie hübsch und Karl auch;
vielleicht werden andere Leute, wenn sie dieselbe lesen,
ebenfalls sagen: ‚Das ist eine ganz nette Geschichte,'
und dann . . ist es aus.

Ich habe diese Erzählung zwar nicht selbst erdacht,
aber ich werde doch wohl imstande sein, ähnliche zu er=
sinnen, das glaube ich sicher, o ja, das weiß, das fühle
ich; — aber — gesetzt, ich thäte es . . wird
dadurch der Name ‚Lucie Keller' in vieler Menschen
Mund sein? nein, unmöglich!

O, mein Genius, warum hast du dich mir nur
einmal gezeigt? warum hast du mir nicht deutlich ge=
sagt, welchen Weg ich einschlagen muß, damit mein
Wunsch in Erfüllung gehe?

Soll ich als Schriftstellerin berühmt werden?
Ach! ich fühle noch keinen Funken Genie in mir. Meine
erste Erzählung ist ganz hübsch, wie man sagt, mit
anderen Worten: ganz alltäglich, so wie jeder andere
es auch machen kann. Werde ich imstande sein, etwas
zu schreiben, was nicht jeder kann?

Sieh, das möchte ich gern wissen. Dann wird
Karl nicht mehr sagen, ich solle lieber Handarbeiten

machen als schreiben; dann wird er meine Beschäftigung
nicht mehr so lächerlich finden.

‚Du gehst einem Leben voll Enttäuschungen ent=
gegen,‘ sagte der Genius. Was wollte er nur damit
andeuten? Ich will einmal darüber nachdenken: —
Das Leben einer berühmten Schriftstellerin kann nicht
voll Enttäuschungen sein, so . . warte, nun weiß
ich es. Diejenigen, die eben anfangen, erfahren
Enttäuschungen. Natürlich, das liegt in der Sache
selbst. Wie dumm, das nicht früher verstanden zu
haben. Nun begreife ich wohl, was er meinte. Vor
wenigen Tagen glaubte ich mich glücklich, weil der Onkel
meine unbedeutende Erzählung nicht verwarf, und wenn
ich auch durchaus noch nicht daran dachte, durch sie
berühmt zu werden, so erschien sie mir doch nicht so
unbedeutend wie jetzt. Ich war enttäuscht, daß so
wenig Aufhebens davon gemacht wurde, während ich
selbst so aufgeregt darüber war. Jetzt bin ich dahinter
gekommen. Vor solchen Enttäuschungen wollte mich
gewiß der Genius warnen. Ach, die sind noch leicht
zu tragen. Morgen früh werde ich eine neue Er=
zählung entwerfen, und dann fange ich wieder eine
andere an, und so immer weiter. O, mein Genius,
Geduld und Ausdauer habe ich genug, und Ent=
täuschungen will ich mir selbst nicht wieder bereiten.
Nein, mit Eifer werde ich fortan meinem Ideal nach=
jagen und mir immer vorstellen, daß alles, was ich
thue, nur Übungen sind, durch die ich endlich mein
Ziel erreichen muß. Ja, deine glänzende Prophezeiung
wird sich erfüllen, es wird eine Zeit kommen, in der

mein Name von vielen genannt werden wird. Ich werde
einmal Großes, Ausgezeichnetes leisten, und dann . . ."

Luciens Augen strahlten, und während sie ihr
Schreibgerät wegschloß und sich langsam entkleidete,
konnte sie es beinahe nicht mehr fassen, daß sie sich
eben noch so unglücklich gefühlt hatte; jetzt erschien ihr
das Leben wieder ebenso schön wie an jenem Abend,
als ihr der Genius erschienen war.

„Onkel," sagte Lucie einige Tage später, „ich
habe den Stoff zu einer neuen Novelle; sie wird, glaube
ich, recht hübsch werden; meinst du aber nicht auch,
daß ich besser thue, nicht mehr mit Karl darüber zu
sprechen?"

„O ja, er verdient es auch gar nicht," erwiderte
der Onkel, „er faßt die Sache ganz falsch auf. Ich
habe noch einmal darüber nachgedacht und kann durchaus nichts Unrechtes oder Unpassendes darin finden,
wenn ein junges Mädchen schreibt, solange es dadurch
keine wichtigeren Pflichten vernachlässigt. Das eine
amüsiert sich mit seinem Schoßhündchen, das andere mit
Musik, Zeichnen oder Handarbeiten, das dritte mit dem
Lesen passender oder unpassender Bücher, du vertreibst
dir die Zeit mit deiner Feder. Ich kann dabei nichts
Schlimmes finden."

Lucie behagte diese Anschauungsweise auch nicht
ganz, sie machte indessen keine Bemerkung darüber und
teilte ihrem Onkel den Entwurf ihrer Novelle mit,
worauf sie ihn um sein Urteil bat.

Mit einigen Änderungen hieß er den Plan gut,
und mit beinahe noch mehr Vergnügen als das erste

Mal schrieb Lucie die zweite Novelle. Als sie fertig war, hatte sie die Genugthuung, ihren Onkel versichern zu hören, daß er sie nicht weniger gut finde als die erste und ihr wieder einen Platz in seiner Zeitschrift anweisen werde.

„Und jetzt unter dem Namen ‚Rosamunde‘?" fragte er scherzend.

„Ach, Onkel, ich möchte lieber gar keinen Namen darunter setzen," sagte Lucie.

„Vielleicht nur deine Anfangsbuchstaben?" fragte Herr Dr. Keller.

Lucie sah einen Augenblick vor sich nieder und sagte dann: „Weißt du was, Onkel? Ich möchte nicht gern unter einem angenommenen Namen schreiben. Mir scheint das . . so . . . so . . ja, weißt du, ich kann mich nicht gut ausdrücken, aber es gefällt mir nicht."

„Nun, Lucie, das ist Nebensache," sagte Herr Dr. Keller, „ich frage auch nur im Scherz."

„Ja, Onkel, das verstehe ich wohl, ich weiß auch, daß du mir nicht dazu raten wirst, einen lächerlichen Namen anzunehmen, ich möchte aber nur unter meinem eigenen Namen schreiben."

„Nun, dann setze ihn darunter," sagte ihr Onkel.

„Unter diese Novelle!" rief Lucie. „Nein, Onkel, so meine ich es nicht. Weißt du, wenn ich später einmal ein schönes Buch schreibe, dann thue ich es vielleicht."

„Ah so, nicht ganz ohne Ehrgeiz," rief Herr Dr. Keller, während er sich eine Cigarre ansteckte.

„Hielteſt du das für unmöglich?" ſagte Lucie
leiſe, während ſie ihren Onkel fragend anſah.

„Nun ja, warum nicht?" war die Gegenfrage.

„Aber etwas, womit ich mir einen Namen machen
kann?" fragte Lucie.

„Einen Namen machen?" rief Herr Dr. Keller
etwas verwundert. „Was meinſt du damit?" fragte
er gleich darauf.

Lucie ſchwieg. Sie wußte es wohl, und doch
war ſie ſich nicht ganz klar darüber; ſie wußte deshalb
nicht, was ſie antworten ſollte und ſagte endlich halb=
laut: „Durch Recenſionen."

Herr Dr. Keller ſah ſeine Nichte an und ſagte:
„Nun ja, Lucie, wenn du ein gutes Buch ſchreibſt,
wirſt du auch viel anerkennende Recenſionen erhalten,
haſt du dir darum Kummer gemacht?"

„Ach, Onkel, es war eigentlich eine dumme, un=
überlegte Frage," ſagte Lucie und wußte raſch dem
Geſpräch eine andere Wendung zu geben.

Eines Morgens, als Lucie zu ihrem Onkel ins
Zimmer trat, ſah ſie, daß er ein gedrucktes Blatt in
der Hand hielt, in dem er las.

„Ein Druckbogen, Onkel?" fragte Lucie.

„Nein, man hatte die Freundlichkeit, mir einen
Abzug von der Recenſion meines letzten Buches zu
ſchicken," ſagte er, während er das Blatt vor ſich
hinlegte.

„Darf ich einmal ſehen?" fragte Lucie geſpannt.

„Mit Vergnügen," war die Antwort.

„Ach, Onkel, welch' ſchönes Urteil wird da

über dein Buch gefällt, bist du nicht sehr glücklich?"
fragte sie.

„Ja, gewiß," sagte Herr Dr. Keller gleichgiltig,
indem er ein Buch aufschlug.

„Das Buch wird sicher viel gelesen werden," fing
Lucie wieder an und wollte noch etwas hinzufügen,
aber sie merkte, daß ihr Onkel die Feder wieder auf=
genommen hatte, und verhielt sich deshalb ruhig.

Kaum sah Herr Dr. Keller einmal auf, so fragte
sie aber schon wieder: „Onkel, liegt dir wirklich nichts
an dem, was über dein Werk gesagt wird?"

„Ob mir nichts daran liegt?" wiederholte ihr
Onkel verwundert. „Gewiß, wie kommst du darauf,
Lucie?"

„Ich glaube, ich wäre entzückt, wenn einmal eine
so schöne Beurteilung über eines meiner Bücher er=
schiene," sagte Lucie erregt.

„Lucie, weißt du, wann ich entzückt sein werde?"
fragte Herr Dr. Keller und fuhr gleich darauf fort:
„Wenn die Ideen, die ich zu verbreiten strebe, Eingang
bei den Menschen finden werden."

Lucie dachte über diese Worte nach, ohne aber
den Sinn der Worte ganz zu verstehen. Bald darauf
wandte sie sich wieder mit einer Frage an ihren
Onkel.

„Würdest du damit einverstanden sein, wenn ich
jetzt ein größeres Werk anfinge? Ich möchte so gern
eine geschichtliche Novelle schreiben."

„Eine geschichtliche Novelle? Das erfordert viel
Studium," sagte Herr Dr. Keller.

„Das thut nichts, Zeit habe ich genug und an
Lust soll es mir gewiß nicht fehlen," beteuerte Lucie.

„Wir sprechen später noch einmal darüber, wenn
du dich erst durch einige von jenen Folianten durch=
gearbeitet haben wirst," sagte Herr Dr. Keller, auf
mehrere dicke Bände deutend.

Lucie sah auf die dicken Bücher mit ihren Perga=
menträcken, als wenn dieselben das Paradies ent=
hielten; sie trug so großes Verlangen danach, darin
zu lesen, daß es ihr fast leid that, als sie in der
folgenden Woche nach Heidelberg zu dem Jubiläum
reisen mußte.

Kathrine war sehr damit einverstanden, daß Lucie
einmal herauskomme, sie sagte auch zu Marie, sie hoffe,
der Ausflug werde Lucie etwas erheitern.

„Sie ist aber doch fröhlich genug," entgegnete
Marie, „sie lacht und spricht und singt den ganzen
Tag."

„Ja," meinte Kathrine, „aber das ist doch nicht
das Rechte. Ich mache mir immer schwere Gedanken
darüber," fügte sie mit bedenklichem Gesicht hinzu.

„Worüber, Kathrine?" fragte Marie leise und in
geheimnißvollem Tone, denn sie merkte, daß ihre Ge=
fährtin noch etwas ganz Besonderes auf der Zunge hatte.

„Ach, Marie, ich habe meine Mutter wohl hundert=
mal sagen hören, daß sie einmal eine Dame ge=
kannt hat, die durch das viele Studieren verrückt ge=
worden ist."

Marie schlug entsetzt die Hände zusammen, sagte
aber doch: „Sie sieht aber noch ganz klar aus den Augen!"

„Ja," meinte Kathrine und wiegte bedenklich den
Kopf, als ob sie sagen wolle: „Ich sage nicht alles,
was ich weiß."

„Mir thut es leid, daß sie weggeht," sagte Marie,
„aber, wenn du meinst, es sei gut für sie, so freut es
mich, denn, siehst du, ich habe sie so lieb wie mein
eigenes Kind, und ich möchte ihr nicht wünschen, daß
es ein schlechtes Ende mit ihr nähme. Aber hast du
wirklich Angst um ihren Verstand, Kathrine?" fragte
sie noch einmal.

„Ich urteile nur nach dem, was ich mit meinen
eigenen Augen sehe," antwortete Kathrine, „und ich habe
noch nie gehört, daß ein junges Mädchen studiert.
Das ist auch nicht mein erster Dienst. Ich habe schon
mehr junge Damen gesehen, aber eine solche noch nicht.
Die Damen in meinem letzten Dienst thaten gar nichts.
Es ist wahr, sie verstanden das Kommandieren aus
dem ff, aber sie saßen auch nicht immer mit der Feder
in der Hand und grübelten wie Fräulein Lucie."

Marie nahm eine betrübte Miene an, meinte aber
doch, Kathrine sehe zu schwarz. Und wahrlich, wenn
Kathrine Lucie in Heidelberg hätte sehen können, sie
wäre gewiß nicht auf den thörichten Einfall gekommen.

Wir wollen jetzt einen Brief mitteilen, den Lucie
an Anna schrieb.

Heidelberg, den 4. August.

„Liebe Anna!

Wenn ich jetzt eine Wünschelrute besäße, dann
würdest Du im nächsten Augenblicke hier bei mir sitzen,
denn ich wünsche mir nichts sehnlicher, als daß Du

alles mit mir genießen könntest! Wahrlich! ich hätte
nicht gedacht, daß es möglich wäre, sich so zu amüsieren,
wie ich es jetzt thue. Hätte ich Dir nicht so fest ver=
sprochen, Dir eine ausführliche Beschreibung meines
Aufenthaltes zu geben, dann würde ich noch das Be=
denken haben, ob es nicht ein bißchen grausam ist, Dir
zu erzählen, wieviel Vergnügen ich genieße, während
Du dort sitzest und Stunden giebst; aber Versprechen
macht Schulden, und darum, Anna, fange ich jetzt da=
mit an, Dir zu sagen, daß ich in dem Augenblick ganz
allein in Karls Zimmer sitze, während er mit Onkel
einen alten Universitätsfreund desselben besucht.

Es ist schon der dritte Tag unseres Hierseins und
das erste ruhige Stündchen; aus diesem Grunde habe
ich nicht, wie ich wollte, jeden Tag etwas an Dich
schreiben können. Wir sind schon Montag Morgen
mit dem ersten Zuge hier angekommen. Karl holte
uns im offenen Wagen ab und fuhr sogleich ein paar=
mal mit uns durch die Stadt, um uns, wie er sagte,
durch den Anblick der vielen Fahnen in die passende
Feststimmung zu bringen. Darauf tranken wir Kaffee
auf seinem Zimmer, wo wir den Zug der alten Herren
kommen sahen, die unter fröhlicher Musik von dem
Bahnhof abgeholt wurden. ‚Nach dem Empfang der
Festgäste werden einige meiner Freunde hier Besuch
machen,‘ sagte Karl.

Ich fürchtete mich ordentlich davor, so viel fremden
Herren zu begegnen, aber sie waren so unterhaltend
und fröhlich und erzählten so nett, daß die Zeit dahin=
flog. Ehe sie weggingen, wurden noch viele Pläne

für die nächsten Tage gemacht. Einer von ihnen hatte
seine Mutter mit einer Cousine zu Besuch, ein anderer
zwei Schwestern, und da wir am nächsten Morgen
sämtlich irgendwo auswärts frühstücken wollten, machte
ich mit Karl noch am Nachmittag den Damen meinen
Besuch.

In den beiden Studentenwohnungen, in die ich
kam, sah es ebenso nett aus wie bei Karl, die Wände
waren beinahe ganz mit Bildern, Photographien und
sonstigen studentischen Raritäten bedeckt. Eine der
jungen Damen, die wir besuchten, nannte mich sogleich
beim Namen und fragte, ob sie das nicht immer thun
dürfe, da sie mich schon durch Sophiens Erzählungen
kenne. Ich hatte natürlich nichts dagegen und hörte
nun, daß Sophie auch in Heidelberg wäre und am
nächsten Tag wahrscheinlich mit uns spazieren gehen
würde.

Es freute mich, Sophie einmal wieder zu sehen,
denn, wie ich Dir schrieb, haben wir uns in Frankfurt
immer verfehlt. Wir frühstückten am nächsten Morgen
sehr vergnügt und unterhielten uns so fröhlich und
ungezwungen, als ob wir uns schon jahrelang gekannt
hätten. Ich wollte, ich hätte die ganze Unterhaltung
merken können, die zuweilen sehr witzig war. Häufig
ging sie auf Kosten von Sophie, die mehr als einmal
herhalten mußte. Sehr bald merkte ich, daß sie mit
einem Offizier sehr geneckt wurde, der nicht bei unserer
Gesellschaft war. Sophie ist noch ganz die alte, und
ich verwunderte mich fortwährend über die sonderbaren
Bemerkungen, die sie zu machen wagte. Als wir

später einmal zusammen im Garten umhergingen, flüsterte sie mir zu, ich habe sicher schon gemerkt, daß sie mit einem Dragonerlieutenant verlobt sei. Ich wollte ihr Glück wünschen, aber sie konnte, wie sie sagte, die Glückwünsche noch nicht entgegennehmen, da (denke nur) ihre Eltern noch nichts davon wüßten. Sie bat mich um Geheimhaltung, da aber der größte Teil unserer Gesellschaft eingeweiht zu sein schien, mache ich mir kein Gewissen daraus, es Dir zu erzählen. Ich bin neugierig, den Verehrer einmal zu sehen.

Als wir von unserm Ausflug zurückkamen, sollten wir mit der ganzen Gesellschaft einige Sehenswürdigkeiten der Stadt in Augenschein nehmen, aber wir kamen nicht weiter als zur Hauptkirche, weil wir früh essen mußten, um fertig zu sein, wenn der Zug sich in Bewegung setzte.

Es war auch gut, daß wir uns nicht länger aufgehalten hatten, denn wir saßen noch kaum bei Tisch, als wir bereits die Musik hörten.

Verschiedene Bekannte von Karl kamen mit ihren Damen, um bei uns aus den Fenstern zu sehen, und als der Zug vorüber war, gingen wir unsererseits zu anderen Studenten oder Familien, um den glänzenden Aufzug noch einmal an uns vorüberziehen zu lassen. Es ist mir ganz unmöglich, Dir eine Beschreibung von demselben zu geben, später zeige ich Dir einmal das Album, das der Onkel mir zum Andenken an den schönen Tag gegeben hat. Es ist ein großes Bild darin, auf dem der ganze Festzug zu sehen ist. Es war ein prächtiger Anblick, und der Tag wird mir

gewiß unvergeßlich bleiben, freilich war ich am Abend
recht müde und abgespannt von all' dem Vergnügen.

Ein solcher Tag ist aber auch etwas ganz Außer=
gewöhnliches, und ich weiß nicht, was mich mehr in
Erstaunen setzte, die ungewöhnlich eleganten und reichen
Kostüme, die Fröhlichkeit, die aus allen Gesichtern
sprach, die Menschenmassen, die sich durch die Straßen
bewegten, oder die freundliche, zwanglose Weise, in
welcher die Heidelberger Familien Fremde empfangen
und mit ihnen verkehren; wie viel Bekanntschaften
ich gemacht habe, kann ich Dir gar nicht aufzählen.

Am folgenden Tage unterhielten wir uns wieder sehr
gut; des Morgens mit einer Fahrt im offenen Wagen,
am Abend mit einer improvisierten Ruderpartie auf
dem Neckar. Einige Herren sangen lustige Studenten=
lieder, die auf dem Wasser herrlich klangen.

Aber jetzt, liebe Anna, schließe ich für heute; ich
habe diesen langen Brief nur mit Berichten über mich
ausgefüllt. Folge meinem Beispiele und sorge, daß
ich daheim einen langen Brief von Dir finde, worin Du
mir recht viel Gutes von Dir und den Deinen erzählst.

Immer Deine Dich sehr liebende

Lucie."

Karls Aufwärter vergaß, den Brief zur Post zu
bringen, und als ihn Lucie ein paar Tage später noch
fand, fügte sie einiges über das große Fest auf der
Ruine hinzu.

„Das ganze Fest war so schön wie ein Traum aus
der Märchenwelt. Stelle Dir vor, daß die herrliche, Dir
gewiß durch Bilder bekannte Ruine prächtig mit Fahnen,

Kränzen und Guirlanden, sowie den herrlichsten Gewächshauspflanzen geschmückt war. Der ganze Platz im Schloßhofe war mit Tischen besetzt, an denen größere und kleinere Gesellschaften saßen und der wunderschönen Musik lauschten; es war prachtvoll, und ich bin überzeugt, daß es unter den vielen Gästen, welche von nah und fern herbeigeeilt waren, nicht einen Menschen gegeben hat, der nicht vergnügt gewesen wäre.

Die Studenten, die meistens in Couleur erschienen, trugen viel dazu bei, allem ein noch farbenprächtigeres Ansehen zu verleihen, und als abends die Illumination stattfand, konnte ich keine Worte finden, um meiner Bewunderung Ausdruck zu geben.

Den ganzen Nachmittag wanderte ich umher, bald am Arme eines Herrn, der sich mir eben durch Karl hatte vorstellen lassen, bald mit einer früher gemachten Bekanntschaft. Ich bin auch einmal mit Sophiens Verehrer herumspaziert, dem Herrn von Stettenheim, einem Menschen, der eine wunderbare Mischung von

Kindlichkeit und gekünstelter oder natürlicher Vornehm=
heit besitzt. Aber davon später mehr. Für den Augen=
blick muß ich Dir Lebewohl sagen, weil ich jetzt in ein
Gartenkonzert gehe.

Darum nochmals adieu!

Deine Lucie.“

Lucie fand wirklich bei ihrer Rückkehr einen Brief
von Anna vor, den sie aufmerksam las und mit welchem
sie dann zu ihrem Onkel ging.

„Darf ich dir einiges aus Annas Brief vorlesen,
Onkel?“ fragte sie, und nachdem ihr Onkel versichert
hatte, es werde ihm sehr viel Vergnügen machen, sagte
sie: „Das erste überschlage ich . . aber hier . .“

„Du kannst Dir denken, Lucie, wie traurig es
bei uns war. Der Doktor bestand auf einer Luft=
veränderung für Papa, und dieser wollte nichts davon
hören, da er, wie er sagte, es nicht mit seinem Ge=
wissen vereinigen könne, so viel Geld für einen zweifel=
haften Erfolg auszugeben. Ich wollte Frau Ravené
um einen Vorschuß angehen, und Suse und Jeannette
hätten wohl auch um etwas Geld bitten können, aber
das würde doch lange nicht ausgereicht haben; Papa
wollte auch seine Zustimmung nicht geben. Kornelie
und ich stickten so fleißig wie möglich, obschon wir
nicht umhin konnten, zu denken: ‚Was nützt eine
solche Kleinigkeit?‘ für uns aber war diese Arbeit
ein wahrer Segen, denn wie Du Dir denken kannst,
sah es sehr traurig bei uns aus, und es war doch
eine Zerstreuung für uns.

Auf einmal verwandelte sich unsere Trauer in

Freude; denn vor etwa drei Wochen kam eines Abends
ein eingeschriebener Brief, der eine große Summe
Geldes enthielt. Auf einem Streifen Papier war mit
verstellter Hand geschrieben: ‚Reisebillet für Herrn
Pastor Franken und Frau Gemahlin.'

Wir können uns durchaus nicht erklären, von wem
diese Sendung kommt, und das thut mir leid, denn
ich möchte so gern dem edlen Geber einmal vorlesen,
was Papa uns heute entzückt geschrieben hat, — ja, das
vergaß ich Dir zu sagen: als der Brief eben gekommen
war, haben wir alle erst gelacht und dann wieder geweint vor Glück und Seligkeit, und als wir uns endlich
etwas beruhigt hatten, fingen wir sogleich an, Pläne
zu machen. Wir wollten Papa schon am nächsten Tag
auf die Wanderschaft schicken, das ging ihm aber zu
schnell, und so blieben Papa und Mama noch einige
Tage zu Haus und reisten dann, vom herrlichsten
Wetter begünstigt, morgens früh von hier ab. Das
Haus kam uns erst wie ausgestorben vor, so wunderbar
still; glücklicherweise ist aber Suse in den Ferien zu
Haus, und da wir jetzt einen Brief von unseren lieben
Reisenden haben, gewöhnen wir uns allmählich an die
Leere. Auch sind wir so glücklich über die Nachrichten,
die uns Mama giebt; sie schreibt, Papa wäre schon
ein ganz anderer Mensch."

Anna schrieb noch, daß sie Lucie gern schon früher
an ihrer Freude habe teilnehmen lassen wollen, aber
sie sei etwas unwohl gewesen. Dann erzählte sie noch
viel von ihren Zöglingen, ihren Schwestern und verschiedenen Personen in Mühlberg, aber weil das für

ihren Onkel kein Interesse hatte, faltete Lucie ihren
Brief wieder zusammen und fragte: „Wie findest du
das, Onkel?"

„Es freut mich sehr für die Leute," war die
Antwort.

Lucie sprach nicht weiter darüber. Da ihr Onkel
sich nicht näher über die Sendung aussprach, nahm
sie an, daß er der Geber des Reisebillets gewesen war,
denn sie erinnerte sich, daß er stets mit großer Teilnahme zugehört hatte, wenn sie von der Frankenschen
Familie sprach. Sie that, als ob sie keine Ahnung
davon habe, aber, da es ihr Bedürfnis war, ihrem
Onkel für seine Wohlthat einen Genuß zu verschaffen, las sie Karl immer in seiner Gegenwart Annas
begeisterte, dankerfüllte Briefe vor. —

„So, Lucie, gehst du wieder mit herauf?" fragte
Herr Dr. Keller, einige Tage, nachdem sie von Heidel-
berg zurückgekehrt waren. „Ich dachte, du habest das
Studieren ganz aufgegeben."

„Ach nein, es war mir ärgerlich genug, daß mich
das Sticken so lange abhielt," sagte Lucie, „aber ich
wollte die Arbeit gern fertig haben. Glücklicherweise
bin ich damit fertig und kann mich nun ganz meiner
neuen Aufgabe widmen; hast du etwas für mich gefunden, Onkel?"

„Ja, Lucie, ich habe hier einiges aus der deutschen
Geschichte aufgezeichnet, worunter du sicher etwas finden
wirst, was zum Bearbeiten geeignet ist. Aber du
wirst sehen, daß eine geschichtliche Novelle viel Fleiß
und Ausdauer erfordert."

„Das ist ganz gut,“ sagte Lucie mutig.

„Allzugroße Anstrengung paßt nicht gut auf die Festfreude,“ bemerkte ihr Onkel.

„Ich finde im Gegenteil, recht gut,“ entgegnete Lucie, „denn weißt du, Onkel, ich habe sehr viel Vergnügen gehabt, sogar viel mehr, als ich für möglich hielt, und doch kann ich sagen, daß es mir viel lieber ist, hier bei dir zu sitzen und zu arbeiten, als noch ein Fest zu feiern.“

Herr Dr. Keller lachte und sagte: „Ich kann das gut begreifen, denn mir geht es ebenso“; aber als er später einmal von seiner Arbeit auf= und nach seiner Nichte hinsah, dachte er: „Es ist doch sonderbar, daß ein junges Mädchen wie Lucie soviel Geschmack an einer so anstrengenden Arbeit findet.“

Fünfundzwanzigstes Kapitel.

Martha und Robert. Ein Heiratsantrag.

Wenn man lange darüber nachgedacht hätte, auf welche Weise man Martha immer unzufriedener mit ihrem Schicksale machen könne, würde man sicher kein besseres Mittel gefunden haben als das, welches Herr von Düring anwandte. Er hatte zu Martha gesagt, die Aufgabe, die sie übernehmen wolle, sei eigentlich zu schwer für sie, und falls sie sich nicht hineinfinden könne, möge sie sich nur an ihn wenden; das veranlaßte Martha immer zu dem Gedanken: „Ich habe es in der Hand, eine gänzliche Wendung meines Geschickes herbeizuführen." Nicht als ob sie glaubte, sie werde sich nicht fügen können, o nein, sie hatte die Absicht, sich Mühe zu geben, aber sie irrte sich. Ihr Herz blieb von denselben Träumen wie früher erfüllt. Sie hatte sich Reichtum und Macht gewünscht und hatte ihre Familie verlassen, um auf diese Weise ihr Ideal zu erreichen; sie hatte ihre Mutter verloren, und mehr als einmal machte sie sich im stillen den Vorwurf, die Ursache ihres frühen Todes gewesen zu sein; aber

das einzige, was ihr immer klar blieb, war, daß sie
nicht das war, was sie sein wollte. Sie hatte wohl
ein ganz ansehnliches Legat von Frau von Düring erhalten, aber was war das! Die Zinsen reichten für
ihre Toilette, aber ihren Liebling Franz konnte sie davon nicht zum Gentleman machen.

Frau von Waldenburg war unerwartet ohne
Testament gestorben und so hatte Herr Schulte auf
diese Unterstützung verzichten müssen. Sein Einkommen
war noch gerade so klein wie früher und die Ausgaben
natürlich größer, so daß alles noch sparsamer einge-
richtet werden mußte; für die drei anderen Jungen
war ebenso wenig an das Studieren zu denken, wie
für Robert. Hugo fand sich weniger gut in sein Schicksal
als Robert und ließ sehr oft durchblicken, daß er sehr
gegen seinen Willen Lehrer geworden sei. „Aber Hugo,"
sagte sein Vater wohl einmal, „du hast dir diesen Beruf
doch selbst ausgewählt."

„O ja," entgegnete Hugo, „weil er um einen
Grad besser ist als ein Handwerk, aber ich möchte viel
lieber studieren und ein berühmter Mann werden."

„Thu nur dein möglichstes," war dann gewöhnlich die Antwort. „Jeder kann in seinem Fach groß
werden"; und wenn dann der Vater wieder einmal so
mit dem Sohn gesprochen hatte, fühlte sich derselbe
ein wenig zufriedener, aber bald wurden wieder dieselben Stoßseufzer laut.

Peter konnte noch zu keinem Entschluß kommen,
aber Franz sollte Schreiber auf dem Bureau seines
Vaters werden. Diese Aussicht gefiel ihm und er

freute sich auf die Zeit, wo er alt genug sein würde,
um die Schule zu verlaffen.

„Nein, Franz," sagte Martha, als der Knabe
einmal mit ihr von seinen Plänen sprach, „nein, du
darfst nicht Schreiber werden, das ist eine spießbürger=
liche, langweilige Exiftenz.   Du mußt ein Gentleman

werden, ein Student, wie Karl Keller, oder ein Offizier,
wie der Herr, der neulich hier auf dem schönen Schimmel
vorbeiritt. Weißt du noch?"

„Ja," sagte Franz, und ganz erregt von ihren
Vorstellungen, ging er zu Robert, um ihm seine neueften
Ideale mitzuteilen.

Dieser suchte voller Entrüstung seine Schwester auf und sagte: „Setze dem Kinde doch nicht so thörichte Dinge in den Kopf, Martha; du weißt, daß Papa un= möglich mehr an seine Erziehung wenden kann, als an die unsere."

„Wenn ich nur reich wäre! Ich würde ihn alles lernen lassen, wozu er Lust hat," sagte Martha.

„Aber du bist nicht reich, und ich sehe auch nicht ein, wie du es werden willst," bemerkte Robert.

„So, ei, das ist vielleicht nicht so unmöglich, wie du denkst," rief Martha gereizt.

„Das einzige, was dich reich machen kann, wenn du nicht einen Schatz findest oder eine Erbschaft machst, ist eine reiche Heirat, und darauf brauchst du nicht zu rechnen, denn setzen wir den Fall, es käme jemand deinetwegen; sobald er Trudchen in der Nähe sieht, wird er nicht lange bei seiner Wahl im Zweifel sein," sagte Robert.

„So," sagte Martha in demselben Ton und biß sich auf die Lippen.

„Erinnerst du dich noch, Martha, was wir einst oben zusammen verhandelt haben?" fragte Robert nach einiger Zeit.

„Was willst du damit?" fragte Martha.

„Und was Papa dir geschrieben hat?" fuhr Robert fort.

„Nun?" fragte Martha noch einmal sehr gereizt.

„Ich habe nicht die Absicht, dir alles noch einmal zu wiederholen, was ich damals gesagt habe," sagte Robert rauh, „du mußt selbst am besten wissen, wie du

dich zu betragen hast. Wenn Trudchen nicht für alles
sorgte, würde es im Hause nett aussehen!"

„Ich bin den ganzen Tag sehr fleißig," verteidigte
sich Martha, „aber ich kann es niemand recht machen,
und wenn Papa darüber klagte, wollte ich das noch
gelten lassen, aber von dir brauche ich mir keine Vor=
schriften machen zu lassen, und von jetzt an, sage ich
dir, . ."

„Ruhig, ruhig," unterbrach sie Robert, „ich mache
dir keine Vorschriften. Ich bitte dich nur als dein
Bruder, daran zu denken, daß du die älteste Tochter
bist, und daß du dich gar nicht beträgst wie du
solltest. Ich werde nicht auf die häuslichen Angelegen=
heiten zurückkommen, das sind Sachen, die du mit
Trudchen ausmachen mußt, aber ich wiederhole dir,
daß es sehr verkehrt ist, den jüngeren Kindern Dinge
in den Kopf zu setzen, die sie unglücklich und unzu=
frieden machen müssen. Ich begreife nicht, was du
damit willst, vielleicht weißt du es selbst ebenso wenig,
aber wie dem auch sein möge, eins ist sicher, daß
du deine Karten verspielst. Papa hatte dich so gern,
und wir alle . ."

„Ja, du hast mich allerdings sehr gern," fiel ihm
Martha heftig ins Wort, „nein, das habe ich schon lange
gewußt, daß du mich nicht leiden kannst, und deshalb
Trudchen immer herausstreichst."

„Unsinn," brummte Robert, während er sich an=
schickte, das Zimmer zu verlassen. „Wenn du wärest,
wie du sein solltest," fügte er, die Thürklinke in der

Hand, hinzu, „würden wir dich alle ebenso gern haben
wie Trudchen."

„Ich thue immer mein möglichstes, aber es denkt
niemand daran, daß ich ganz davon entwöhnt bin, . ."
fing Martha halb weinend an; Robert aber begann
ein Liedchen zu pfeifen und ging hinaus, ohne sie aus=
sprechen zu lassen.

„Er ist ein unausstehlicher Junge, er meint, er
habe das Recht, mir alles zu sagen, was er will,"
sagte Martha zu sich selbst und blieb am Fenster stehen,
ohne zu bedenken, daß sie für den Kaffee zu sorgen
habe. Trudchen machte keine Bemerkung, als sie zu
ihrem Schrecken beim Hereinkommen sah, daß Martha
ihr Versprechen wieder vergessen hatte. Sie beeilte
sich soviel wie möglich, und zu ihrer Freude und
Genugthuung bemerkte der Vater nicht einmal, daß der
Kaffee zu spät in das Bureau kam. —

Viele Monate waren seit Frau von Dürings
Tode vergangen und Martha fühlte sich noch immer
nicht heimisch im Elternhause. Herr Schulte merkte
hiervon wenig, denn die Kinder thaten sämtlich ihr
möglichstes, um ihm Verdruß zu ersparen, und er
selbst vermied immer, zu untersuchen, wie die Dinge
standen, wenn er hin und wieder merkte, daß Martha
verweint aussah, oder daß Anzüglichkeiten zwischen ihr
und Robert gewechselt wurden.

Die beiden Ältesten waren nie ganz gut mitein=
ander ausgekommen, und Herr Schulte fühlte, daß es
kein vorübergehendes Mißverständnis war, welches man
beilegen könne. Er verschanzte sich deshalb gewöhnlich

seufzend hinter der Zeitung, wenn er merkte, daß
etwas nicht in Ordnung war.

Einmal, als Robert nachmittags mit seinem Meister
ausgehen sollte, um einer Beratung über einen Brücken=
bau beizuwohnen, fragte er Martha morgens, ob sie
einige notwendige Ausbesserungen an seinen Kleidern
vornehmen wolle.

„Mit Vergnügen," war die Antwort.

„Aber vergiß es ja nicht, denn du weißt, ich habe
nur noch meinen besten Anzug und der ist mir zu gut,"
sagte Robert.

„Ich werde gleich damit anfangen," versicherte
Martha.

„Das soll mir sehr lieb sein, denn es ist mir
höchst unangenehm, etwas Zerrissenes zu tragen," sagte
Robert und ging weg.

Martha hatte den festen Vorsatz, seine Bitte zu
erfüllen, aber erst hatte sie noch einige Kleinigkeiten zu
besorgen; sie war gerade damit fertig geworden, als
sie den Briefträger klingeln hörte. „Laß einmal sehen,"
sagte Martha zu dem Mädchen, das die Briefe abge=
nommen hatte und sie auf das Bureau bringen wollte.
Das Mädchen reichte ihr die Briefe, die Martha, einen
nach dem andern zurückgab, bis sie auf dem letzten
Herrn von Dürings Handschrift erkannte. Sie drehte
den Brief um und um, wog ihn in ihrer Hand, hielt ihn
gegen das Licht, besah wieder und wieder die Adresse
und das Siegel, bis das Mädchen ungeduldig fragte:
„Wollen Sie den Brief behalten?"

„Nein," sagte Martha zusammenfahrend und gab

ihn rasch zurück. „Was mag wohl in dem Briefe
stehen?" fragte sie sich leise. „Sicher geht es mich an;
aber was mag es sein? ich werde es wohl bald erfahren," beruhigte sie sich und horchte, ob sie nicht die
Thüre des Bureau gehen höre. Über dem Warten
vergaß sie ganz Roberts Bitte, und doch wartete sie
vergeblich, denn ihr Vater kam nicht vor der gewohnten
Zeit herein und war kaum im Zimmer, als Robert
ihm folgte. „Ach, Trudchen," sagte er, „sei so gut
und gieb mir ein paar Butterbrote, denn ich komme
nicht zum Essen nach Haus. Der Meister hat in einer
großmütigen Laune einen Wagen bestellt; wir fahren
jetzt gleich alle mit."

„Er wird wohl wissen, was er thut," sagte der
Einnehmer, seinem Sohne zunickend.

„Ja, das glaube ich auch," antwortete Robert
lachend, „jedenfalls bin ich froh, daß er mich mitnimmt.
Ich werde dadurch mit dem ganzen Plan bekannt.
Schneide sie nicht zu dick, Trudchen. Sind meine
Sachen wieder oben, Martha?"

„Ach, Robert," rief Martha erschrocken, „wie leid
thut es mir . ."

Eine sehr hörbare Verwünschung und das harte
Zuschlagen der Thüre hinderten Martha, ihren Satz zu
vollenden.

„Was ist denn?" fragte Herr Schulte.

„Ach, Robert hatte mich gebeten, ein paar Knöpfe
anzunähen und etwas zu stopfen, aber ich konnte nicht
dazu kommen. Es ist jedoch das Werk eines Augenblicks, und ich kann es jetzt noch thun," fügte sie

hinzu und verließ mit ihrem Arbeitskästchen das Zimmer.

Herr Schulte schüttelte traurig den Kopf und sah vor sich hin, um sogleich aufzuspringen, als ein ungewohntes Geräusch sein Ohr traf. „Was giebt es?"

fragte er, die Zimmerthüre öffnend. Robert ging ohne Antwort an ihm vorbei, und Martha folgte weinend, während die ganze Treppe mit dem Inhalt ihres Arbeitskästchens besät war. Martha war Robert auf der Treppe begegnet und absichtlich oder unwillkürlich war er gegen sie angerannt; durch sein Ungestüm erschreckt, hatte sie den Kasten fallen lassen; soviel war gewiß, daß Robert in schlechtester Laune, ohne etwas zu genießen, das Haus verließ, und Herr Schulte zu seinem großen Leidwesen merkte, wie wenig gut das Einvernehmen zwischen Robert und Martha war. „Es thut mir leid, Martha," sagte er, „denke doch künftig besser an deine Versprechen. Für Robert ist das doch sehr unangenehm."

„Ja, Papa, aber ich kann wirklich nichts dafür," sagte Martha. „Ich hatte die feste Absicht, es zu thun, aber die Zeit verging so rasch heute morgen." Auf ein= mal fiel ihr ein, wes= halb sie so wenig Zeit gehabt hatte, und sie fragte: „Hast du viele Briefe be= kommen, Papa?"

„Ja, sieh, es ist gut, daß du mich daran erinnerst," war die Antwort. „Ich habe noch einen Brief in der Tasche, den ich noch gar nicht gelesen habe." Bei diesen Worten holte er den bewußten Brief aus der Tasche, erbrach ihn und zog, augenscheinlich gedankenlos, zwei Briefe heraus. Er besah die Adressen und sagte gleich= giltig: „O, da ist auch ein Brief für dich."

„Für mich?" fragte Martha und nahm mit nervös
zitternder Hand den ihrigen, den sie rasch las. Wie
bewegte sie der Inhalt! Aber noch ehe sie ihren
Brief zu Ende gelesen hatte, sagte ihr Vater in
ernstem Ton: „Martha, ich hatte keinen derartigen
Brief erwartet, sonst hätte ich mir's wohl überlegt,
ehe ich ihn dir gab. Doch vielleicht ist es besser so.
Wir können jetzt nicht darüber sprechen, aber komm
nach dem Essen zu mir."

Martha freute sich, als ihr Vater das Zimmer
verließ, denn es war ihr unmöglich, ein Wort hervor=
zubringen. Die Buchstaben in ihrem Brief tanzten,
wie ebenso viele gelbe und rote Sterne vor ihren
Augen, und es war ihr zu Mute, als müsse sie in
Ohnmacht fallen.

„Was fehlt dir denn, Martha?" fragte Trudchen
teilnehmend. Sie war nicht im Zimmer gewesen und
hatte nichts von dem Briefe gehört.

„Ach, laß mich," bat Martha leise und machte
eine abweisende Bewegung mit der Hand.

Trudchen verließ die Schwester und fand Martha
eine Stunde später noch unbeweglich auf demselben
Fleck, den Kopf in die Hand gestützt und den Brief
auf den Knieen. Ohne etwas zu sagen, setzte sich
Trudchen mit ihrer Näherei ans Fenster.

„Was würdest du dazu sagen, wenn ich mich ver=
heiratete?" fragte Martha plötzlich.

„Du dich verheiraten? Mit wem denn?" fragte
Trudchen verwundert.

„Rate einmal," sagte Martha.

„Mit Herrn Karl Keller?"

„Nein."

„Mit Herrn Ranke?"

„Auch nicht," sagte Martha. Trudchen riet alle Herren, die sie einigermaßen kannte, kam aber nicht

auf den Gedanken, daß es Herr von Düring sein könne, und als Martha endlich selbst seinen Namen ausgesprochen hatte, rief sie verwundert:

„Mit dem alten Mann?"

Martha gab keine Antwort, und Trudchen versetzte: „O, Martha, sei nicht böse auf mich."

„Thörichtes Kind, warum sollte ich dir böse sein?"

18*

fragte Martha und fügte sogleich hinzu: „Laſſe es
niemand merken, daß ich mit dir davon geſprochen
habe.“

Trudchen hätte gern noch etwas mehr erfahren,
aber ſie fand das Gehörte ſo ſonderbar, daß ſie nicht
wagte, noch weiter in Martha zu dringen, und ſo brachte
ſie den übrigen Morgen ſchweigend zu, während ihre
Schweſter, in Gedanken verſunken, ab und zu den Brief
anſah und halb verlangend, halb ängſtlich dem Ge=
ſpräch mit ihrem Vater entgegenſah.

Sechsundzwanzigstes Kapitel.

Lucie und Karl gehen nach Mühlberg.

Während Lucie mit Eifer und Ausdauer an ihrem Buche arbeitete, promovierte Karl. Er schied mit einem fröhlichen Fest von der Universität, wo er sich zahlreiche gute Freunde erworben hatte. Er wollte noch einige Zeit ins Ausland gehen und sich dann irgend= wo als Arzt niederlassen; bis jetzt hatte er aber seine Reise noch aufgeschoben und für einige Monate die Praxis eines Freundes übernommen. Karl hatte dessen Bitte nicht abschlagen wollen, freute sich aber doch, als die Zeit vorüber war. Augenblicklich war er auf einige Wochen zurückgekehrt und damit beschäftigt, Lucie zu erzählen, wie es ihm dort ergangen, als diese einen Brief erhielt.

„Wenn Martha Schulte nicht schon lange aufge= hört hätte, mir zu schreiben, würde ich wahrhaftig denken, das sei ein Brief von ihr," sagte sie, den Um= schlag öffnend. „Lieber Himmel, Karl!" rief sie, als sie einen Blick auf die wenigen Zeilen geworfen hatte, „lies einmal!"

Karl nahm den Brief und las laut:

„Freundin meiner Jugend!

Es ist ein Herzenswunsch von mir, Dich bei meiner Hochzeit zu sehen. Wenn es Dir einigermaßen möglich ist, erfülle mir denselben. Auch Dein Bruder Karl wird bei meinem Hochzeitsfest ein willkommener Gast sein. Aber da fällt mir ein, Du weißt vielleicht noch gar nicht, daß ich mit Herrn von Düring verlobt bin; wir haben es so lange als möglich geheim ge= halten, weil mein zukünftiger Gatte die Unruhe nicht liebt. Es wird ihm ebenso wie mir eine große Freude sein, wenn meine Kränzchenschwestern auch meine Braut= führerinnen sind, und darum, liebe Lucie, wiederhole ich noch einmal die Einladung für Dich und Karl. Ihr könnt in unserm Hause oder bei Sophie logieren, wie es Euch am liebsten ist. Schlage derjenigen ihre Bitte nicht ab, die sich immer nennt

Deine Freundin Martha."

„Das ist ja eine sonderbare Geschichte," rief Lucie, „ich glaube, er könnte ihr Großvater sein."

„Die kleine Martha," sagte Karl zu sich selbst, „wer hätte gedacht, daß sie einen so gewagten Schritt thun werde. Armes Kind! sich durch eine reiche Heirat verblenden zu lassen! Aber, Lucie, wir müssen hin= gehen, meinst du nicht auch?" fügte er hinzu.

„Natürlich," sagte Lucie, „aber ich begreife nicht, daß Anna gar nichts davon schreibt. Ich kann es kaum glauben. Was sagst du dazu?"

„Es muß ein sehr sonderbares Verhältnis werden," sagte Karl. „Aber ich habe große Lust, nach Mühl=

berg zu gehen. Ich schiebe meine Reise dann noch
um einen Monat auf. Wir werden dort gewiß sehr
vergnügt sein."

Schon am nächsten Tage kamen Briefe von Anna
und Sophie. Beide waren erfüllt von der sonderbaren
Neuigkeit und drangen in Lucie, zu kommen. Sophie
wiederholte die Einladung, die Martha schon im voraus
an sie gerichtet hatte und schrieb, ihre Mama und sie
selbst würden es Lucie und Karl nicht vergeben, wenn sie
nicht bei ihnen wohnten; Anna schrieb, sie würde Lucie
gern bei sich aufnehmen, aber da sie doch täglich zu
Frau Ravené gehen müsse und der Aufenthalt bei
Sophie für Lucie auch viel angenehmer sein dürfte,
hätte sie Sophie in die Hand versprochen, sie nicht auch
aufzufordern.

„Wie still wird es bei mir werden," sagte Herr
Dr. Keller.

„Wir kommen bald zurück," meinte Lucie.

„Das hoffe ich," versetzte ihr Onkel, „denn ich
fürchte mich jetzt mehr davor, dich, wenn auch nur
auf kurze Zeit, zu entbehren, als früher vor deinem
Kommen."

Das Kleeblatt lachte noch einmal herzlich über des
Onkels Furcht vor Lucie.

„Ja, alte Junggesellen machen sich solche über-
triebene Vorstellungen," bemerkte Herr Dr. Keller.
„Gieb nur acht, Karl, und suche dir beizeiten eine
Frau."

„Ich hoffe, dafür zu sorgen," lachte Karl.

„Aber, wenn du allein bleiben solltest, wünsche ich dir gerade so ein Nichtchen," sagte Herr Dr. Keller, nachdem Lucie das Zimmer verlassen hatte und sah bei diesen Worten seinen Neffen flüchtig an.

„Gewiß, Onkel, das wünsche ich auch," antwortete Karl munter.

Als er aber später noch einmal darüber nachdachte, wurde ihm klar, daß er durchaus nicht an seinen Onkel gedacht hatte, als er Pläne für Lucie machte. „Das wird für das arme Kind noch eine schwere Entscheidung werden," dachte Karl, „aber man soll sich doch nicht vor der Zeit sorgen," sagte er und machte sich fertig, um mit Lucie auszugehen.

Es gelang ihnen, bei der Wahl eines Hochzeits= geschenkes etwas zu finden, das ihnen beiden sehr gut gefiel, und in fröhlicher Stimmung traten sie ihre Reise an. Obgleich die Ankunft in Mühlberg sie etwas wehmütig stimmte, waren sie bald genug Herr über sich selbst, um den herzlichen Empfang zu genießen.

Herr von Langen kam selbst mit Sophie an die Bahn und, wie zu erwarten stand, wurde sogleich von Martha und deren Verlobung gesprochen. Lucie meinte, ihr sei etwas bange vor dem Wiedersehen, denn sie glaube, die Begegnung müsse peinlich sein.

„O nein," rief Sophie, „wenn du das glaubst, irrst du dich sehr. Ganz gewiß nicht. Martha ist sehr vergnügt, sieht so glücklich aus und spricht so lebhaft, daß man deutlich merkt, sie bereue nichts."

„Das wäre auch schlimm," meinte Karl, „wenn sie jetzt schon Reue empfände."

„Ja, gewiß," lachte Sophie, „aber wißt ihr was?
es ist wahr, er ist etwas älter, aber Martha kann in
Zukunft auch Dinge bekommen, an die sie früher nicht
denken durfte."

„Er muß steinreich sein, und dafür kann man auch
sonst manches übersehen," bemerkte Herr von Langen.
„Man sagt wohl: Reichtum macht nicht glücklich, aber
ich sage immer: das Geld ist eine große Annehmlich=
keit, und ich halte dafür, daß unser Einnehmer sich
auch für seine andere Tochter eine so gute Partie
wünschen wird."

Herr von Langen lachte und Sophie mit ihm;
Karl sah Lucie an und fing auch an zu lachen, und so
kamen sie alle vier lachend vor Herrn von Langens Haus
an, wo Anna Franken bereits am Fenster stand und
gleich darauf auf der Treppe erschien.

„Nun, Anna," sagte Karl, „ich hätte Sie wahrlich
kaum wiedererkannt."

„Habe ich mich denn so verändert?" fragte Anna
lachend, aber Karl wußte nicht sogleich eine Antwort
zu finden. Mit bewundernden Blicken hing er an
dem lieblichen Mädchen, welches, als er es zum letzten=
mal gesehen, noch so gar keinen Anspruch auf Schön=
heit machen konnte und jetzt eine anmutige Jungfrau
geworden war. Bald faßte er sich und sagte: „Ich
finde Sie allerdings sehr verändert!"

„Ach, durchaus nicht," sagte Lucie, „ich finde, du
siehst noch gerade so aus, wie früher, ich würde dich
überall gleich erkannt haben."

„Entgegengeſetzte Meinungen," lachte Anna. „Glück=
licherweiſe ſchadet das nichts. Ich bin überglücklich,
euch endlich einmal wieder zu ſehen. Ich ſehnte mich
ſo nach dir," fügte ſie, zu Lucie gewendet, hinzu.

„Ja, Anna war gar nicht zufrieden damit, daß ihr
zu uns kamt," ſagte Frau von Langen, „aber die Thüre
zwiſchen den Gärten iſt ausgehoben, ſo daß es eigent=
lich ganz einerlei iſt."

„Wir werden ſchon recht hin und her laufen,"
ſagte Lucie.

Martha war bei Luciens Besuch gerade nicht zu Haus, aber Trudchen, die sofort erschien, um sie zu begrüßen, bat Lucie und Karl, am nächsten Abend zum Thee zu kommen, was diese auch versprachen.

Karl schlug sogleich vor, zusammen ein Lustspiel für die Hochzeit einzustudieren, ein Plan, der von Allen mit Freude begrüßt wurde; Trudchen besonders war sehr damit einverstanden, weil sie glaubte, die Aufführung werde Martha viel Freude machen.

„Sie spielen doch sicher mit, und ihre beiden Brüder gewiß auch?" fragte Karl.

„Hugo wohl, aber Robert geht fort und kann deswegen nicht mitspielen," sagte Trudchen, offenbar etwas verlegen; Karl achtete aber nicht darauf und rechnete die anderen Mitspielenden zusammen, die aus Anna, Sophie, Lucie, ihm selbst und einigen Beamten des Herrn Ravené bestanden.

„Schauspieler genug," meinte er, „ich wette, wir unterhalten uns vorzüglich dabei. Wir müssen nur recht viel Proben halten, das erleichtert das Lernen."

Die anderen waren ganz einverstanden, und wie gewöhnlich ging es bei den Proben sehr lustig zu.

„Wie findest du Martha?" fragte Lucie, als sie mit Anna im Garten auf und abging.

„Sie ist schrecklich aufgeregt," sagte Anna, „sie erzählt beständig, sie sei sehr glücklich, so daß man fast den Eindruck bekommt, als gebe sie sich Mühe, sich selbst davon zu überzeugen."

Siebenundzwanzigstes Kapitel.

Ein Besuch bei der Braut und eine Zu-sammenkunft des Kränzchens.

Als Karl und Lucie Martha am nächsten Tage
besuchten, fanden sie dieselbe ganz so, wie sie
Anna geschildert hatte. Sie sprach viel und lachte ab
und zu sehr laut. Sie war wunderschön gekleidet,
in hellgrauer Seide, mit Hellblau ausgeputzt. In das
viereckig ausgeschnittene Kleid war eine schmale, echte
Spitze genäht, und um den Hals trug sie eine Perlen=
schnur. Die Haare wurden hinten durch einen Pfeil
zusammengehalten, der mit Juwelen verziert war, und
auf diese Weise bildete Martha einen großen Gegensatz
zu Trudchen, die sehr einfach aussah.

„Düring hält sehr viel darauf, daß ich mich schön
kleide," sagte Martha zu Lucie, „und das ist eine
Schwäche, in die ich mich gern schicke," fügte sie lachend
hinzu.

„Das ist ja auch gerade nicht so schwer," bemerkte
Lucie.

„Nein, es stimmt auch ganz mit meinem eigenen
Geschmack überein," sagte Martha, „sonst hätte ich auch
die Freiheit, mich einfacher anzuziehen, denn ich kann
alles ganz so machen, wie ich will. O, ich bin so
durchaus glücklich in der Aussicht auf meine Ehe, mein
Verlobter ist so gut gegen mich. Er wünschte, die Hoch=
zeit recht festlich zu begehen, ich hatte mich erst dagegen
ausgesprochen, natürlich nur seinetwegen, denn ich selbst
habe viel Vergnügen daran und freue mich auf die Feste."

Während Martha in dieser Weise eifrig sprach,
sah ihr Vater fast immer düster vor sich hin und nur,
wenn er merkte, daß man ihn beobachte, nahm er
teil an der Unterhaltung. Er fragte Karl nach seinen
Aussichten und Plänen, interessierte sich aber offenbar
gar nicht für die Antworten. Trudchen saß vor dem
Theebrett und that wie gewöhnlich ihr möglichstes, um
es jedermann recht zu machen.

„Sind deine Brüder mit deiner Heirat einver=
standen?" fragte Lucie, um doch etwas zu sagen.

Herr Schulte rückte unruhig auf seinem Stuhle
hin und her, und Trudchen errötete, aber Martha sagte
einfach: „Natürlich," und erzählte dann sogleich, daß
sie zum Hochzeitsgeschenk einen Wagen bekomme. „Sie
verstehen sich sicher darauf, Karl?" sagte sie. „Ich
werde Ihnen die Entwürfe zeigen. Ich soll ihn ganz
nach meinem Geschmack bauen lassen. Geben Sie mir
einen Rat. Ach, Trudchen, sei so gut und hole die
Zeichnungen."

Die verschiedenen Zeichnungen wurden betrachtet
und das Für und Wider besprochen, während Martha

fortwährend versicherte, es komme auf den Preis gar
nicht an.

,Wir müssen doch noch einmal ein Kränzchen ab=
halten,' hatten die Mädchen immer gesagt; aber es
schien, als ob es nicht dazu kommen werde, da die
Proben ziemlich viel Zeit beanspruchten. Einige Tage
vor der Hochzeit ließ die Braut aber doch die Freun=
dinnen bitten, noch einmal den Thee bei ihr einzu=
nehmen. „Ich möchte euch gern noch einmal wie früher
bei einander haben," sagte Martha, „wer weiß, wann
das wieder geschehen wird!"

„Unter denselben Umständen schwerlich wieder,"
sagte Anna, „sonst aber hoffentlich noch öfter. Es ist
solch ein Genuß, die alten Freundinnen wieder um
sich zu haben."

,Wieviel Vergnügen haben wir doch früher zu=
sammen gehabt,' sagte Martha, „wißt ihr noch?" und
auf diese Weise waren sie bald alle in die Vergangen=
heit vertieft. Meistens waren ihre Erinnerungen fröh=
licher Art, doch gedachten sie auch der trüben Zeiten,
welche Lucie durchlebt hatte.

„Und du warst doch noch so glücklich, deine
Mutter selbst pflegen zu können," bemerkte Martha,
„ich konnte meine Mutter nur noch als Leiche sehen,"
und die Thränen traten ihr in die Augen. Sie war
an diesem Nachmittag viel natürlicher, als seit langer
Zeit. An Stelle der Aufregung war Wehmut getreten,
so daß ihre Freundinnen sich viel mehr zu ihr hinge=
zogen fühlten.

In allerlei Erinnerungen vertieft, kamen sie end=
lich auch auf den Genius zu sprechen.

„Das war ein glücklicher Tag," rief Anna auf
einmal.

„Was hast du dir damals gewünscht?" fragte
Martha sogleich.

„Ach ja," sagte Sophie, „berichten wir einmal,
wir sind hier unter uns. Ich will den Anfang
machen," und ohne eine Antwort abzuwarten, fuhr sie
fort: „Als mir erlaubt wurde, einen Wunsch zu thun,
hatte ich allerhand tolle Dinge im Kopf, aber als der
Genius vor mir stand, wußte ich nichts zu sagen und
fragte deshalb nur, ob er mir einen reichen und schönen
Mann verschaffen wolle. Er prophezeite mir, ich werde
demselben auf einem Ball begegnen, und sieh, kaum
bin ich in einer meiner ersten Tanzgesellschaften, so
kommt ein Herr auf mich zu und sagt mir, daß er
mich schon seit Jahren in seinen Träumen gesehen
habe und daß ich ihm wie eine alte Freundin vorkomme,
der er sein Herz auszuschütten wage. Ich fand die
Erklärung wohl ein bißchen übereilt; aber weil er mir
doch schon prophezeit war und ausgezeichnet gut gefiel,
konnte ich wohl nichts anderes thun, als ihn annehmen."

„Und so bist du also verlobt?" fragte Martha
begierig.

„Ja und nein, noch nicht. Er wurde versetzt, ehe
er sich in unserm Haus vorstellen konnte, und weil
Papa Offiziere nicht leiden kann, wartet er, bis er
Rittmeister ist. Dann nimmt er seinen Abschied und wird
gewiß die Zustimmung meiner Eltern erhalten. Bis

dahin sehen wir einander heimlich. Und nun erzählt ihr," fügte sie in demselben Atem hinzu. „Komm, Lucie, du bist die älteste."

Lucie zögerte, aber ihr Rechtlichkeitsgefühl veranlaßte sie doch zu antworten: „Ich that ganz unter dem Einbruck des Augenblicks meine Frage an den Genius. Ich hatte gerade ein Buch über berühmte Frauen gelesen und wollte auch berühmt werden. Natürlich eine Kinderthorheit. Nun, deine Erzählung, Martha."

„Nein, die deine ist noch nicht aus," meinte Martha, „sage uns, willst du berühmt werden? oder hast du den Wunsch ganz fallen laffen?"

„Ich sehne mich durchaus nicht nach Berühmtheit, denn ich bin zufrieden und fröhlich und fest davon überzeugt, daß Huldigungen mich nicht glücklicher machen können," sagte Lucie und drang in Martha, zu erzählen.

„Ich soll euch erzählen?" wiederholte Martha fragend, fuhr sich mit der Hand über die Augen und sagte dann leise: „Ich war mit meinem Los unzufrieden; ich war immer neidisch auf euch, und bat darum den Genius, mich reich und mächtig zu machen. Ich verlangte das weniger für mich als für meine Brüder, weil es mir solchen Kummer machte, daß sie keine beffere Ausbildung erhalten konnten. Ich bat deshalb um Reichtum, um ihr Los verbessern zu können."

„Und dazu setzt dich deine Heirat in den Stand," rief Sophie, als ob ihr jetzt erst ein Licht aufgehe.

Martha biß sich auf die Lippen, aber Anna, der die Unvorsichtigkeit klar war, that, als ob sie nichts

gehört habe und ſagte lachend: „Genau genommen,
war ich doch die verſtändigſte, denn ich wünſchte und
bekam, wie ihr wißt, eine Puppe, die noch jetzt der
Stolz und die Freude von Lina iſt. Kornelie hat ſie
eine Zeit lang aufgehoben, ſo daß Lina ſie beinahe
vergeſſen hatte, und gab ſie ihr erſt an dem Tag, an
dem Papa und Mama wieder nach Hauſe kamen.“

„Das war ein Freudentag für das ganze Städt=
chen,“ ſagte Sophie.

„Ein unvergeßlicher Tag,“ beſtätigte Anna, und
obgleich alle ſchon wußten, wie er verlaufen war, er=
zählte ſie Lucie, der ſie es jedenfalls auch ſchon ge=
ſchrieben hatte, noch einmal, wie buchſtäblich alle Be=
wohner, alt und jung, gewetteifert hatten, ihrer Freude
über die Rückkehr des geliebten Seelſorgers Ausdruck
zu geben.

Es war für den Pfarrer ein genußreicher Tag
geweſen; denn nicht nur kehrte er mit dem glücklichen
Gefühl wiedergeſchenkter Geſundheit zurück, was wohl
allein genügend geweſen wäre, ihn froh und dankbar zu
ſtimmen, ſondern er erhielt auch noch außer den Zeichen
der herzlichen Teilnahme ſeiner Gemeinde und ſeiner
Hausgenoſſen einen Beweis der aufrichtigen Liebe ſeiner
Kinder in einem ſchönen Schreibtiſch und Studierſtuhl,
die ſie von ihrem ſelbſtverdienten Gelde gekauft hatten.

„Die Reiſe hat deine Eltern aufleben laſſen,“
ſagte Sophie, „es ſcheint, als ob beide jünger ausſähen.“

„Ja,“ ſagte Anna. „Es war auch eine herrliche
Reiſe, wir genießen ſie noch mit, wenn Papa und
Mama uns davon erzählen.“

Das Gespräch der Freundinnen wurde hier unterbrochen, da Herrn von Dürings Wagen vorfuhr. Martha
errötete und wurde dann wieder so bleich, wie sie in
der letzten Zeit gewesen war; aber sie ging mit ebenso
großer Ruhe wie Liebenswürdigkeit ihrem alten Bräutigam entgegen, und es war deutlich zu sehen, daß sie,
wenn auch von großer Liebe keine Rede sein konnte,
doch Zuneigung für ihn empfand.

Eine Verlobung.

*

„Nun, wenn das also Ihre Meinung ist, mein Herr, dann hätte ich gern die Vorhand bei Ihrem Hausverkauf," so endigte ein Gespräch, das von Herrn von Langen und Karl Keller geführt wurde, während sie im Garten auf- und abgingen.

„Karl, ich will nicht indiskret sein," sagte Lucie, „aber ich hörte einen Teil euerer Unterhaltung und bin sehr neugierig zu wissen, ob ich recht gehört habe, daß du das Haus kaufen willst . . . ."

„Hm, ja," antwortete Karl, „siehst du, Lucie, wenn ich mich irgendwo niederlasse, muß ich doch ein Haus haben, und da unser guter Exbürgermeister es doch verkaufen will . . ."

„Nun?" fragte Lucie, die vergeblich auf das Ende des Satzes wartete.

„Dann ist das Haus ganz nach meinem Geschmack," vollendete Karl.

„Aber es steht in Mühlberg, und, wenn ich mich recht entsinne, habe ich dich mehr als einmal sagen

19 *

hören, daß du dich um alles in der Welt nicht in einer kleinen Stadt begraben wolltest," sagte Lucie.

„Habe ich das jemals gesagt?" fragte Karl ver=
wundert, „dann habe ich mir sicher nichts dabei gedacht, denn wo ist es schöner, geselliger und fröhlicher als in Mühlberg?" fügte er hinzu.

Lucie sah ihren Bruder verwundert an. Sie wußte nicht, ob er im Scherz oder im Ernst spreche, und es wurde ihr auch nicht klarer, denn Karl sprach immer in derselben Weise weiter, und als endlich Zeit war, sich zur Hochzeit anzukleiden, hatte sie noch nicht be=
griffen, warum Karl auf einmal seine Meinung ge=
ändert hatte.

In der Gesellschaft aber, da sie ihn mehr als sonst beobachtete, merkte sie, wieviel Aufmerksamkeiten er für Anna hatte und fing an, etwas zu vermuten; aber der Gedanke, daß Anna noch einmal ihre Schwägerin werden könne, kam ihr so reizend vor, daß sie ihn kaum auszudenken wagte. Doch konnte sie nicht umhin, in der Kirche, wo die Ehe durch Herrn Pastor Franken eingesegnet wurde, einmal daran zu denken, daß Karl und Anna doch ein hübscheres Paar sein würden, ob=
gleich Martha sehr hübsch aussah und auch Herr von Düring durch seine jugendliche Braut verjüngt zu sein schien. Martha trug ein Kleid von weißem Atlas, und ihr echter Spitzenschleier wurde von einem Myrtenkranz gehalten. Ihre Toilette war ebenso reich und prächtig wie das Essen, welches der Trauung folgte.

Das Fest wurde von außergewöhnlich schönem Wetter begünstigt und war für alle Gäste sehr genußreich.

Aber für keinen der Gäste war der Tag unver=
geßlicher als für Anna, die, als sie abends nach Haus
kam, errötend, lachend und weinend ihrer Mutter er=
zählte, was gewiß jede unserer Leserinnen erraten hat.
Ja, es war so. Lucie hatte sich nicht getäuscht, und
sie freute sich, daß gerade die beiden Menschen, die sie
so innig lieb hatte, miteinander glücklich werden sollten.

Es fehlte nicht an Teilnahme für das Glück der
jungen Verlobten, denn Karl und Anna waren sehr
beliebt, und selbst Frau Ravené, die doch am meisten
dadurch verlor, war die erste, die, als sie die Neuigkeit
erfuhr, ihrer Freude über Annas Glück Ausdruck gab.

„Wie schade, daß Karl noch die Reise machen
muß," sagte Lucie, als sie mit Anna in deren kleinem
Zimmer saß.

„Ja," sagte Anna langsam und fügte dann hinzu:
„Weißt du was, Lucie, ich bin eigentlich froh darüber."

„Wieso?" fragte Lucie erstaunt.

„Ach," erklärte Anna, „ich kann mich selbst noch
nicht recht in mein Glück finden. Der Übergang ist zu
jäh. Aus dem unangenehmen, unleidlichen Kinde, das
eigentlich niemand gern hatte, ist allmählich ein glück=
liches Mädchen geworden; aber die Wonne, geliebt zu
werden, ist mir noch so neu, daß ich mich über jeden
kleinen Beweis von Liebe freue. Ich glaube nicht,
daß es möglich sei, noch glücklicher zu werden, und nun
überwältigt mich mein Glück, sozusagen. Karl war
immer für mich ein Gegenstand der Bewunderung, und
ich betrachtete ihn wie jemand, der so hoch über mir
stehe, daß mir bis zu dem Augenblick, in dem er mich

fragte, nie die Idee gekommen war, daß er an mich
denken könne. Nimm dazu noch die Aussicht auf ein
so prächtiges Haus und solch' schönen Garten, ein sorg=
loses Leben und die Möglichkeit, Papa, Mama und
die Schwestern, kurz alle, die ich liebe, täglich zu sehen,
dann kannst du dir wohl vorstellen, daß ich es besser
finde, mich erst noch ein wenig an den Gedanken zu
gewöhnen. Und wie herrlich muß es sein, Briefe von
ihm zu bekommen. Nein, alles in allem genommen, ist
es ganz gut, daß er noch ins Ausland geht."

„Ich glaube, er hat selbst nicht mehr die rechte
Lust dazu," sagte Lucie, „du könntest ihn leicht be=
stimmen, nicht zu reisen."

„Das möchte ich nicht gern thun," versetzte Anna;
„er meint, die Reise werde ihm von großem Nutzen sein,
und ich will nicht damit anfangen, sein böser Genius
zu werden."

„Sein Genius," wiederholte Lucie. „Wie seltsam,
Anna, daß wir nie etwas Näheres über unsern Genius
erfahren haben."

„Ja, das ist sehr wunderbar," stimmte Anna bei,
„er hat mir sehr richtig prophezeit; aber, Lucie," fuhr
sie fort, „sage mir eins. Als wir neulich im Kränzchen
vom Genius gesprochen hatten, dachte ich abends im
Bett noch über deinen Wunsch nach. Erzähle mir doch
ein wenig mehr davon."

Lucie schien sich zu besinnen, wenigstens gab sie
nicht sogleich eine Antwort.

„Du hast dir Berühmtheit gewünscht," fuhr Anna
fort, „sage mir doch, was du damit meintest? Ich habe

immerfort darüber nachgedacht, ohne zu einem Resultate
zu kommen."

„Weißt du nicht, was Ruhm ist?" fragte Lucie
verwundert.

„Ja, ich weiß wohl, was man darunter versteht,
aber wie kann ein Mädchen berühmt werden, oder den
Wunsch hegen, es zu sein?"

Lucie sah Anna lachend an und sagte dann: „Ja,
wie man wünschen kann, es zu sein, vermag ich dir
nicht zu erklären, obgleich es lange Zeit mein größter
Wunsch war, aber wie man es werden kann, — nun
z. B. durch Schreiben."

„Ach, wie dumm war ich," rief Anna. „O ja,"
auf diese Weise, daran habe ich nicht gedacht. Als
ich von dem Wunsche hörte, dachte ich nur an die
tapferen Frauen aus der Geschichte, und es war mir
unmöglich, mir vorzustellen, daß du z. B. eine Jungfrau
von Orleans werden wolltest. Aber Schriftstellerin!
das ist ein viel schöneres Ideal. Höre, Lucie, bist du
davon zurückgekommen?"

„Von dem Wunsche, eine Schriftstellerin zu werden?
nein," sagte Lucie und erzählte Anna nun alles, was
sie bis jetzt gethan und wie sie eben mit einem Werke
beschäftigt wäre, von dem sie sich viel verspreche.

„So wirst du also doch berühmt werden?" fragte
Anna.

Lucie errötete unwillkürlich bei der Frage, aber
nach einiger Überlegung erwiderte sie langsam: „Das
ist eine Gewissensfrage, die ich nicht gut beantworten
kann; ich fände es pedantisch, zu behaupten, daß ich

eingesehen hätte, um etwas Thörichtes gebeten zu haben,
ehe ich davon einen Beweis geben kann, oder lieber,
ehe ich meiner selbst ganz sicher bin. Sieh', Anna,"
fuhr Lucie lebhafter fort, „als der Brief des Genius
kam, glaubte ich sicher zu sein, daß ich mir Berühmt=
heit wünschte; es war ein Wunsch, den ich vielleicht
nicht gehegt haben würde, wenn ich nicht durch ein
Buch über berühmte Frauen auf diesen Gedanken ge=
kommen wäre. Auch wurde ich in der Woche, ehe der
Genius erschien, immer mehr dazu angeregt, und als ich
gehört hatte, daß ich wirklich einmal berühmt werden sollte,
war ich überglücklich. Allmählich erkaltete mein Wunsch,
weil ich nicht begriff, wie das Versprechen erfüllt werden
könnte, aber sobald ich merkte, daß mir das Schreiben
leicht würde, träumte ich wieder von der glücklichen
Aussicht, daß einmal — das waren die Worte des
Genius — ‚der Kranz des Ruhmes um meine Schläfen
gelegt werden würde.'"

Lucie schwieg wieder einige Augenblicke. Augen=
scheinlich waren ihre Gedanken bei jenem Abend, an dem
der Genius ihr das Versprechen gegeben hatte, aber
bald fuhr sie fort: „Später, Anna, habe ich durch die
Bescheidenheit meines Onkels, durch meine Gespräche
mit ihm, durch das Nachdenken darüber und durch
verschiedene geringfügige Umstände daran zu zweifeln be=
gonnen, ob das Berühmtsein wirklich glücklich mache, und
jetzt glaube ich so weit zu sein, daß ich, wenn mein
Buch erst fertig ist, mehr Freude daran haben werde,
wenn ich anderen damit nütze, als wenn ich selbst da=
durch berühmt werde."

„Aber beides kann doch ganz gut gleichzeitig sein," bemerkte Anna.

Lucie zog die Brauen zusammen, als ob die Be= merkung ihr peinlich wäre. Dann sagte sie: „Ja, das ist wahr. Aber, Anna," fuhr sie fort, „wir wollen nicht länger darüber sprechen, ich fühle deutlich, daß das Jagen nach Ruhm kein edles Trachten sein kann, und darum will ich es auch nicht thun. Ich glaube, es ist das Beste, nicht darüber zu sprechen, ehe ich selbst etwas mehr mit mir im klaren bin."

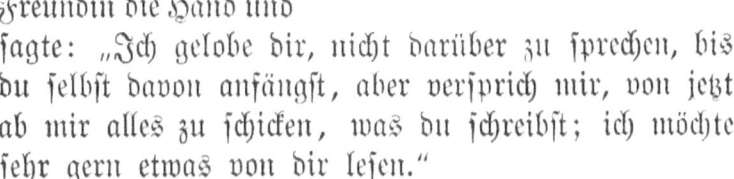

Anna reichte der Freundin die Hand und sagte: „Ich gelobe dir, nicht darüber zu sprechen, bis du selbst davon anfängst, aber versprich mir, von jetzt ab mir alles zu schicken, was du schreibst; ich möchte sehr gern etwas von dir lesen."

„Du sollst meine Novellen haben," sagte Lucie, „aber es wäre mir lieb, wenn du sie gegen Karl nicht erwähntest, er ist nicht eingeweiht."

„Wie ist das möglich?" rief Anna verwundert.

„Meine Schriftstellerei gefiel ihm anfänglich so wenig, daß ich beschloß, nicht mehr mit ihm davon zu sprechen, ehe ich selbst wußte, ob ich etwas Gutes leisten könne," sagte Lucie.

„Ist Karl nicht damit einverstanden? O, Lucie, sollte es dann vielleicht doch nicht gut sein?" fragte Anna ernsthaft.

Lucie lachte und brachte das Gespräch auf ihren Bruder, der bald darauf an der Treppe erschien, fragend, ob die Damen die Absicht hätten, den ganzen Tag oben zu bleiben, worauf die Freundinnen sogleich heruntergingen und den übrigen Teil des Tages vergnügt mit den anderen zubrachten.

Ein Besuch bei Frau von Düring.

⁂

In dem Hause, in dem Martha einstmals so gast=
liche Aufnahme gefunden, war sie jetzt Herrin.
Sie gebot über Schätze, sie konnte sich fürstlich kleiden,
sie hatte Bediente in Menge, die auf den geringsten
Wink flogen; sie konnte sich selbst mit ausgesuchtem
Luxus umgeben; sie fuhr in dem schönsten Wagen der
ganzen Umgegend und hatte mit einem Wort alles,
was nur ein Mensch begehren kann. Außerdem geschah
alles für sie, was sie nur wollte, denn ihr Mann schlug
ihr niemals etwas ab.

Wie glücklich hätte sie nun sein müssen! Ihre
stolzesten Erwartungen waren übertroffen: Geld giebt
Macht! Sie hätte jetzt, wenn sie wollte, wie früher
Frau von Waldenburg, eine verarmte Familie be=
suchen und sich dort durch Wohlthaten Einfluß auf
deren Schicksal verschaffen können. Und ihre Brüder,
besonders Franz, hätte sie studieren lassen können!

Wenn man das jetzt der jungen Frau gesagt

hätte, die in diesem Augenblicke in einem schönen
Morgenkleid am Salonfenster stand, so würde sie wahr=
scheinlich in Thränen ausgebrochen sein; denn Franz
durfte sie nicht einmal besuchen.

Um das zu begreifen, müssen wir mit unserer Er=
zählung zu dem Augenblicke zurückkehren, in dem

Martha mit ihrem
Vater sprach, nach=
dem sie Herrn von
Dürings Brief er=
halten hatte.

Wie wir wissen,
war Herr Schulte
im ersten Augenblick
zu sehr überrascht,
um etwas zu sagen.
Als er anfing, dar=
über nachzudenken,
war ihm der Ge=
danke an das große
Vermögen sehr an=
genehm, aber kaum
stellte er sich Martha
als die Frau eines so alten Mannes vor, als er auch
gleich dachte: „Nein, und wenn er noch zehnmal reicher
wäre, er bekommt mein Kind doch nicht."

In dieser Stimmung begab er sich am Nachmittag
in sein Zimmer und fing, da er ganz ohne Menschen=
kenntnis war, sogleich damit an, Martha seine Bedenken
mitzuteilen.

Hätte Herr Schulte gesagt: „O, welches Glück ist dieser Antrag für dich, Martha, schreibe doch sogleich, daß du dich sehr geehrt fühltest," oder etwas Ähnliches, wer weiß, ob dann Martha nicht alles gethan hätte, um ihrem Vater klar zu machen, daß sie noch zu jung sei, auf jeden Fall aber so rasch keine Antwort geben könne. Nun aber hatte ihr Vater kaum angefangen, ihr von der Heirat abzuraten, als sie ihn zu überzeugen suchte, daß ihr ganzes Lebensglück davon abhänge. Vor allem sprach sie auch davon, daß sie dann imstande sein werde, ihren Vater in mancher Hinsicht zu unterstützen.

Sie könne dann z. B. ganz für Franzens weitere Ausbildung sorgen.

Herr Schulte seufzte und dachte an seine Frau, die immer guten Rat in allen schwierigen Lebenslagen gewußt hatte. Er hatte sich noch nie in einer so großen Verlegenheit befunden wie jetzt. Er war ja nur um seiner Tochter willen so sehr gegen diese Heirat eingenommen, diese war aber kein Kind mehr und wünschte sie selbst. Es hätte ihm doch eine Beruhigung gewähren müssen, eines seiner Kinder so gut versorgt zu wissen, und Martha war zu Haus gerade nicht die Zufriedenste.

„Es ist wahr, er ist wohl viel älter als ich, aber ich kenne ihn durch und durch, er hat wirklich einen edlen Charakter und wird mich, das weiß ich, und wie er es mir auch versichert, mit Herzlichkeit und Liebe, mit Luxus und Reichtum umgeben," sagte Martha, worauf ihr Vater seufzend die Unterredung beendete, indem er sie bat, ihm morgen ihren Brief zu geben, den er einschließen wolle.

„Wie ist es möglich? warum hast du deine Ein= willigung nicht versagt, Papa?" fragte Robert seinen Vater, als er nach Hause kam und die unliebsame Neuigkeit erfuhr.

Herr Schulte, der seinen Sohn soviel wie möglich mit der Sache aussöhnen wollte, sprach unter andrem auch von den Aussichten für Franz.

„Ah, so ist also Martha eigentlich die personi= fizierte, edelmütige Aufopferung," sagte Robert spöttisch. „Aus lauter schwesterlicher Liebe nimmt sie den ersten besten alten Mann, der um sie anhält. Ich wußte wahrhaftig noch nicht, daß sie so edel ist."

Was Robert noch weiter sagte, was sein Vater dagegen vorbrachte, wissen wir nicht; aber soviel ist sicher, daß Herr Schulte Martha, noch ehe sie ihren Brief abschickte, versicherte, er werde ihr freie Wahl lassen, aber in keinem Fall zugeben, daß sie irgendwie zu der Erziehung ihrer Brüder beitrage. Selbst Franz sollte nicht länger als zwei Tage bei ihr zu Besuch sein, und das nur, wenn sie fest ver= spräche, ihm nichts von anderen, besseren Aussichten vorzureden.

Martha biß sich auf die Lippen und bat ihren Vater, seine Worte zurückzunehmen; aber sie fand kräftigern Widerstand, als sie erwartet hatte.

„Ich will niemals die Beschuldigung hören, daß

du dich für mich und die Meinen aufgeopfert haſt,“ ſagte er, „mein Entſchluß iſt unwiderruflich.“

Martha zögerte noch lange und faßte endlich den Entſchluß, deſſen Folgen wir kennen. Vielleicht hätte ſie es nicht gethan, wenn ſie nicht Roberts Einfluß auf ihres Vaters Entſcheidung vermutet hätte.

„Er iſt doch furchtbar grauſam und ungerecht,“ ſeufzte Martha, „denn es würde mich glücklich machen, wenn ich zuweilen Franz oder einen andern von den Meinen hier hätte.“

Es fehlte ihr nicht an Geſellſchaft, ihr Gatte billigte, was ſie für gut fand; aber, wenn er auch nichts ſagte, ſo wußte ſie doch, daß es ihn langweilte, Gäſte bei ſich zu ſehen und Geſellſchaften zu geben, und ſie ſelbſt hatte auch nicht viel Freude daran.

„O, Genius,“ rief ſie in ſchmerzlichem Ton, „du warſt mir verhängnisvoll!“ aber dann ſagte eine andere Stimme in ihrem Innern: „Nein, nicht dein Genius, dein eigenes Herz war für dich verhängnis= voll,“ und Thränen traten ihr ins Auge, während ſie ſeufzend die Zeit zurückwünſchte, da ihre Mutter noch lebte, und alles, was ſie jetzt beſaß, nur Ideale für ſie waren.

„Was iſt das? iſt mein Frauchen nicht glück= lich?“ hörte ſie mitten in ihren Betrachtungen ihren Gatten fragen.

„Ich habe ein wenig Kopfweh,“ ſagte ſie, ſich faſſend.

„Ich werde anſpannen laſſen, die Luft wird dich

erfrischen," sagte Herr von Düring, und bald dar=
auf fuhr der schöne Wagen mit den prächtigen
Schimmeln vor. Elegant gekleidet, lehnte die junge
Frau in demselben und suchte die düsteren Ge=
danken zu verscheuchen, was ihr auch gelang; nach
kurzer Zeit schon konnte ihr Gatte ihr ansehen, daß
die Fahrt ihr gut thue.

Dreißigstes Kapitel.

Die letzte Zusammenkunft des Kränzchens.

„Nein, Anna, ich will nichts davon hören," sagte
Karl, der, von seiner Reise zurückgekehrt, von
seiner Hochzeit sprach; „wir müssen vor unserer Hoch=
zeit das Leben noch recht genießen. Geh! welch
thörichte Idee, die glücklichste Zeit so still zu verleben.
Nein, jeder Tag muß ein Fest sein; ich habe schon ein

Programm dazu entworfen. Höre einmal, ob dir das
gefällt: Donnerstag jugendliche Gesellschaft, Freitag ein
Kinderfest, Sonntag Empfang, Montag fahren wir aus,
Dienstag giebt Onkel etwas u. s. w. Da hast du die
Liste. Du kannst nun gerade soviel Änderungen treffen,
wie du willst, aber du darfst nicht daran denken, die
Festlichkeiten vor der Hochzeit zu verbieten."

Anna machte keine weiteren Einwände; sie hatte
auch weniger ihre eigene Idee als vielmehr einen Wink
oder Rat ihres Vaters ausgesprochen und war nun
ganz gewonnen. „Aber wir müssen noch einen Nachmittag für das Kränzchen freihalten," sagte sie; „denn
es ist fest ausgemacht, daß wir noch so oft als möglich
zusammenkommen."

„Ach so," sagte Karl, „wenn du es übers Herz
bringen kannst, einen ganzen Nachmittag ohne mich zuzubringen, dann werde ich Herrn von Düring bitten,
mit mir auf den Turnplatz zu gehen."

Der Gedanke, Marthas vornehmen, ältlichen Gatten
an Springbock und Barren zu sehen, war zu komisch,
als daß Karl und Anna nicht hätten herzlich darüber
lachen sollen. Als sie sich wieder beruhigt hatten, versicherte Karl: „Schön, im Ernste, Anna, die Idee mit dem
Kränzchen ist ganz gut. Laß uns einmal überlegen,
welchen Tag wir dazu wählen wollen." Er griff nach
der Liste und las sie aufmerksam durch.

„Es scheint fast, als wäre es eine entsetzlich wichtige
Sache, die du da ausmachen müßtest," sagte Anna fröhlich.

„Ja, wichtig genug," gab Karl zur Antwort; „weißt
du, was ich dachte? Du könntest deine Freundinnen
im Gartenhaus empfangen."

„O, das ist eine herrliche Idee," rief Anna.

„Gut, so werden wir das also festsetzen," sagte Karl, während er augenscheinlich über etwas nachdachte.

Wir müßten fürchten, unsere Leserinnen zu lang= weilen, wenn wir die Einzelheiten aller Festlichkeiten beschreiben wollten, die zu Ehren von Karls und Annas Hochzeit stattfanden; es gehört sehr wenig Einbildungs= kraft dazu, um sich vorzustellen, wie herrlich die Fest= tage sein mußten für ein Brautpaar, das so glücklich war, wie das unsrige. Wir wollen also nur den Nach= mittag des Kränzchens schildern, um unsere Freundinnen zum letztenmal beisammen zu sehen.

Mit welch verschiedenartigen Empfindungen trafen sie hier zusammen, an demselben Orte, an dem sie so oft bei einander gewesen waren; sie überließen sich auch anfangs ihren Empfindungen und saßen längere Zeit ziemlich ernst und still beisammen.

„Es ist gerade der Nachmittag, an dem der Genius uns erschien," sagte endlich Sophie, und wahrscheinlich sprach sie damit den Gedanken der anderen aus; es konnte gar nicht anders sein, sie mußten an ihn denken, nun sie wieder an dem Platze saßen, an dem er ihnen erschienen war.

„Ja," sagte Martha, einen Seufzer unterdrückend, während sie ihr Diamantarmband hin und herschob.

„Darf ich einmal sehen?" fragte Sophie, ihren Arm erfassend. „Ich bekomme auch einen Diamant= schmuck, wenn ich heirate."

„Wann hast du denn Hochzeit?" erkundigte sich Martha.

„O, recht bald, aber es ist noch unbestimmt, weil Stettenheim noch nicht davon zu sprechen wagt; Papa und Mama waren sehr böse, daß wir unsere Verlobung solange verheimlicht hätten. Alte Leute," fügte sie hinzu, „vergessen leicht, daß sie auch einmal jung gewesen sind."

„Wie unrecht," sagte Lucie schelmisch und wechselte einen Blick mit Anna.

„Ach ja, aber jetzt ist beinahe alles in Ordnung," sagte Sophie, die ihre Worte für bare Münze nahm. „Ich weiß von heimlichen Verlobungen, die viel weniger gut abgelaufen sind"; und sie gab hier einige Geschichten zum Besten, die aber die anderen wenig zu interessieren schienen, denn Sophie machte mehr als einmal die Bemerkung, daß alle so still wären. Das Kleeblatt gab sich fast ungestört eigenen Träumereien hin.

„Habt ihr Lust, euch das Haus noch einmal anzusehen?" fragte Anna. „Karl meinte, ich solle erst in der Dämmerung fragen, weil noch an den Decken gearbeitet wird. Eben aber habe ich die Fenster schließen hören, ein Zeichen, daß die Handwerksleute fort sind."

„Darf ich das Vergnügen haben, die Braut zu führen?" sagte Martha, während sie Annas Arm in den ihren legte. Sie schien noch etwas sagen zu wollen, aber, sofern Anna sich nicht irrte, war sie zu erregt, um ein Wort hervorzubringen, und ging stillschweigend weiter.

Anna that, als ob sie nichts merke, und pflückte im Vorbeigehen eine Rose, die sie ihrer Gefährtin reichte.

„Nein, Blumen gehören der Braut," sagte Martha und steckte mit dem ihr eigenen Geschmack die Rose in Annas Haar.

Es lag in der unbedeutenden Handlung etwas, das Anna so wehmütig stimmte, daß sie sich freute, als Martha ihre Fassung so weit wiedergewonnen hatte, um über allerhand Dinge sprechen zu können.

Sophie war am lautesten in ihren Beifallsbezei= gungen über die Veränderungen und Verbesserungen, die Karl hatte anbringen lassen, und mehr als einmal sagte sie, sie könne nicht begreifen, warum ihre Eltern Mühl= berg verlassen hätten, wo sie ein so hübsches Haus be= sessen; Frankfurt gefalle ihnen auch so wenig, daß sie jetzt entschlossen wären, nach Düsseldorf zu ziehen.

„Ja, nicht jede Veränderung ist eine Verbesserung," meinte Martha, „wie ihr sehen könnt," fügte sie, auf ihr Kleid zeigend, hinzu, das an einem Nagel hängen geblieben war und nun mitten im Rock einen Winkel= riß hatte.

Der Schaden wurde mit Hilfe einiger Stecknadeln so gut wie möglich verdeckt, und nachdem sie das ganze Haus bewundert hatten, wollten sie in den Garten zurückgehen. Sobald sie draußen waren, wurden sie angenehm überrascht: die Allee, die vom Hause nach dem Pavillon führte, war illuminiert.

Es that Lucie leid, daß Karl nicht sehen konnte, welche Freude diese Überraschung seiner Braut bereitete. Anna hatte noch nie eine Illumination gesehen und war nun doppelt entzückt über die Wirkung, welche die bunten Lampen zwischen den grünen Bäumen hervorbrachten.

„Wie wunderhübsch," rief Anna, „wußtest du
etwas davon, Lucie?"

„Ach nein," war die Antwort in einem gezwungen
traurigen Ton, „zum Beweise dafür ist das Gartenhaus
stockfinster; seht nur, hätte er mich um Rat gefragt,
würde ich sicher ein paar Lichter in oder um den Pavillon
gewünscht haben. Herren thun doch immer alles nur halb."

„Ich wette, daß es hell genug ist," sagte Anna,
die es schlecht vertragen konnte, daß Karl einer halben
Maßregel geziehen wurde.

„Ja, da wollte ich auch wetten," lachte Martha,
„und außerdem, wenn Karl es für gut hält, wird es
wohl im Halbdunkel hübscher sein als bei Beleuchtung.
Laßt uns nur einmal sehen!"

Alle vier wußten sehr gut, daß es im Gartenhaus
unmöglich hell sein konnte, da zwischen demselben und
der Allee ein paar Schritte weit gar keine Lampions
hingen; aber als sie näher kamen, wurde durch eine
ihnen unsichtbare Hand ein schönes bengalisches Feuer
angezündet. Entzückt sahen sie alle nach dem schönen
Licht, als auf einmal eine Stimme hinter dem Pavillon
rief: „Damen des Kränzchens, hier ist ein Paket für
euch!" In demselben Augenblick flog ein dicker Brief
zu ihren Füßen hin. Im Nu war Lucie an der Hinter=
seite des Gartenhauses und guckte sich überall um, aber
sie sah niemand. Rasch entschlossen durchlief sie den
wohlbekannten Garten nach allen Seiten, ohne irgend
eine Spur zu finden; enttäuscht kam sie in den Pavillon
zurück, der inzwischen durch einige Wachskerzen erleuchtet
worden war.

„Was kann es nur sein?" fragte Lucie, halb zu
sich selbst, während sie die Hand über die Augen hielt,
um sich an das Licht zu gewöhnen.

„Ein Brief," sagte Sophie, „laßt uns einmal sehen,
er ist an uns alle gerichtet! Soll ich? ach nein, die
Braut mag ihn öffnen," und bei diesen Worten gab sie
ihn Anna.

„Sonderbar," murmelte Lucie vor sich hin, „ist
denn wirklich etwas Übernatürliches dabei im Spiel?"

„Welch ein dicker Brief," sagte Anna, während
sie mit einem Stickscherchen den Umschlag aufschnitt.
„O ja, jetzt kann ich mir's erklären; es sind ja vier
Briefe darin, einer für jede von uns," und nachdem
sie die Adressen angesehen hatte, reichte sie jeder von
ihren Freundinnen den für sie bestimmten Brief.

„Ach, sieh einmal, welch ein allerliebstes Bildchen,"
rief Sophie, nachdem sie kaum einen Blick auf die
Zeichnung geworfen hatte, die in ihrem Umschlag steckte.
„Und ein Brief des Genius! Hört einmal, was er
schreibt:

‚Liebe Sophie.' „Gut, daß Fritz nicht hier ist,"
unterbrach sie sich selbst lachend, „er könnte sonst eifer=
süchtig werden; also noch einmal: ‚Liebe Sophie!
Mein aufrichtiger Wunsch ist, daß Du in der Erfüllung
Deines Wunsches glücklich seiest. Nimm die einliegende
Zeichnung als ein Andenken an

Deinen Genius.'

„Was schreibt er euch?" fragte sie in demselben
Atem, und sich sogleich über die neben ihr sitzende Anna
beugend, las sie rasch: ‚Du, Anna, hast das gute Teil

erwählt, das soll nicht von Dir genommen werden. Ja,
die Liebe ist das Höchste.

Möge diese Zeichnung einen Platz in Deinem Album
finden, als ein Andenken an

Deinen Genius.'

„Pfui, Sophie, wie indiskret!" schalt Anna, die,
in die Betrachtung ihrer Zeichnung vertieft, nicht auf
die beigefügten Zeilen geachtet hatte.

Die Zeichnung war auch wirklich wunderschön.
Sie stellte einen Baum dar, unter dem viele
Maiblumen blühten. Ein junges Mädchen saß dabei,
mit einem Körbchen am Arm, offenbar im Kampfe mit
sich selbst, ob sie die Blumen pflücken solle oder nicht.
Der Ausdruck des Gesichtchens war meisterhaft geglückt,
so daß man mit einer gewissen Spannung darauf
wartete, was sie nun thun werde.

„Ach, wie allerliebst," rief Anna endlich aus, „es
ist, als könne man die Maiblumen riechen. Wie wird
das Bildchen Karl gefallen! Ich werde einen Rahmen
darum machen lassen und es in unserm Wohnzimmer
aufhängen, um es immer vor mir zu haben. Wie herr=
lich, ein sichtbares Andenken an den glücklichen Abend
zu haben!"

„Was für einen Rahmen?" fragte Sophie, „einen
vergoldeten oder einen andern?"

„Ich denke, einen ganz einfachen, schwarzen," sagte
Anna; „ich werde Karl fragen."

„Ich werde es auch einrahmen lassen," sagte Sophie,
„und dann will ich Fritz einmal neugierig machen, von
wem ich das Bildchen bekommen habe."

Während Sophie so sprach, hatte Martha im stillen die folgenden Worte gelesen: ‚Du, Martha, hast Glück gesucht, wo es nicht zu finden war. Du wolltest durch Geld herrschen, Du hättest es durch die Liebe thun müssen. Wahrscheinlich hast Du das längst selbst begriffen, aber wenn dies auch der Fall ist, laß mich Dir doch noch einmal zurufen: Aus dem Herzen des Menschen kommen arge Gedanken. Wache also über Dein eigenes Herz!

Lebe so glücklich wie möglich und denke bei dem Anblick dieser Skizze an

Deinen Genius.‘

Was hatte der Genius dabei gedacht, als er ihr die Zeichnung eines Bouquets getrockneter Blumen sandte?

Die Hand eines Künstlers war darin zu erkennen, und Sophie, die das Blättchen halb gegen Marthas Willen an sich riß, rief: „Martha, wie schön ist deine Zeichnung! Ich tauschte sie gleich für meine sonnige Landschaft. Ich liebe alles Melancholische.“

„Ich möchte das, was der Genius für mich bestimmt hat, behalten,“ sagte Martha, indem sie das goldene Schloß ihrer Brieftasche aufmachte und ihren Brief unbemerkt in letzterer verbarg.

Während sie das sagte, sah sie einmal nach Lucie, die sich, sei es unwillkürlich oder absichtlich, ein wenig von den anderen abgewendet hatte und augenscheinlich weder sah noch hörte, was um sie her vorging.

„Hast du keine Zeichnung, Lucie?“ fragte Sophie auf einmal.

Zusammenfahrend steckte Lucie den Brief, den sie
zu lesen angefangen hatte, in die Tasche und wieder=
holte zerstreut: „Eine Zeichnung? ja, hier.“

Es gehörte wenig Menschenkenntnis dazu, um zu
sehen, daß Lucie mit ihrem Briefe allein zu sein wünschte
und keine Lust hatte, den anderen die Zeichnung gleich
zu zeigen; aber Sophie hielt die Hand hin, während sie
ein paarmal die Worte: „Laß mich einmal sehen,“ wieder=
holte; langsam und zögernd reichte ihr Lucie das Blatt.

„O, das ist das schönste von allen,“ rief Sophie,
„seht einmal her, ein Gartenhaus mit vier Mädchen.
Ach, mit uns selbst, glaube ich. Haben wir wirklich
so ausgesehen? Das bin sicher ich, und das soll dich
vorstellen, Martha; aber du bist lange nicht so ähnlich
wie Anna. O, aber Lucie ist sprechend ähnlich! Wie
nett, ein Bild des ganzen Kränzchens zu haben . . .“

„Mit dem Genius,“ ergänzte Anna, mit ihrem
Finger auf eine Gestalt im Hintergrund zeigend.

„Ach ja, wahrhaftig, wie dumm, daß ich das nicht
eher gesehen habe,“ sagte Sophie. „Wie schön ist er
doch! Ich wollte, er wäre eben einmal bei uns; ach,
nein, es wäre am Ende gefährlich für Fritz, wenn ich
zurück nach dem schönen Genius sähe.“

„Komm, gieb doch Lucie ihre Zeichnung zurück,“
sagte Martha; „sie wirft solch schmachtende Blicke
danach,“ und bei diesen Worten nahm sie Sophie das
Blatt aus der Hand.

„Es ist mir gut, daß du mir sein Bild fortnimmst,“
lachte Sophie; „aber, was schreibt dir der Genius?“
fragte sie Lucie.

Lucie beugte sich über die Zeichnung, die sie lange und andächtig betrachtete, und gab keine Antwort.

„Komm, Sophie, versieh dich noch mit einigen Brautplätzchen,“ sagte Anna, die gemerkt hatte, daß Lucie und Martha nicht beabsichtigten, ihre Briefe vorzulesen. „Nein, nein, versieh dich besser; du weißt doch, daß das Glück der Ehe größtenteils davon abhängt, daß man viel Plätzchen in der Brautzeit ißt,“ fügte sie lachend hinzu.

„Nun, dann will ich mir noch ein paar nehmen,“ sagte Sophie.

„Darf der Bräutigam die Braut den ganzen Abend nicht sehen?“ ließ sich Karl aus der Ferne vernehmen.

„Ich werde einmal darüber abstimmen,“ rief Frau von Düring in fröhlichem Ton und gleich darauf erfuhr Karl, daß er mit Stimmeneinheit zum Ehrenmitglied des Kränzchens ernannt worden sei und fortan das Recht habe, jeder Zusammenkunft beizuwohnen.

Sein Kommen war eine gute Ableitung; während der Abend unter fröhlichen Gesprächen und heiterm Lachen zugebracht wurde, bemerkte man nicht, daß Lucie still und zerstreut war.

Einunddreißigstes Kapitel.

Schluß.

❦

Lucie war still und zerstreut, — ihre Gedanken weilten bei dem Briefe des Genius, den sie noch ungelesen in der Tasche trug. Wie konnte es anders sein? Oben am Brief stand: ‚Für Dich allein, Lucie, die Geschichte desjenigen, der sich Deinen Genius genannt hat.‘

Bedarf es erst der Versicherung, daß Lucie, sobald sie sich abends allein in ihrem Zimmer befand, vor dem Tisch auf die Kniee sank, um sogleich zu lesen, was der Genius schrieb.

Sie las: „‚Ich möchte gern berühmt werden,‘ das, Lucie, waren Deine Worte, und ich verhieß die Erfüllung Deines Wunsches, wie ich es auch bei Deinen Gefährtinnen that. Warum nicht? dachte ich damals. Eine jede von Euch richtete eine Bitte an mich, deren Erfüllung größtenteils von ihr selbst abhing, und war es auch gewagt, Martha zu prophezeien, sie werde in einigen Jahren reich sein, so war es doch sicher, daß Sophie auf eine romantische Weise einen Mann

finden werde und Anna mit ihrem liebevollen Herzchen
geliebt werden würde.

Die Erfüllung Deines Wunsches lag ganz in
Deiner eigenen Macht, denn wer kann berühmt werden
ohne Anspannung der eigenen Kräfte? Es lag deshalb
nicht an mir, nur an Dir selbst, Dein Ideal zu er=
reichen.

So dachte ich, als Du an dem denkwürdigen Abend
vor mir standest, und gab Dir ohne Scheu die Ver=
sicherung, Du werdest berühmt werden; aber jetzt, da
ich wahrscheinlich kaum noch einigemal sehen werde,
wie die letzten Strahlen der Abendsonne sich in der blauen
See spiegeln, ist mir, als ob eine warnende Stimme
rufe: Du hast nicht nur dich betrogen, sondern auch
dazu beigetragen, ein junges, unerfahrenes Kind an
den Rand des Abgrundes zu bringen, in dem du jetzt
selbst versinken wirst.

Spricht die Stimme die Wahrheit? Ist es so,
Lucie? Hast Du, durch mein Versprechen veranlaßt, un=
gestüm nach Ruhm gejagt?

Du wirst mir auf diese Fragen keine Antwort
mehr geben können, denn wenn Du diese Zeilen liest,
wird der, der sie schrieb, nicht mehr sein.

Ich bedarf auch der Antwort auf die Fragen
nicht, denn wenn Du den wahren Wert des Ruhmes
erkannt hast, und ich kein begangenes Unrecht wieder
gut zu machen habe, so gewährt es mir dennoch ein
wehmütiges Vergnügen, Dir meine Lebensgeschichte mit=
zuteilen; ich glaube, Du wirst mich verstehen und meinem
Andenken eine Thräne inniger Teilnahme weihen.

Ich sterbe berühmt, Lucie. In wenigen Tagen wird eine Schar von Kunstbrüdern mich zu meiner letzten Ruhestätte geleiten und man wird dort sagen, daß ich ‚zu früh geschieden‘. Man wird es betrauern, daß jemand, ‚der so viel Glut mit so viel Gefühl in seinem Pinsel zu vereinigen wußte‘, ‚der so viel verdienstliche Werke hinterließ‘, ‚und dessen Talent sowohl in Italien und Deutschland, wie auch in anderen Ländern, rühmlich bekannt war‘, in so jugendlichem Alter von dem unerbittlichen Tode dahingerafft wurde.

Man wird Biographien über mich schreiben, und später werden vielleicht Fremde kommen, mein Grab zu besuchen, und dann wird niemand fragen, ob der, dem so gehuldigt wird, glücklich war. Warum auch?

Ich hätte es sein können, wenn ich das Leben früher so verstanden hätte, wie jetzt, da mein Blick durch den nahenden Tod klarer geworden ist.

Ich war der einzige Sohn steinreicher Eltern, die mich abgöttisch liebten. Das Schönste und Kostbarste, das man für Geld bekommen konnte, wurde von meiner Mutter gerade gut genug für mich befunden, denn ich war in ihren Augen ein Kind, wie es ein zweites nicht auf der Welt giebt. Ich wurde den ganzen Tag von ihr bewundert, und jeder Besuch wurde durch die treue Schilderung alles dessen beglückt, was ich gesagt und gethan hatte. So hörte ich meine Mutter öfter sagen, ich habe einen so guten Geschmack, daß ich mir immer das eleganteste und schönste Spielzeug aussuche. Ob das wirklich der Fall war, oder ob ich nur durch wiederholte Bemerkungen dazu veranlaßt wurde, weiß ich nicht, wohl aber, daß ich, obgleich noch sehr jung, eine sehr bestimmte Vorliebe für alles Schöne hatte.

Ich konnte z. B. häßliche oder schlecht zu einander passende Farben nicht ertragen, und alles, dessen Form mir nicht anstand, mußte sogleich aus meiner Nähe entfernt werden. Häßliche Menschen waren mir ein Greuel, und wenn mir zuweilen das Äußere eines Gastes im elterlichen Hause mißfiel, beeilte ich mich, aus dem Zimmer zu entwischen.

Meine Mutter schien in meiner Bewunderung für das Schöne und Liebliche einen geistigen Vorzug zu finden; aber als ich älter wurde, sprach mein Vater einmal mit mir über diesen Punkt. Er sagte mir, daß ich mich unglücklich machen würde, wenn ich mich dieser Leidenschaft in solcher Weise hingebe; seine Worte aber ebenso wie seine harte Stimme waren schreiende Mißklänge für mich.

Ich besuchte keine Schule, sondern wurde zu Haus unterrichtet. Am Lernen fand ich im allgemeinen kein großes Wohlgefallen, und meine Lehrer hatten einen sehr unaufmerksamen Schüler an mir. Die fremden Sprachen klangen mir hart und unmelodisch, und nur im Französischen und später im Italienischen machte ich gute Fortschritte. Keine Stunde war mehr nach meinem Geschmack als die Zeichenstunde, und niemand war zufriedener mit mir als mein Zeichenlehrer, ein Mann nach meinem Herzen, von hoch elegantem Aussehen, der meine Sympathien und Antipathien vollständig teilte, von einer schiefen Linie, einer nachlässigen Zeichnung beinahe einen Nervenzufall bekam, und der

meine Sucht nach Schönheit soviel wie möglich unter=
stützte.

Mit Jungen meines Alters hatte ich wenig Ver=
kehr, doch war ich einmal auf einem großen Geburts=
tagsfest, wo ich durch das wüste Schreien und die
lauten Spiele entsetzlich litt, bis zu meiner Freude
eine lautlose Stille entstand, durch die Nachricht ver=
anlaßt, daß ein weit und breit berühmter Horoskop=
steller erscheinen werde, um uns wahrzusagen. Nach=
dem der wunderlich ausstaffierte Mann eine sehr
geheimnisvolle Ansprache gehalten hatte, bat er uns,
eines nach dem andern, mit verbundenen Augen zu
ihm zu kommen. Nachdem er die Linien unserer
Hände betrachtet und einige Karten um Rat gefragt
hatte, gab er jedem ein durch einen Ring zusammen=
gehaltenes Papierröllchen.

„Was hast du?“ „Ich werde ein Schloß be=
wohnen.“ „Laß mich einmal sehen, was du hast?“
„O, er soll Schornsteinfeger werden.“ „Ich bekomme
eine Frau und zwölf Kinder.“ „Ich werde im Orient
reich werden,“ so schrieen die Jungen durcheinander;
ich aber steckte mein Röllchen ruhig in die Tasche und
las, als ich nach Haus kam: „Warum lässest du deine
Talente schlummern? Strenge dich an, und du wirst
gewiß berühmt werden.“

Diese Worte nahmen einige Wochen meine Ge=
danken in Anspruch, und endlich teilte ich sie meinem
Zeichenlehrer mit. Er hatte meine Arbeiten schon
manchmal gelobt und fand die Worte sehr passend, da

ich, wie er sagte, bedeutende Anlage zu einem großen
Zeichner oder Maler habe.

„Glücklicher Knabe," rief er aus, „Sie besitzen
überdem die Mittel, Ihr Talent ungestört zu entwickeln.
Als ich in Ihrem Alter war, wäre ich gern nach Italien
gegangen, um mich weiter auszubilden; aber ich mußte
mir schon damals meinen Unterhalt selbst verdienen."

Ich dachte lange über seine Worte nach, und bald
stand es mir klar vor der Seele: Ich mußte nach
Italien, um dort ein großer Maler zu werden, und
da ich noch viel zu jung war, um allein zu reisen,
mußte mich mein Zeichenlehrer begleiten.

Ich hätte unmöglich sagen können, was meine
Phantasie mir alles vorspiegelte, von dem Leben in
einem so schönen Lande, von dem Genuß des täglichen
Verkehrs mit meinem bewunderten Freunde, der mir
helfen sollte, mein schlummerndes Talent zu wecken.

Nach und nach fing ich an, mit meiner Mutter
von den schönen Vorstellungen zu sprechen. Solange
sie mich nicht ganz verstand, bewunderte sie dieselben
sehr, aber kaum begriff sie meine Absichten, als sie in
Thränen ausbrach und klagte, es werde ihr Tod sein,
wenn ich noch einmal so etwas Unsinniges sage. In
demselben Augenblicke trat mein Vater ins Zimmer.
Er fragte, worum es sich handele, und als meine
Mutter ihm meine Wünsche mitgeteilt hatte, rief er
aus: „Nun, das läßt sich ja hören. Zum erstenmal
in meinem Leben merke ich, daß ich einen Sohn habe.
Ja, laß ihn nur immer in die Welt hinausgehen und
das Leben von einer andern Seite kennen lernen; er

wird dadurch tüchtiger werden, als wenn er träumend
auf dem Sofa liegt. Geh nur, mein Junge, und
sieh Dir das schöne Land Italien an, und wenn Du
dann mit gebräunten Wangen zurückkehrst, werde ich
stolz auf Dich sein."

Hätte ich meinen Vater nur verstanden! — Ich
seufzte, weil er mich nicht verstand, und obgleich er
meine Bitte gewährte und liebevoll für meine Aus-
rüstung sorgte, verließ ich ihn, ohne viel dabei zu
empfinden. Ich habe ihn nicht wiedergesehen. Ich
ging in der Begleitung meines geliebten Lehrers nach
Italien, und dort erwachte allmählich meine Ruhmsucht
so stark, daß ich mir nur selten die Zeit nahm, meinen
Eltern zu schreiben. —

Meine Kräfte reichen nicht mehr aus, um die
stufenweise Entwickelung meines Talentes und meine
Leidenschaft zu schildern, und darum überschlage ich
einige Jahre, in denen ich stets ruhelos fortarbeitete.
Mein Mentor war anfangs selbst voll Feuereifer, aber
nach und nach erkaltete seine Lust, und er wurde von
so heftiger Sehnsucht nach der Heimat ergriffen, daß
er es endlich nicht länger im fremden Land aushielt.

Meine Eltern baten mich, mit ihm zurückzukehren,
aber das war mir unmöglich. Ich konnte mich nicht von
dem Lande losreißen, in dem ich die Werke der größten
Meister bewundern durfte und mehr und mehr begreifen
und empfinden lernte. Ich konnte mir kein Lebensglück
vorstellen, ohne daß ich dieselbe Berühmtheit erreichte,
wie sie.

Meine Eltern wollten meinem Glücke nicht im
Wege stehen und ließen mir deshalb meinen Willen.
Jahre vergingen, ich machte solche Fortschritte, daß
mein Name bereits rühmend genannt wurde. Schon
war einem meiner Werke bei einer Ausstellung lebender
Meister der zweite Preis zuerkannt worden, als mich
plötzlich die traurige Nachricht traf, daß mein Vater
gestorben und meine Mutter leidend sei. Ich eilte
nach Hause und war von dem Anblick der Leiden meiner
Mutter so ergriffen, daß ich, um sie soviel wie möglich
zu trösten, ihr feierlich gelobte, immer in ihrer Nähe
zu bleiben, ein Versprechen, das ich schon im nächsten
Augenblick bereute, das ich aber doch so gut hielt,
daß ich mich sogar in Göttingen als Student ein=
schreiben ließ.

Das Studentenleben gefiel mir nicht und konnte
mir nicht gefallen, und anstatt zu studieren, malte ich
ein Bild, das in München der Auszeichnung wert be=
funden wurde. Meine gute Mutter war stolz auf
mein Talent und meinen Ruhm, aber mir genügte
derselbe nicht. Ich zeichnete mich aus vor Malern,
die, wie ich wußte, unter mir standen, und ich wollte
große Meister erreichen und übertreffen!

Einmal, als ich in München in einem Gasthof zu
Mittag speiste, traf ich deinen Bruder. Wir fanden
Gefallen aneinander und beschlossen, zusammen einen
Spaziergang zu machen. Unterwegs kam unser Gespräch
— ich weiß nicht mehr wie — auf Prophezeiungen.
Er behauptete, eine Prophezeiung könne keine Macht
haben, wenn nicht der Wahrsager vorher ganz über

den Charakter und die Verhältnisse der betreffenden
Person unterrichtet sei, und ich, meines eigenen Lebens
gedenkend, blieb dabei, daß auch ein willkürlich hin=
geworfenes Wort viel Einfluß ausüben könne. Unser
Gespräch hatte kein Resultat, auch interessierte uns der
Gegenstand so wenig, daß wir rasch darüber hinweg=
gingen. Es that uns beiden leid, daß die Bekannt=
schaft nicht gleich fortgesetzt werden konnte, aber ich
mußte schon am nächsten Morgen wieder fort. Ich
versprach Deinem Bruder, ihn einmal zu besuchen, da
ich die Absicht hatte, einmal eine Tour durch die
Rheinlande zu machen, in der Hoffnung, Zerstreuung
zu finden. Ich war sehr unglücklich über das Ver=
sprechen, das ich meiner Mutter voreilig gegeben hatte,
denn die trockenen Studien gefielen mir ebensowenig
wie die zeittötenden Vergnügungen meiner Kommili=
tonen.

Nun werde ich Dir erzählen, Lucie, was den Anstoß
zu meinem Auftreten als Genius gab. Als ich an
dem bewußten Sonntagnachmittag, ohne es zu wissen,
in die Nähe von Mühlberg kam, begegnete mir Karl.

„Ah, quand on pense au diable," rief er lachend,
mir die Hand entgegenstreckend: „Wahrlich, vor kaum
zehn Minuten dachte ich an Sie." Er teilte mir ein
Gespräch mit, das er zufällig angehört hatte, und fuhr
fort: „Ich dachte einen Augenblick daran, als Wahr=
sager aufzutreten, um zu sehen, wer von uns beiden
recht hätte; aber ich kenne die vier Mädchen nicht genau."

Plötzlich kam mir der Gedanke, den Genius zu
spielen. Karl fand den Einfall so schön, daß er mich

sehr in demselben bestärkte. Sogleich schrieb ich die
Zeilen, deren Du Dich noch erinnern wirst, und dann
zeigte er Euch mir durchs Fenster.

Anfänglich war das Ganze ein Studentenstreich,
und als solchen betrachteten wir es auch beide; all=
mählich aber wurde der Spaß heiliger Ernst für mich,
und es stieg ein Gefühl in mir auf, als ob ich mit
dem Namen auch den Charakter eines Genius ange=
nommen hätte, und ich ärgerte mich, als Karl lachend
darüber sprach.

Du weißt, auf welche Weise ich meine Rolle
durchführte. Als ich wieder im Wagen saß, und Karl
mich lustig fragte, ob ich Befriedigung in meiner Rolle
gefunden hätte, konnte ich mich nicht entschließen, ihm
mitzuteilen, was ich mit euch gesprochen hatte. Die
Worte kamen mir vor wie Beichtgeheimnisse, die ich
nicht verraten wollte, und so sagte ich ihm lieber eine
halbe Unwahrheit.

„Ach, die wunderlichen Mädchen,“ antwortete ich,
„wünschten sich natürlich das Unmögliche; die eine
einen Ring, der sie stechen sollte, wenn sie etwas Böses
that oder dachte; die zweite einen Mantel, um sich un=
sichtbar zu machen; die dritte die Gabe, die Vogel=
sprache zu verstehen, und nur eine wünschte sich eine
Puppe, die ich ihr auch schicken werde.“

Karl glaubte mir, und wir sprachen nicht mehr
viel davon.

Kurz darauf starb meine Mutter, und ich kehrte
unverweilt nach Italien zurück. Dort jagte ich mit
erneutem Eifer meinem Traumbilde nach und erwarb

mir Ruhm. Ich wurde von der Menge bewundert,
aber ich war noch nicht befriedigt. Wohl huldigten
mir große Männer, wohl war mein Name bekannt,
aber mein Herz blieb leer und kalt und darum
dachte ich immer: „Mein Ideal ist noch nicht erreicht.
Ich bin noch nicht berühmt genug, denn ich bin noch
nicht glücklich," und mit erneuter Anstrengung arbeitete
ich weiter.

Niemals kam mir der Gedanke, daß der Ruhm,
so wie ich ihn suchte, kein Glück geben kann; ich lebte
allein und einsam, nur um so wenig wie möglich Zeit
zu verlieren.

An mein Geniusabenteuer dachte ich selten, da
ich niemals wieder etwas von Karl hörte; aber als ich
unlängst in Paris war (wo mir eine neue Auszeichnung
zu teil wurde) und Deinem Bruder zufällig begegnete,
war meine erste Frage nach meinen vier Freundinnen.
Ehe Karl dieselbe beantwortete, machte er mir Vor=
würfe über die Unwahrheiten, die ich ihm in Bezug
auf Euere Wünsche gesagt hatte. Ich fragte ihn, woher
er darum wisse, und er teilte mir mit, daß er mit
Anna verlobt sei, die ihm die ganze Geschichte erzählt
habe.

„Und haben Sie ihr gesagt, wer ich bin?" fragte ich.

„Nein," versetzte Karl, „ich habe keine Bemerkung
gemacht, als Anna mir ruhig erzählte, daß Sie ein
wirklicher Genius wären, Lucie habe Sie ja über die
Hecke fliegen sehen; ich fand es grausam, ihre poetische
Auffassung zu zerstören."

Zu meiner Enttäuschung wußte Dein Bruder mir nichts über Deine Ideale zu sagen, aber ich hörte doch von ihm, daß Du einmal die Absicht hattest, Schrift=steller in zu werden. Was er mir von Martha erzählte, betrübte mich. Ehe ich alles wußte, was ich wissen wollte, wurde unserer Unterhaltung ein Ende gemacht, da der Wagen kam, um mich zu einem glänzenden Festmahl abzuholen, das mir zu Ehren gegeben wurde.

Selten habe ich so gelitten, als an jenem Nach=mittag. Ich hatte das Bedürfnis, über alles das nachzudenken, was ich gehört hatte, und dazu fühlte ich mich seit einigen Tagen so unwohl, daß es mir beinahe unmöglich war, bei Tisch sitzen zu bleiben. Die Ehrenbezeigungen, mit denen die aufgeregten Franzosen mich überschütteten, fingen an —, ja, laß mich nur das rechte Wort gebrauchen, mich anzuwidern. Ich hätte am liebsten jeden Trinkspruch, der auf mich ausgebracht wurde, mit Gold abgekauft, und lange, ehe das Fest abgelaufen war, entfernte ich mich.

In der Nacht bekam ich einen Blutsturz, und ich begriff, daß mein Lebensfaden dem Zerreißen nahe war: das Bewußtsein machte mich aber nicht traurig, denn wenn ich auch mein höchstes Ziel noch nicht erreicht hatte, so war ich doch „berühmt".

Ich war viel zu schwach und ermüdet, um lange darüber nachzudenken; aber als sich meine Kräfte nach einer sorgfältigen Behandlung einigermaßen wieder gehoben hatten, richtete ich meine Gedanken mehr auf mich selbst, und es war mir einmal, als ich des Nachts aufwachte, als ob eine Stimme zu mir spräche: „Du

stirbst berühmt, auch geliebt? Dein Tod wird vielleicht
für die Kunst ein Verlust sein. Wird er es aber auch
für deine Mitmenschen sein? Wofür hast du gelebt?'
Ach! was konnte ich auf die Fragen antworten!

Ich warf einen prüfenden Blick auf mein ver=
gangenes Leben, und dann, Lucie, sah ich mich in all
meiner Eitelkeit und Selbstverblendung, und ich kam
zu der traurigen Überzeugung, daß ich nur ein erbärm=
licher Egoist gewesen sei.

Es half nichts, daß ich mir selbst einzureden
suchte, ich habe für die Kunst gelebt und mich keiner
groben Sünden schuldig gemacht; ich wußte, daß die=
selben Grundsätze mich auf den Pfad der Sünde
geführt haben würden, wenn mein Geschmack ein an=
derer gewesen wäre. Thor, der ich war! daß ich nicht
früher alles so klar gesehen hatte wie jetzt. Ich hätte
nicht für mich selbst leben sollen, sondern meine Kunst
anwenden müssen, um andere glücklich zu machen.
,Aber wie?' fragte ich mich, und plötzlich stand das
wahre Ideal vor meiner Seele.

Ich war der Besitzer großer Reichtümer, wußte
aber nicht einmal, wieviel ich besaß. Was lag mir
auch daran! Ich hatte wenig Bedürfnisse und verzehrte
vielleicht nur den sechsten Teil meiner Einkünfte.
Mein Banquier schickte mir lange Abrechnungen, um
mir darzulegen, welche Ankäufe und Spekulationen am
vorteilhaftesten für mich wären; er bekam aber stets
zur Antwort, daß meine Zeit mir zu kostbar sei, um
über Geldsachen nachzudenken; er möge nur nach
eigenem Gutdünken handeln.

Während ich in Paris auf dem Krankenbett lag, wurde mir klar, daß ich meine Reichtümer dazu hätte verwenden müssen, meinen Mitmenschen zu nützen. Ich hätte eine Anstalt errichten können, in der man arme Kinder, die besondere Anlage zur Malerei zeigten, kostenfrei unterrichtete. Ich selbst hätte an der Spitze des Unternehmens stehen müssen, wie viel edler wäre das gewesen! Dann würde mein Name in gesegnetem Andenken geblieben sein. ‚Welch herrlicher Gedanke ist das!' dachte ich), und meine Schwäche ganz vergessend, sprang ich aus dem Bett, hüllte mich in einen Shawl und fing an, eine Zeichnung des Gebäudes zu entwerfen. Die ganze Einrichtung stand klar vor meinem Geiste; ich zeichnete nicht allein das Haus und teilte die Räume für den Direktor und die verschiedenen Lehrer ein, sondern ich entwarf sogar einen geschmackvollen Garten dazu.

Während ich eben darüber nachdachte, wo ich einen Spielplatz anbringen könne, trat mein Doktor ein; zu gleicher Zeit verschwand die Aufregung, und ich sank kraftlos zusammen. Die Anstrengung verursachte ein heftiges Fieber, und mein Arzt versicherte mir, daß eine zweite derartige Unvorsichtigkeit mir das Leben kosten werde.

Wieviel Kummer machte mir nun die Mahnung an den nahenden Tod! Jetzt wünschte ich zu leben, um eine höhere Art von Ruhm zu erstreben.

Mit kindlicher Ängstlichkeit befolgte ich alle Vorschriften meines Arztes und betete um Leben, Kraft und Gesundheit, aber mein Flehen blieb unerhört.

21**

Meine Kräfte kamen wohl so weit wieder, daß ich Paris verlassen konnte, um mich wieder nach Italien zu begeben; aber das schleichende Fieber verließ mich nicht mehr, und mein Körper verfiel zusehends. Ehe ich Paris verließ, hatte ich noch Gelegenheit, Deinem Bruder das Versprechen abzunehmen, keiner von Euch mein Geheimnis zu verraten, und bei Übersendung dieses Pakets werde ich ihn bitten, Euch dasselbe auf geheimnisvolle Weise zukommen zu lassen. Warum? frage mich das lieber nicht.

Als ich hierher zurückkam, wollte ich sogleich mit der Ausführung meines Planes beginnen. Ich ließ einen Kostenanschlag machen, ich sprach mit Sachverständigen darüber und ließ einen Platz aussuchen; mein im Fieber gemachter Plan war tadellos, meine Berechnungen waren richtig, und es bedurfte nur eines Wortes von mir, um mit dem Bau zu beginnen.

Der Befehl ist noch nicht gegeben, und ich werde ihn auch nicht erteilen. Wunderst Du Dich darüber, Lucie? Begreifst Du, fühlst Du, was ich meine? Würdest Du an meiner Stelle auch das Bedürfnis empfinden, Dir eine Buße aufzulegen?

Ich habe einen Notar kommen lassen, der meinen letzten Willen niedergeschrieben hat. Ein Drittel meines Vermögens soll zu dem Baue verwendet werden, das übrige zu der Durchführung des Unternehmens. Ein Jahr nach meinem Tode soll erst der Bau begonnen werden; die Schule wird nicht nach mir benannt, und soviel wie möglich soll der Name des Stifters Geheimnis bleiben. Die letzte kurze Spanne meines

Lebens soll zu der Ausführung einiger Bilder benutzt
werden, die noch dazu dienen sollen, das Kapital zu
vergrößern, oder wenn das nicht für notwendig erachtet
wird, zur Ausschmückung der Säle. —

Da hast Du die Geschichte meines Lebens, Lucie.
Ob sie für Dich lehrreich sein wird, oder nur eine
traurige Erzählung, wie es deren mehr giebt, weiß ich
nicht; ich hatte jedenfalls das Bedürfnis, Dir alles mitzuteilen. Mehr als einmal machte ich mir in schlaf-
losen Nächten Vorwürfe darüber, daß ich möglicherweise durch die Ausführung eines tollen Einfalls viel,
viel Einfluß auf Euch ausgeübt habe. Nachdem ich
Karl begegnet war, suchte ich mich selbst zu überzeugen,
daß meine Erscheinung wenig Eindruck auf Euch gemacht
habe; aber je länger ich darüber nachdachte und mich
erinnerte, daß Du mich sogar hattest fliegen sehen —
Karl warf mir in seiner übermütigen Laune den Mantel
über die Hecke zu; vielleicht veranlaßte Dich das zu der
irrigen Annahme — desto klarer wurde es mir, daß
das Geheimnisvolle, wofür Ihr keine Erklärung hattet,
in Euerem Gedächtnis haften geblieben sein mußte.

Es ist für mich ein herrlicher Gedanke, daß ich
vielleicht an Anna Gutes gethan habe. Wer wird mir
sagen können, was ich mir Martha gegenüber möglicherweise vorzuwerfen habe? An sie denke ich lieber nicht.
Aber an Dich dachte ich viel und lange, Lucie. Ich
verhieß Dir Ruhm, und obgleich ich Dir sagte, daß der
Ruhm nur ein Trugbild sei, so meinte ich doch etwas
Greifbares. Hätte ich damals den Ruhm angesehen
wie jetzt, würde ich wahrlich ganz anders zu Dir ge-

sprochen haben, denn ich wünschte Dir damals, ebenso wie jetzt, nur Glück.

Meine Kräfte sind zu Ende, es bleibt mir auch nichts mehr hinzuzufügen. Leb wohl, Lucie, und sei glücklich. Wenn Dein Ideal ein anderes geworden ist, so betrachte diese Zeilen und diese Skizze als eine Erinnerung an einen verstorbenen Freund. Wünschest Du Dir aber noch wie an jenem Abend, berühmt zu werden, so laß Dir durch meine Reue die Augen öffnen und sieh ein, welcher Ruhm allein Wert hat; dann bin ich sterbend, was ich früher sein wollte,

Dein Genius."

Voll Ehrfurcht drückte Lucie ihre Lippen auf das Papier und — aber nein, wir wollen ihre Empfindungen nicht verraten. Wir nehmen hier Abschied von ihr und schließen mit den Worten, die sie an jenem Abend in ihr Tagebuch schrieb:

> Der Ruhm, durch den Zufriedenheit
> Und Glück uns wird zu teil,
> Ziert den allein, der ohne Ruh'
> Nur wirkt zu andrer Heil.